LE SECRET DU MASQUE DE FER

ŒUVRES DE MARCEL PAGNOL dans la collection FORTUNIO

SOUVENIRS D'ENFANCE
La Gloire de mon père.
Le Château de ma mère.
Le Temps des secrets.
Le Temps des amours.

L'EAU DES COLLINES
Jean de Florette.
Manon des sources.

Marius.
Fanny.
César.

Topaze.
Angèle.
La Femme du boulanger.
La Fille du puisatier.
Regain.
Le Schpountz.
Naïs.
Merlusse.
Jofroi.
Notes sur le rire.
Confidences.
Cinématurgie de Paris.
La Petite Fille aux yeux sombres.
Judas.
Pirouettes.
Cigalon.
Jazz.
Les Marchands de gloire.
La Prière aux étoiles.
Le Premier Amour.
Fabien.
Le Secret du Masque de Fer.
La Belle Meunière.
Quatre Lettres de mon moulin.

ŒUVRES COMPLÈTES DE MARCEL PAGNOL
aux Éditions de FALLOIS

Tome I : Théâtre.
Tome II : Cinéma.
Tome III : Souvenirs et romans.
Tome IV : Œuvres diverses.

IL ÉTAIT UNE FOIS MARCEL PAGNOL.
Sa vie et son œuvre. (192 p., 275 photos. Par Raymond Castans.)

Les films de Marcel Pagnol sont disponibles en vidéocassettes éditées par la Compagnie Méditerranéenne de Films.

MARCEL PAGNOL
de l'Académie française

LE SECRET DU MASQUE DE FER

Éditions de Fallois

© Marcel Pagnol, 2016
www.marcel-pagnol.com

ISBN 978-2-87706-537-5
ISSN 0989-3512

Éditions de Fallois, 22 rue La Boétie, 75008 Paris

AVERTISSEMENT AU LECTEUR

Le lecteur trouvera dans ces pages un grand nombre de répétitions. Elles m'ont paru nécessaires, car il y a des documents ou des arguments qui jouent en différentes circonstances, en différents épisodes de ce drame.

Au lieu de renvoyer le lecteur à la page x ou y, j'ai pensé qu'il serait bon de lui rappeler des détails ou des arguments qu'il aura peut-être oubliés.

Les redites ne sont jamais élégantes, mais ce livre n'est pas un ouvrage littéraire : ce n'est qu'un essai de démonstration ou, si l'on préfère, une enquête de juge d'instruction.

PRÉFACE

IL y a huit ans que parut la première édition de ce livre ; son sujet est si intéressant qu'il obtint un succès très considérable, et me valut tant de lettres que je n'ai pu répondre qu'à une bonne centaine de lecteurs passionnés, et parfois très savants.

C'est que l'histoire du prisonnier masqué met en scène des personnages qui sont tous d'une originalité puissante : Louis XIV, Louvois, Charles II, Saint-Mars, Fouquet, Lauzun, l'affreux Nallot, le pauvre La Rivière, le silencieux major Rosarges, Antoine Rû, le porte-clefs provençal, et le méthodique du Junca, dont l'orthographe est un régal, et qui écrivait, nous dit-on, des lettres à Mme de Sévigné !

Tous les rôles sont beaux, dignes d'un grand acteur ; ce ne sont pourtant que des personnages secondaires, qui entourent un homme de haute taille, dont un masque noir cache le visage, un homme qui attend, et qui se tait.

*

L'étude d'un si beau problème est dangereuse, parce qu'on ne peut la quitter ; lorsqu'on croit avoir tout dit, et que le livre est chez le libraire, voilà que surgit un document nouveau, ou une interprétation nouvelle d'un document déjà connu, mais dont on n'avait pas vu l'importance.

Enfin, le lecteur trouvera dans cette nouvelle édition un certain nombre de rectifications de citations incomplètes, et plusieurs nouveaux chapitres d'une très grande importance (tout au moins pour moi) : « La Naissance », « Les Craintes d'une attaque », « Les Égards », « Ceux qui ont su le secret », « Les Mensonges » et surtout la reconstitution de la vie du prisonnier avant son arrestation.

*

Il est évident qu'avant de prendre la plume pour composer un ouvrage sur le Masque de Fer, un écrivain commence par lire très attentivement les principaux ouvrages déjà publiés sur la mystérieuse affaire, et qu'il relit plusieurs fois les documents historiques cités par ses prédécesseurs.

Il est également certain qu'après ces lectures, et quelques réflexions, son opinion est déjà faite : il a choisi son candidat, sinon il n'écrirait pas.

Ce choix, il ne l'a pas fait librement. Ce choix s'est imposé à lui au cours de la première lecture de plusieurs centaines de documents qu'il a interprétés selon son tempérament, son imagination, ses tendances politiques ou religieuses, et parfois même selon sa profession.

Ainsi, Iung, dont l'ouvrage a une grande importance, a vu tout de suite que le Masque était un officier : Iung est lui-même un colonel.

Bazeries, de son côté, a savamment torturé le chiffre de Louis XIV pour appliquer le masque sur le visage d'un général : Bazeries est un commandant.

Barnes, dans un très bel ouvrage, *The Man behind the Mask*, abondamment documenté, nous a affirmé que le célèbre prisonnier était un ecclésiastique : Barnes, c'est Monseigneur Barnes ; il est évêque.

Viennent ensuite les historiens qui considèrent que leur premier devoir, c'est de détruire les légendes, et de rétablir la vérité. Il est certain que, sans eux, l'histoire des peuples ne serait qu'un vaste poème, où les faits agrandis et dramatisés par l'imagination des foules, grandement embellis ou inventés par les flatteurs des rois, brilleraient, couleur d'or ou de sang, dans une lumineuse brume.

Cependant, il arrive que l'historien soit trop aveuglément fidèle à deux règles d'or : « Trop beau pour être vrai » et « Il y a des fumées sans feu ».

Il refuse donc d'admettre d'admirables épisodes romanesques, et ne voit pas le feu véritable que lui cache une épaisse fumée ; alors, son parti pris de sévérité l'amène à exécuter l'un après l'autre, comme fit Horace pour les Curiaces, des témoignages dont l'exactitude n'est pas prouvée, mais dont l'ensemble, par la concordance de points communs, peut imposer une certitude.

*

J'ai lu, avec beaucoup de profit et d'intérêt, les principaux ouvrages qui furent écrits sur le prisonnier masqué, et je suis surpris par la facilité (je dirai même l'aisance) avec laquelle des historiens de bonne foi, après avoir brillamment mis en lumière des lettres ou des expressions qui semblent confirmer leur thèse, omettent de citer celles qui les gênent ; il leur arrive même de supprimer une phrase dans une citation.

On ne peut dire qu'il s'agisse d'une mauvaise foi parfaitement consciente et systématique ; je pense qu'à leurs yeux l'éclat des arguments favorables à leur thèse obscurcit – jusqu'à les effacer – ceux qui prouvent leur erreur.

Ainsi donc, ils n'ont pas tiré leur conclusion de leurs recherches, mais ils ont construit leur ouvrage sur leur conviction préalable.

D'ailleurs, je ne prétends pas faire ici la leçon à

des confrères plus savants que moi. Ce livre leur doit beaucoup, et je ne me flatte pas d'être exempt d'un défaut qui leur est commun. Tout comme les autres, j'ai mon candidat, et c'est pourquoi je conseille au lecteur de me surveiller de très près.

*

Funck Brentano nous dit que le nombre d'ouvrages qui ont paru, en toutes langues, sur le Masque de Fer, dépasse le millier. Je pense qu'il comptait dans ce nombre des centaines d'opuscules, ou d'articles de revues.

Je n'en citerai ici que cinq, qui me paraissent les plus importants.

Il y a d'abord Delort, qui publia *L'Histoire de l'Homme au Masque de Fer* en 1825. À son avis, le mystérieux captif était le comte Matthioli, un vague diplomate italien qui avait dupé Louis XIV ; nous essaierons de prouver qu'il se trompait.

En 1870, Marius Topin reprit cette thèse, et la développa longuement. Ces deux ouvrages sont fort intéressants à cause du grand nombre de documents historiques qu'ils publièrent pour la première fois.

Le livre de Topin est alerte et plaisant, et il a tenté d'imposer la thèse Matthioli avec une véritable passion.

Je dis « passion », parce que cet écrivain intelligent et sensé en arrive à utiliser des arguments ridicules, que nous citerons plus loin.

Après Topin, voici Iung, officier d'état-major, qui a dépouillé, pendant des années, les archives du ministère de la Guerre ; il a publié, le premier, des documents d'une importance capitale, et il a également démontré, le premier, que la thèse Matthioli était absurde.

En 1932 parut le livre de Maurice Duvivier, aussi passionnant qu'un roman (Armand Colin).

Il commence par démontrer, avec une clarté

parfaite, que l'homme au masque a subi sa captivité de trente-quatre années sous le nom d'Eustache Dauger. Il est allé beaucoup plus loin, en affirmant que cet Eustache Dauger était en réalité Eustache Dauger de Cavoye, frère du marquis de Cavoye, maréchal des logis de la Maison du Roi, ami d'enfance et favori de Louis XIV.

Nous verrons tout à l'heure qu'il se trompait, mais nous verrons aussi que son erreur a une importance capitale, car elle a grandement fait avancer l'enquête, en découvrant l'existence du véritable Eustache Dauger de Cavoye.

Enfin, en 1952, l'ouvrage de Georges Mongrédien résume et clarifie tous les travaux de ses prédécesseurs ; sa méthode rigoureuse est d'une clarté parfaite, et le lecteur peut suivre pas à pas la captivité du Masque. Il finit par conclure, avec une grande honnêteté, qu'il n'y a que deux solutions possibles : le Masque ne peut être que Dauger ou Matthioli.

C'est cette conclusion, qui me semble parfaitement démontrée, qui sera le point de départ de cet ouvrage ; je me propose donc de prendre la suite de l'historien, et de prouver, par l'étude minutieuse du dossier, que la candidature de Matthioli est inacceptable, et que le mystérieux prisonnier a subi ses trente-quatre années de captivité sous le nom d'Eustache Dauger. Nous prouverons ensuite que le véritable Eustache Dauger est mort dans la prison Saint-Lazare, après dix ans de captivité.

J'essaierai enfin de percer le mystère de sa véritable personnalité, et du motif de sa condamnation à la prison perpétuelle.

Ce récit rapportera d'abord les faits dans leur ordre chronologique. Je m'efforcerai ensuite de regrouper en courts chapitres les faits analogues : « Les mensonges de Louvois », « Les aveux involontaires », « Les craintes d'une attaque pour délivrer le prisonnier », « Les égards », « Les cachots », mais je crois utile d'avouer tout de suite au lecteur que j'ai, moi aussi, mon candidat : le prisonnier était le frère jumeau de Louis XIV, né une ou deux heures après lui, le 5 septembre 1638.

J'espère le démontrer, et le suivre pas à pas dans la vie, depuis sa naissance jusqu'à sa mort.

*

Lorsque j'eus terminé cette préface, j'eus l'idée – je ne sais pourquoi – de la dater. C'était le 24 août 1969.

Je constate aujourd'hui que cette journée était très exactement celle du trois centième anniversaire de l'incarcération du Masque de Fer à Pignerol.

Cette coïncidence est-elle de bon augure, ou est-ce une moquerie du Destin ?

M. P.
1973

1

LA NAISSANCE DU MASQUE DE FER

Tous les historiens qui ont refusé d'admettre la thèse du frère jumeau ont fondé leur refus sur le même argument : la reine devait obligatoirement accoucher en présence des principaux personnages de la Cour, c'est-à-dire au moins vingt personnes. La double naissance eût donc été connue immédiatement.

Nous pouvons leur répondre avec des arguments simplistes, mais décisifs.

Voici notre version de l'événement.

*

Dans la première édition de cet ouvrage j'avais dit, avec Soulavie, que la naissance du frère jumeau avait eu lieu dans la soirée, et qu'elle avait surpris tous ceux qui en eurent connaissance.

Pierre Dominique, qui est un écrivain de tout premier rang en même temps qu'un éminent médecin, refusa de l'admettre, et affirma que cette grossesse gémellaire ne pouvait pas avoir été cachée au médecin de la reine, ni à la sage-femme, ni aux dames de la chambre ; je pense aujourd'hui qu'il avait raison.

Ce qui confirme clairement son opinion, c'est l'affaire des deux pâtres astrologues, venus à Paris on ne sait d'où.

Voici le récit de Soulavie :

« Déjà depuis longtemps, le Roi étoit adverti par prophéties que sa femme feroit deux fils ; car il estoit venu depuis plusieurs jours des Pastres à Paris, qui disoient en avoir eu inspiration divine, si bien qu'il se disoit dans Paris que si la Reine accouchoit de deux Dauphins, comme on l'avoit prédit, ce seroit le malheur de l'État ; l'archevesque de Paris, qui fit venir ces devins, les fit renfermer tous les deux à Saint-Lazare, parce que le peuple en estoit esmeu, ce qui donna beaucoup à penser au Roi, à cause des troubles qu'il avoit lieu de craindre dans l'État. »

Cette prédiction était évidemment due à une fuite, venue de la Cour, par une servante ou un valet. D'ailleurs, eût-on emprisonné ces pâtres si l'on n'avait pas su, en haut lieu, que l'événement était probable ?

Louis XIII en informe Richelieu. Ce grand homme politique affirme aussitôt qu'il ne peut y avoir deux dauphins : ce serait sans aucun doute, un jour ou l'autre, la cause d'une guerre civile. Dans l'intérêt de l'État, il faudra cacher la naissance du second, car celle du premier doit avoir lieu, selon l'usage, devant les principaux personnages de la Cour.

Le roi et le cardinal établissent leur plan.

La reine mettra au monde le premier né devant toute la Cour ; Perronette affirme qu'on aura au moins un quart d'heure de répit avant la naissance du second. Le premier enfant sera rapidement ondoyé, puis le roi entraînera tout le monde à la chapelle, où un *Te Deum* sera longuement célébré, pendant la naissance du second, que dame Perronette cachera dans une chambre du château, pour l'emporter dans la nuit, ou le lendemain, à la campagne.

Voici le récit de l'accouchement par un témoin (Dumont. *Supplément au Corps universel diplomatique*, t. IV, p. 176) :

« *La Reine commença à se sentir du travail de son accouchement le Samedi 4 de Septembre 1638 à onze heures du soir. Le Dimanche 5 en suivant, sur les deux heures du matin, les douleurs s'augmentèrent, dont le Roi fut adverti par la Demoiselle Filandre. Sa Majesté en même temps alla chez la Reine et envoya quérir Monsieur, son frère unique, et aussi pareillement Madame la Princesse et Madame la Comtesse ; lesquels se rendirent tous chez la Reine, à six heures du matin. Il n'y avoit en la dite chambre que le Roi, Monsieur son frère, ces deux Princesses, Mme de Vendôme, par une grâce particulière que le Roi octroya à sa personne, sans qu'aucune Princesse ni Duchesse en puisse prendre conséquence, la Dame de Lansac, comme destinée gouvernante du fruit qu'il plaisoit de donner ; la future nourrice de Monseigneur le Dauphin, les Dames de Senecey et de la Flotte, Dames d'honneur et d'atour, les femmes de chambre, et la Dame Perronne, sage-femme, laquelle accoucha seule la Reine.*

[…]

« *Sur les onze heures la Reine accoucha d'un fils, et dans le même instant, le Roi le fit ondoyer dans la chambre par l'évêque de Meaux, son premier aumônier, y assistant en outre tous les Princes, Princesses, Seigneurs et Dames de la Cour, et Mr le Chancelier. En après, le Roi fut en la chapelle du Vieux Château [de Saint-Germain-en-Laye] suivi et accompagné de toute la Cour, où le "Te Deum" fut chanté avec grande cérémonie.* »

D'ordinaire, à la naissance d'un roi, le *Te Deum* est solennellement célébré dans une cathédrale, devant un millier de personnes de toutes les classes de la société ; c'est pourquoi ce *Te Deum*, préparé à l'avance, et célébré de toute urgence devant une quarantaine de personnes, me paraît bien surprenant, et je crois que l'urgence de cette cérémonie n'avait pas d'autre cause que la nécessité de faire évacuer la chambre de la reine, qui allait mettre au monde le deuxième enfant.

Seule dame Perronette reste auprès de la reine, et elle reçoit le jumeau qu'elle va aussitôt cacher dans sa chambre ; elle l'emportera le soir même ou le lendemain à la campagne, où une assez belle maison a été préparée pour lui, et où elle l'élèvera comme le petit bâtard d'une jeune fille de la noblesse.

2

BREF HISTORIQUE

VOICI d'abord, à grands traits, un historique de la mystérieuse affaire, et ses dates les plus importantes.

I. – En 1664, M. de Saint-Mars, maréchal des logis de mousquetaires, qui a secondé d'Artagnan pour l'arrestation de Fouquet, est nommé gouverneur de la prison d'État de Pignerol, où il commande une compagnie franche, c'est-à-dire qu'il ne reçoit d'ordres que du roi.

Pignerol, c'était une petite ville, au flanc des Alpes, dans le Piémont. Mais c'était surtout une citadelle et un donjon. Le tout, entouré d'importantes fortifications, formait une puissante forteresse, d'où une attaque française pouvait fort aisément pénétrer en Italie.

Le donjon était une prison d'État, presque aussi célèbre que la Bastille, mais d'une réputation encore plus effrayante ; lorsque Lauzun apprit que le roi avait donné l'ordre de l'interner à Pignerol, il tenta de se suicider.

La prison était assez grande. Elle abritait la compagnie franche de Saint-Mars, composée de soixante-six hommes et de plusieurs officiers, mais elle ne disposait que de cinq ou six cachots dans le donjon, où l'on ne logeait que les prisonniers d'État.

Les lieutenants de Saint-Mars sont Guillaume de

Formanoir, qui est son neveu, et Blainvilliers, qui est son cousin germain. Son second neveu, Louis de Formanoir, sert dans les cadets de la compagnie franche. Le major de la prison, adjoint du gouverneur, est M. de Rosarges, et le porte-clefs est Antoine Rû.

II. – Le premier prisonnier qu'il a sous sa garde est le surintendant Fouquet incarcéré en 1664. Il recevra ensuite :
– Eustache Dauger (1669) ;
– Lauzun (1671) ;
– Un moine jacobin (1674) ;
– Dubreuil (1676) ;
– Le comte Matthioli (1679).

Il y a aussi dans la prison des valets de profession : nous connaissons les noms de Champagne et d'Honneste, qui furent les valets de Fouquet, et celui de La Rivière, qui joua, bien malgré lui, un très grand rôle dans cette histoire.

III. – Fouquet meurt en 1680. En 1681, Lauzun est libéré, et Saint-Mars est nommé gouverneur du fort d'Exiles, dans les Alpes.

Il part avec tout son état-major et sa compagnie, mais il n'emmène avec lui que deux prisonniers : Dauger et La Rivière. Matthioli et les autres restent à Pignerol.

IV. – La Rivière meurt à Exiles, au moment même où Saint-Mars, nommé gouverneur des îles Sainte-Marguerite, va s'y installer.

Saint-Mars quitte Exiles, où il est resté six ans ; il va rejoindre son nouveau poste avec sa compagnie franche et son unique prisonnier, Dauger, transporté dans une chaise entièrement close, où il faillit périr étouffé.

Saint-Mars restera aux îles pendant dix ans, ayant sous sa garde Dauger, un certain chevalier de Chézut, et cinq ou six pasteurs protestants.

Le major de la prison est toujours le major

Rosarges, ses lieutenants sont Blainvilliers, Guillaume de Formanoir, Louis de Formanoir, et le porte-clefs est toujours le fidèle Antoine Rû.

Dauger est autorisé à se promener dans l'île, le visage caché sous un masque.

V. – Six ans plus tard (1694), la citadelle de Pignerol est menacée par une concentration de troupes italiennes. Barbezieux fait évacuer la prison ; peut-être par crainte que les prisonniers ne soient délivrés par l'ennemi, plus probablement pour garnir de troupes, arrivées en renfort, le donjon, qui peut soutenir un siège.

Les prisonniers de Pignerol, parmi lesquels se trouve Matthioli, sont expédiés à Sainte-Marguerite, où ils retomberont sous la garde de Saint-Mars. L'aumônier de la prison est l'abbé Giraud.

Peu de temps après leur arrivée, l'un des prisonniers, qui avait un valet, meurt.

Il est très probable que c'est Matthioli, dont il ne sera plus jamais question.

VI. – En 1698, Saint-Mars est nommé gouverneur de la Bastille. Il y arrive avec son prisonnier masqué, Rosarges, Guillaume de Formanoir, l'abbé Giraud et le porte-clefs Antoine Rû.

VII. – Le 19 novembre 1703, cinq ans plus tard, le prisonnier meurt, et il est enterré au cimetière de Saint-Paul, qui est sa paroisse, sous le nom de Marchiali.

C'est le major Rosarges qui signe l'acte de décès. Le prisonnier a passé trente-quatre ans en captivité dans quatre prisons différentes, sous la garde du même état-major et du même porte-clefs.

Avant d'examiner les témoignages des contemporains et la correspondance entre le ministre de la Guerre, Louvois, et Saint-Mars, il convient d'esquisser un portrait du geôlier.

3

SAINT-MARS

M. DE SAINT-MARS, né en 1626, s'appelait à sa naissance Bénigne Dauvergne ; orphelin de bonne heure, il fut élevé par un oncle, le sieur Zachée de Biot, seigneur de Blainvilliers, qui n'était pas très riche, mais fort généreux.

Iung nous dit qu'il avait un fils du même âge, et que les deux garçons entrèrent ensemble dans la première compagnie de mousquetaires, comme enfants de troupe, à l'âge de douze ans.

Ceci ne me paraît pas possible, car M. Formanoir du Palteau, né en 1712, nous dira en 1768 que dans sa jeunesse, entre 1722 et 1730, le cousin Blainvilliers lui parla plusieurs fois du Masque de Fer dont il avait été longtemps l'un des gardiens. Or, en 1722, Saint-Mars aurait eu 96 ans, et en 1730, 104 ans.

Je crois donc que Blainvilliers avait une quinzaine d'années de moins que Saint-Mars, et que c'est son cousin, maréchal des logis aux Mousquetaires, qui le fit admettre plus tard dans la première compagnie, et qui le protégea toute sa vie.

Bénigne Dauvergne, comme c'était l'usage, prit un surnom, et devint Saint-Mars.

Mousquetaire en 1650, brigadier en 1660, maréchal des logis en 1661. À ses débuts, son capitaine était M. d'Artagnan, celui-là même que Dumas devait rendre célèbre.

En septembre 1661, d'Artagnan reçoit l'ordre d'arrêter Fouquet ; il emmène Saint-Mars avec lui.

Fouquet est conduit à Angers, puis à Vincennes, et d'Artagnan est chargé de sa garde. Saint-Mars, qui ne l'a pas quitté, commence son extraordinaire carrière de geôlier.

Le procès de Fouquet dura trois années.

Nous en parlerons longuement plus loin. Le surintendant, après d'interminables débats, fut condamné au bannissement.

Louis XIV, avec une tranquille impudence, déclara que, par un acte de clémence, il commuait le bannissement en détention perpétuelle, et le surintendant fut conduit dare-dare à Pignerol par M. d'Artagnan à la tête d'un peloton de mousquetaires.

Saint-Mars, déjà nommé gouverneur de la prison d'État, les attendait sur la porte du donjon, où Fouquet devait mourir après dix-neuf ans de captivité.

*

La prison de Pignerol dépendait du ministre de la Guerre ; c'était alors le marquis de Louvois, fils de Le Tellier ; ce fut, après sa mort, le marquis de Barbezieux, fils de Louvois.

Le geôlier était bien choisi, mais ce ne fut pas un bourreau. Dans la correspondance de Louvois, on voit souvent le ministre lui conseiller de faire bâtonner certains prisonniers insupportables, et s'étonner qu'il ne suive pas ce conseil. Cependant, il surveille ses pensionnaires de très près, et il dirige lui-même des perquisitions inattendues dans les cellules des prisonniers « de conséquence ».

Il lui est même arrivé de grimper la nuit dans un arbre pour surveiller, à travers les grilles des fenêtres, le comportement de Lauzun. Une autre fois, il fait percer un trou au-dessus d'une porte, pour s'assurer que la folie d'un condamné est véritable. Bref, il fait son métier fort consciencieusement, sans inutile cruauté.

Il a l'esprit de famille. Dès qu'il a été en mesure de le faire, il a appelé à Pignerol son cousin germain, Blainvilliers, qui est presque son frère, et en fait son premier lieutenant. Il appelle ensuite son neveu, Guillaume de Formanoir, qui servira d'abord dans les cadets de sa compagnie, et le suivra à Exiles, puis à Sainte-Marguerite ; en 1693, Saint-Mars obtiendra du roi qu'il soit nommé lieutenant. Enfin, son second neveu, Louis de Formanoir.

Saint-Mars a trouvé à Pignerol le major Rosarges, qui le suivra à Exiles ; il sera ensuite le major des îles, puis de la Bastille ; enfin le porte-clefs est Antoine Rû, qui ne l'a pas quitté pendant trente-quatre ans.

On peut voir, dans la fidélité de ses subordonnés, une preuve de l'équité, de l'humanité, et de la valeur du chef.

On a mis en évidence, dans sa correspondance avec Louvois, ses fréquentes réclamations. Il me semble qu'elles sont justifiées. La vie qu'il mène est à peu près celle de ses prisonniers. Lorsqu'il demande trois jours de congé, il lui faut obtenir l'autorisation du roi, qui la refuse souvent.

Dix-sept ans dans le donjon de Pignerol, six ans dans les montagnes désertes d'Exiles, cela vaut bien quelque avancement... L'une de ses lettres est presque touchante.

Le 27 février 1672, il écrit à Louvois :

« J'ai pris la liberté de vous mander que ce qui pouvait me faire vivre ici en santé était un peu d'honneur. Il y a si longtemps que je suis maréchal des logis, que je suis le doyen de tous... Si vous n'avez la bonté, Monseigneur, de représenter à Sa Majesté mon ancienneté, je mourrai ce que je suis... »

Sa plainte n'est pas repoussée : on l'appellera désormais « cappitaine » de Saint-Mars, et il finira gouverneur de la Bastille, la prison du roi.

Ajoutons qu'à Pignerol, il avait épousé la sœur d'un

sieur Damorezan, commissaire des guerres, dont la seconde sœur fut la maîtresse de Louvois.

Tout au long de sa carrière il fut très largement payé, et reçut d'énormes gratifications.

Pour donner au lecteur une idée de leur importance, je crois utile de lui soumettre le court chapitre suivant.

4

LA QUESTION D'ARGENT

LES historiens sont des gens désintéressés. Leur choix de cette profession le prouve ; c'est pourquoi, dans leurs études sur cette ténébreuse affaire, ils n'ont pas examiné d'assez près la question d'argent. Seul, Iung, officier d'état-major, qui a consacré plusieurs années à classer les archives du ministère de la Guerre, et qui se flatte d'avoir versé au dossier du Masque de Fer quatre mille documents inédits, nous a laissé une courte étude sur la fortune de Saint-Mars ; mais il n'en a tiré aucune conclusion, si ce n'est que Saint-Mars avait été un homme d'une avidité et d'une avarice surprenantes.

Nous pensons que l'avarice et l'avidité ne suffisent pas à enrichir leur homme s'il n'a pas à sa disposition une source de richesse. Celle de Saint-Mars, ce fut la captivité du Masque de Fer.

C'est à lui qu'il doit les trois quarts de la fortune qu'il laissa à ses neveux, et que Iung évalue à deux millions de livres. Nous allons essayer de prouver que ces deux millions de livres valaient six milliards de nos francs 1960.

*

Quelle était donc la valeur de cette livre par rapport à nos « anciens francs » ?

Il est bien difficile de répondre à cette question avec une précision parfaite ; mais nous pourrons proposer au lecteur une estimation assez approchée.

*

D'abord, de quelle livre s'agit-il ? La livre parisis, ou la livre tournois ? La livre parisis valait 25 sous, la livre tournois 20 sous. En 1667, au début de notre affaire, la livre parisis fut supprimée par une ordonnance. Les sommes que nous trouvons dans la correspondance représentent donc des livres tournois.

Iung estime que cette livre valait cinq francs de 1873.

Or, nous savons qu'à cette époque le louis d'or valait vingt francs ; il en vaut aujourd'hui 8 000, c'est-à-dire que le franc de 1873 valait 400 de nos anciens francs : 400 x 5 = 2 000 francs pour la valeur de la livre tournois au temps de la captivité du Masque.

Pour confirmation, je consultai des experts ; ils me répondirent que l'or n'était pas une marchandise, et que sa valeur variait selon les circonstances : guerres, révolutions, famines, et que pour apprécier la valeur de la livre, il fallait, avant toute chose, connaître son pouvoir d'achat, entre 1670 et 1700, c'est-à-dire pendant la captivité du Masque. Je consultai donc longuement les « Tables » du vicomte d'Avenel.

Cet historien, qui appartint à l'Académie française, a consacré de bien longues années à des recherches, qui remplissent plusieurs gros volumes, sur les variations des prix dans une période de six cents ans.

Ces tables nous permettent d'estimer la valeur de la livre d'après les prix de quelques articles d'usage courant.

Ainsi, on pouvait acheter, au prix d'une livre, deux lapins, qui valent aujourd'hui 2 400 francs 1960,
  ou trois poulets (3 000 francs),
  ou trois poules (3 000 francs),
  ou six grives (3 500 francs),

ou deux kilogrammes de tête de veau (1 500 francs),

ou cinq kilogrammes de beurre (6 000 francs).

Ces six achats coûtaient donc six livres ; aujourd'hui, ils coûteraient 19 400 francs, ce qui met la valeur de la livre à 3 230 francs.

Voici d'autres prix surprenants :
– Une vache laitière, 32 livres : aujourd'hui, 180 000 francs ;
– Deux gros bœufs, 100 livres : aujourd'hui, 500 000 francs.

Donc, 132 livres valent 680 000 francs 1959, soit : 680 000 / 132 = 5 150 francs par livre.

Cette valeur monstrueuse de la livre pour les prix agricoles prouve simplement que la classe paysanne était odieusement exploitée par les seigneurs et les bourgeois ; mais il faut en tenir compte dans nos calculs, car si une livre valait trois poulets, elle les valait vraiment pour ceux qui les mangeaient à cette époque.

*

Si nous basons nos calculs sur les salaires d'ouvriers, le résultat est encore plus surprenant.

Salaire d'un maçon, 1 livre, aujourd'hui 5 000 francs.

Un charpentier, 1 livre, aujourd'hui 5 000 francs.

Une vendangeuse, 6 sous, c'est-à-dire, pour trois journées, près d'une livre. Aujourd'hui : 9 000 francs.

Une faneuse, 4 sous, une livre pour cinq journées. Aujourd'hui : 15 000 francs.

Cette valeur de la livre-salaire explique sans doute la Révolution française.

*

Dans le cas qui nous occupe, il ne s'agit pas de salaires d'ouvriers, mais de prix d'achat de nourritures, de gratifications, de soldes d'officiers ou de soldats, et je dirai au lecteur : « M. de Saint-Mars avait une solde annuelle de six mille livres, qui lui eût permis d'acheter dix-huit mille poulets, qui valent aujourd'hui dix-huit millions, et la livre, dans ce cas, valait 3 000 anciens francs. » Ajoutons que M. de Saint-Mars était logé, nourri et servi.

Je pense, après de longues réflexions et consultations, qu'il serait très raisonnable d'adopter, pour la livre tournois, la valeur de 3 000 francs 1960, ce qui est probablement trop faible, mais suffisant pour notre démonstration.

Au cours de ce volume, nous prouverons, par l'arithmétique la plus simple, que la captivité du Masque, dont Louvois nous dira dix fois que ce n'était qu'un valet, a coûté au roi cinq milliards, parce que nous voulons bien admettre que Fouquet et Lauzun ont coûté un milliard.

Nous pouvons déjà dire qu'un secret qui a coûté cinq milliards en trente-quatre ans n'était pas le secret d'un valet, qu'on eût pendu en cinq minutes avec une corde de quarante sous.

5

MATTHIOLI

Il est d'abord indispensable de présenter le personnage de Matthioli, car un grand nombre de chercheurs et d'historiens ont cru voir en lui le Masque de Fer.

Roux-Fazillac (1800), Delort (1825), Marius Topin (1869), Funck Brentano sont les principaux partisans de cette thèse, et il est possible qu'il y en ait d'autres aujourd'hui.

*

Ercole Antonio Matthioli était né à Bologne, en 1640. Il avait fait de sérieuses études de droit, et avait obtenu le poste de lecteur à l'Université. Le duc de Mantoue, Charles III, le prit à son service. À sa mort, son fils Charles IV de Gonzague, qui lui succéda à l'âge de treize ans, nomma Matthioli sénateur « surnuméraire », c'est-à-dire suppléant.

Ce titre, qui ne paraît pas très sérieux, lui donna droit à un titre de comte, qui ne le paraît pas davantage, et le duc, dont les mœurs étaient fort relâchées, en fit son favori.

Matthioli n'appartenait donc pas à la vieille noblesse italienne ; son importance dans le monde était proportionnelle à celle du duché de Mantoue, et de sa noblesse toute neuve.

Le jeune duc était sans cesse à court d'argent.

Il apprit par l'abbé d'Estrades, notre représentant, que Louis XIV était fort désireux d'acheter la place forte de Casal. Le duc, charmé, demande cent mille écus, et charge son cher Matthioli de négocier cette affaire.

Louis XIV, le Grand Roi, écrit à ce Matthioli une lettre d'amitié :

« Monsieur le comte Matthioli,
« J'ai vu, par la lettre que vous m'avez écrite et par ce que m'en a mandé l'abbé d'Estrades, mon ambassadeur, l'affection que vous témoignez pour mes intérêts. Vous ne devez pas douter que je ne vous en sache beaucoup de gré et que je n'aye plaisir de vous en donner des preuves en toutes rencontres, et me remettant encore à ce qui vous en sera dit plus particulièrement de ma part par ledit abbé d'Estrades, je ne vous ferai la présente plus longue que pour prier Dieu qu'il vous ait, Monsieur le comte Matthioli, en sa sainte garde.
« Louis. »

Le roi le reçoit en audience privée, signe le projet de traité, lui offre un diamant et quatre cents doubles louis.

Sur quoi, le traître va vendre le secret à la Cour de Turin, puis au conseil des Dix de Venise, puis à Milan, et même aux Espagnols...

Toute l'Europe s'inquiète à l'idée que la France veut s'installer à Casal, qui est l'entrée et comme la clef de l'Italie... Le traité n'est pas ratifié par Gonzague. Louis XIV, dupé et presque ridiculisé par le trop astucieux Matthioli, le fait enlever le 2 mai 1679, et il est conduit à Pignerol.

Il n'en sortira que pour aller mourir dans une autre prison, celle de l'île Sainte-Marguerite.

Au cours de notre récit, nous le rencontrerons souvent, et dans un chapitre qui lui sera consacré, nous prouverons définitivement qu'il ne fut pas le prisonnier masqué.

6

LES TÉMOINS

Si nous classons les documents par ordre d'importance, la première pièce qu'il convient de citer est un extrait du journal que tenait le « lieutenant de roi » de la Bastille, M. du Junca, qui en était le second personnage, le premier étant le gouverneur.

Notons d'abord que du Junca n'était pas un simple gardien de prison promu « lieutenant de roi » à l'ancienneté. Malgré son orthographe surprenante, c'était un gentilhomme, et Franz Funck Brentano, historien méthodique et pointilleux, dit :

« *Du Junca paraît avoir été un homme distingué, puisque aussi bien nous le trouvons en correspondance avec Mme de Coulanges et Mme de Grignan, fille chérie de Mme de Sévigné.* »

Le journal qu'il tenait n'avait rien d'officiel. C'était un aide-mémoire pour son usage personnel, et la sincérité de ses notes prises au jour le jour ne peut pas être mise en doute.

Ce journal comprenait deux registres. Dans le premier, il consignait les « entrées » des nouveaux pensionnaires de la forteresse ; dans le second, il notait les « sorties », c'est-à-dire les mises en liberté ou les décès des prisonniers.

Ces registres ont été tenus à jour depuis :

« *le mercredi onzième du mois d'octobre que je suis entré en possession de la charge de lieutenant de roi en l'année 1690* ».

Voici ce qu'il nota au soir du 18 septembre 1698 :

« *Du judy 18 de septembre à trois heures après midy, M. de Saint-Mars, gouverneur du château de la Bastille, est arrivé pour sa première entrée venant de son gouvernement des illes Sainte-Marguerite et Honnorat, aiant avec luy dans sa litière un ancien prisonnier qu'il avet à Pignerol lequel il fait tenir toujours masqué, dont le nom ne se dit pas et l'aiant fait mettre en descendant de sa litière dans la première chambre de la tour de la Basinière, en atendant la nuit, pour le mettre et mener moy même à neuf heures du soir avec M. de Rosarges, un des sergens que M. le Gouverneur a mené, dans la troisième chambre de la Bretaudière, que j'avès fait meubler de touttes choses quelques jours avant son arrivée, aiant rescu l'hordre de M. de Saint-Mars, lequel prisonnier sera servis et sounié* [soigné] *par M. de Rosarges, que M. le Gouverneur norira.* »

Ce prisonnier « dont le nom ne se dit pas » va commencer à la Bastille sa trentième année de captivité.

Cinq ans et deux mois plus tard, du Junca consigne dans son registre la mort du captif.

« *Du même jour, lundy 19 de novembre 1703, ce prisonnier inconnu, toujours masqué d'un masque de velours noir, que M. de Saint-Mars, gouverneur, avait amené avecque luy, en venant des illes Sainte-Marguerite, qu'il gardet depuis longtemps, lequel s'étant trouvé hier un peu mal en sortant de la messe, il est mort le jourd'huy sur les dix heures du soir, sans avoir eu une grande maladie, il ne se put pas moins. M. Giraud, notre homonier, le confessa hier. Surpris de sa mort, il n'a point resçu les sacrements et notre homonier la exorté un moment avent de mourir et ce prisonnier inconnu gardé depuis si longtemps a esté entéré le mardy à quatre heures de l'après-midi 20 novembre dans le semetière Saint-Paul, notre paroisse ; sur le registre mortuer on a donné un nom aussy inconnu que M. de Rosarges, major, et M. Reil, sirurgien, qui ont signé le registre. »*

En marge :

« J'ai appris du depuis con lavet nomé sur le registre M. de Marchiel, qu'on a paié 40 livres danterement. »

Enfin, nous possédons le texte de l'acte de décès.

« Le 20, Marchialy, âgé de quarante-cinq ans ou environ, est décédé dans la Bastille, duquel le corps a été inhumé dans le cimetière de Saint-Paul sa paroisse, le 20 du présent, en présence de M. de Rosarges, majeur de la Bastille et de M. Reghle, chirurgien majeur de la Bastille, qui ont signer. »

La très grande valeur de ces documents, c'est qu'ils prouvent indiscutablement que l'histoire de l'homme masqué n'est pas une légende.

Nous reviendrons plusieurs fois sur l'explication de ces textes, dont l'authenticité n'a jamais été discutée.

*

Le second témoin, c'est la princesse Palatine, duchesse d'Orléans, et belle-sœur du roi.

Dès 1711, huit ans après la mort du Masque, elle écrivait à la princesse de Hanovre :

Marly, 10 octobre 1711

« *Un homme est resté de longues années à la Bastille, et y est mort masqué. Il avait à ses côtés deux mousquetaires pour le tuer s'il ôtait son masque. Il a mangé et dormi masqué : il fallait sans doute que ce fût ainsi car on l'a d'ailleurs très bien traité, bien logé, et on lui a donné tout ce qu'il désirait. Il a communié masqué. Il était très dévot, et lisait continuellement. On n'a jamais pu apprendre qui il était.* »

Marly, 22 octobre 1711

« *Je viens d'apprendre quel était l'homme masqué qui est mort à la Bastille. S'il a porté un masque, ce n'était point par barbarie. C'était un mylord anglais qui avait été mêlé à l'affaire du duc de Berwick contre le roi Guillaume II.* »

Ces deux lettres ont une valeur. Elles nous prouvent que huit ans après sa mort on parlait encore à la Cour de ce prisonnier masqué ; on croyait que c'était un homme de haute naissance, détenu pour des raisons politiques, mais les gens au pouvoir aiguillaient les suppositions vers quelque seigneur étranger : on parlera aussi de Monmouth ou du fils de Cromwell...

En tout cas, notons qu'il était « très bien traité, bien logé, et qu'on lui a donné tout ce qu'il désirait ».

Voici maintenant un autre contemporain : Renneville, qui était entré à la Bastille en 1702, c'est-à-dire avant la mort du Masque. Il semble que son témoignage n'ait à peu près aucune valeur, mais il cite un nom important, celui de Rû.

« *J'ai vu un autre prisonnier, en 1705, qui avait été arrêté longtemps avant M. Cardel, et dont je n'ai jamais pu savoir le nom ; mais Rû, le porte-clefs, en me reconduisant dans ma chambre, me dit qu'il y avait trente et un ans qu'il était prisonnier ; que M. de Saint-Mars l'avait amené avec lui des îles Sainte-Marguerite, où il était condamné à une prison perpétuelle pour avoir fait, étant écolier, âgé de douze ou treize ans, deux vers contre les Jésuites... Je le vis dans une salle où par méprise je fus introduit avec lui. Les officiers m'ayant vu entrer, ils lui firent tourner le dos devers moi, ce qui m'empêcha de le voir au visage. C'était un homme de moyenne taille, portant ses cheveux d'un crêpé noir fort épais, dont pas un n'était encore mêlé. »*

Renneville ne peut avoir vu le Masque en 1705, puisque le prisonnier était mort fin novembre 1703 ; nous pouvons admettre une erreur de date car il écrivit son histoire de la Bastille vers 1715.

L'écolier condamné à perpétuité n'est qu'une invention ridicule contre les jésuites. En outre, il semble ignorer que le prisonnier eût jamais porté un masque, et il dit qu'il n'avait pas un cheveu blanc : nous verrons par d'autres témoignages que la chevelure du prisonnier était déjà toute blanche depuis dix ou douze ans. Cependant, Renneville a très probablement connu Antoine Rû, et la date qu'il nous donne pour l'incarcération du Masque est à peu près exacte. Dauger, en 1702, était captif depuis environ trente-deux ans ; ce témoignage est l'un de ceux qui écartent la candidature Matthioli, arrêté dix ans après Dauger. De plus, ce témoignage est intéressant, car c'est la première révélation publique de l'existence du prisonnier.

*

Le second ouvrage imprimé, c'est un très court roman, *Mémoires secrets pour servir à l'histoire de la Perse*. Il parut en 1745, et eut plusieurs éditions.

Il met en scène, sous des noms des Mille et Une Nuits, le dauphin, et Vermandois, fils de La Vallière.

Un jour, Vermandois gifle le dauphin. Les conseillers de la couronne sont d'avis que l'on doit le condamner à mort ; mais Louis XIV, par amour paternel, décide de l'envoyer à l'armée des Flandres. On fait croire ensuite qu'il est mort de la variole, et on l'enferme à Sainte-Marguerite, puis à la Bastille, sous un masque.

« Plusieurs personnes dignes de foi ont affirmé avoir vu plus d'une fois ce prisonnier masqué, et ont rapporté qu'il tutoyait le gouverneur, qui au contraire lui rendait des respects infinis. »

Ce conte n'est qu'un conte, et sa version de l'affaire est inacceptable ; mais le prisonnier masqué est présenté au grand public, et le fait que le livre fut imprimé en Hollande, sans nom d'auteur, prouve que l'affaire, en 1745, était toujours un secret d'État.

*

Nous arrivons maintenant à Voltaire qui fut le grand vulgarisateur du drame. Il est nécessaire de mettre sous les yeux du lecteur tout ce qu'il a écrit sur ce sujet.

1751. *Siècle de Louis XIV.*

« Quelques mois après la mort de Mazarin, il arriva un événement qui n'a point d'exemple ; et ce qui est non moins étrange, c'est que tous les historiens l'ont ignoré. On envoya dans le plus grand secret au château de l'île Sainte-Marguerite, dans la mer de Provence, un prisonnier inconnu, d'une taille au-dessus de l'ordinaire, jeune, et de la figure la plus belle et la plus noble. Ce prisonnier, dans la route, portait un masque dont la mentonnière avait des ressorts d'acier, qui lui laissaient la liberté de manger avec le masque sur son visage. On avait ordre de le tuer s'il se découvrait. Il resta dans l'île jusqu'à ce qu'un officier de confiance, nommé Saint-Mars, gouverneur de Pignerol, ayant été fait gouverneur de la Bastille, l'an 1690, l'allât prendre

à l'île Sainte-Marguerite et le conduisît à la Bastille, toujours masqué. Le marquis de Louvois alla le voir dans cette île avant la translation. Le ministre lui parla debout, et avec une considération qui tenait du respect. Cet inconnu fut mené à la Bastille, où il fut logé aussi bien qu'on peut l'être dans ce château. On ne lui refusait rien de ce qu'il demandait. Son plus grand goût était pour le linge d'une finesse extraordinaire et pour les dentelles. Il jouait de la guitare. On lui faisait la plus grande chère et le gouverneur s'asseyait rarement devant lui. Un vieux médecin de la Bastille, qui avait souvent traité cet homme singulier dans ses maladies, a dit qu'il n'avait jamais vu son visage, quoiqu'il eût souvent examiné sa langue et le reste de son corps. Il était admirablement bien fait, disait ce médecin ; sa peau était un peu brune ; il intéressait par le seul ton de sa voix, ne se plaignait jamais de son état et ne laissait point entrevoir ce qu'il pouvait être.

« Cet inconnu mourut en 1703 et fut enterré la nuit à la paroisse Saint-Paul. Ce qui redouble l'étonnement, c'est que, quand on l'envoya dans l'île de Sainte-Marguerite, il ne disparut dans l'Europe aucun homme considérable. »

1752. *Siècle de Louis XIV*, 2ᵉ édition.

« Ce prisonnier l'était sans doute [considérable], car voici ce qui arriva les premiers jours qu'il était dans l'île. Le gouverneur mettait lui-même les plats sur la table et ensuite se retirait après l'avoir enfermé. Un jour, le prisonnier écrivit avec un couteau sur une assiette d'argent et jeta l'assiette par la fenêtre, vers un bateau qui était au rivage, jusqu'au pied de la tour. Un pêcheur, à qui ce bateau appartenait, ramassa l'assiette et la rapporta au gouverneur. Celui-ci, étonné, demanda au pêcheur : "Avez-vous lu ce qui est écrit sur cette assiette et quelqu'un l'a-t-il vue entre vos mains ? – Je ne sais pas lire, répondit le pêcheur. Je viens de la *trouver, personne ne l'a vue." Ce paysan fut retenu jusqu'à ce que le gouverneur fût bien informé qu'il n'avait jamais lu et que l'assiette n'avait été vue de personne. "Allez, lui dit-il, vous êtes bien heureux de ne savoir pas lire." Parmi les personnes qui ont eu une connaissance immédiate de ces faits il y en a une très digne de foi qui vit encore.*

« M. de Chamillart fut le dernier ministre qui eut cet étrange secret. Le second maréchal de la Feuillade, son gendre, m'a dit qu'à la mort de son beau-père, il le conjura à genoux de lui apprendre ce que c'était que cet homme qu'on ne connut jamais que sous le nom de l'Homme au Masque de Fer. Chamillart lui répondit que c'était le secret de l'État et qu'il avait fait serment de ne le révéler jamais. Enfin, il reste encore beaucoup de mes contemporains qui déposent de la vérité de ce que j'avance, et je ne connais pas de fait ni plus extraordinaire ni mieux constaté. »

1753. *Supplément au Siècle de Louis XIV.*

« Plusieurs personnes enfin me demandent tous les jours quel était ce captif si illustre et si ignoré. Je ne suis qu'historien, je ne suis point devin. Ce n'était certainement pas le comte de Vermandois ; ce n'était pas le duc de Beaufort, qui ne disparut qu'au siège de Candie et dont on ne put distinguer le corps dont les Turcs avaient coupé la tête. M. de Chamillart disait quelquefois, pour se débarrasser des questions pressantes du dernier maréchal de la Feuillade et de M. de Caumartin, que c'était un homme qui avait tous les secrets de M. Fouquet. Il avouait donc, au moins par là, que cet inconnu avait été enlevé quelque temps après la mort du cardinal Mazarin. Or, pourquoi des précautions si inouïes pour un confident de M. Fouquet, pour un subalterne ? Qu'on songe qu'il ne disparut en ce temps-là aucun homme considérable. Il était donc clair que c'était un prisonnier de la plus grande importance, dont la destinée avait

toujours été secrète. C'est tout ce qu'il est permis de conjecturer. »

Ces révélations firent grand bruit dans toute l'Europe ; mais, comme Voltaire n'avait pas mis en cause la dynastie, le roi n'en fut pas ému.

Quinze ans plus tard, en 1768, l'histoire du mystérieux prisonnier revenait au premier plan de l'actualité grâce à deux lettres que Fréron publia dans *L'Année littéraire*.

La première est de Lagrange-Chancel, qui fut détenu aux îles de 1719 à 1722.

Lettre de M. de Lagrange-Chancel à M. Fréron au sujet de l'Homme au Masque de Fer :

« *Le séjour que j'ai fait aux îles Sainte-Marguerite, où cet événement n'était plus un secret d'État dans le temps que j'y arrivai, m'en a appris des particularités qu'un historien plus exact dans les recherches que M. de Voltaire aurait pu savoir comme moi s'il s'était donné la peine de s'en instruire.*

« *Cet événement extraordinaire qu'il place en 1661, quelques mois après la mort du cardinal Mazarin, n'est arrivé qu'en 1669, huit ans après la mort de cette Éminence.*

« *M. de Lamotte-Guérin, qui commandait dans ces îles du temps que j'y étais détenu, m'assura que ce prisonnier était le duc de Beaufort, qu'on disait avoir été tué au siège de Candie, et dont on ne put trouver le corps, selon les relations de ce temps-là. Il me dit aussi que le sieur de Saint-Mars avait de grands égards pour ce prisonnier, qu'il le servait toujours lui-même en vaisselle d'argent, et lui fournissait souvent des habits aussi riches qu'il pouvait le désirer...*

« *Lorsqu'il était seul, il pouvait s'amuser à s'arracher le poil de la barbe, avec des pincettes d'acier très luisant et très poli. J'en vis une de celles qui lui servoient à cet usage, entre les mains du sieur de Formanoir, neveu de Saint-Mars, et lieutenant d'une compagnie franche, préposée pour la garde des prisonniers. Plusieurs personnes ont raconté que lorsque Saint-Mars alla prendre possession de la Bastille, où il conduisit ses prisonniers, on entendit ce dernier, qui portait son masque de fer, dire à son conducteur : "Est-ce que le Roi en veut à ma vie ? – Non, mon prince, répondit Saint-Mars, votre vie est en sûreté, vous n'avez qu'à vous laisser conduire." J'ai su d'un nommé Dubuisson, caissier du fameux Samuel Bernard, qui, après avoir été quelques années à la Bastille, fut conduit aux îles Sainte-Marguerite, qu'il étoit dans une chambre avec quelques autres prisonniers, précisément au-dessus de celle qui étoit occupée par cet inconnu ; que par le tuyau de la cheminée ils pouvoient s'entretenir et se communiquer leurs pensées ; mais que ceux-ci lui ayant demandé pourquoi il s'obstinait à leur taire son nom et ses aventures, il leur avoit répondu "que cet aveu lui coûteroit la vie, aussi bien qu'à ceux auxquels il auroit révélé son secret". »*

Il faut d'abord remarquer que ce témoignage n'est pas direct, mais rapporté par le confident d'un témoin ; il faut donc examiner les titres de nos deux informateurs.

*

Lagrange-Chancel n'est pas un simple folliculaire. C'est un homme de qualité, protégé par la princesse de Conti, et qui fut maître des cérémonies à la Cour. Il a écrit plusieurs comédies à succès et des tragédies qui lui valurent des encouragements de Racine. C'était de plus un homme d'esprit, assez caustique, quand il lui plaisait. En 1720, il composa *Les Philippiques*, qui attaquaient violemment le Régent. C'est alors qu'il fut interné aux îles ; deux ans plus tard, il réussit à s'évader sur une barque de pêcheur, qui lui permit de gagner la côte de la Sardaigne, et ce n'est qu'après la mort du Régent qu'il put rentrer en France.

On peut se demander pourquoi le gouverneur aurait fait ces révélations à un condamné. Ce n'est pas invraisemblable, car il est très probable qu'il devait s'ennuyer mortellement dans son île, et il fit sans doute bon accueil à l'ancien maître des cérémonies de la Cour, poète, auteur dramatique, ami de l'illustre Racine ; j'imagine qu'il bavardait volontiers avec lui, et que tout naturellement, ils parlèrent quelquefois du Masque de Fer. Le prisonnier était mort depuis dix-sept ans, et l'on pouvait dire, sans trahir le grand secret, ce que tout le monde savait dans l'île : les riches habits, les égards, la vaisselle d'argent, révélations corrigées et annulées par l'attribution du masque au duc de Beaufort.

Je crois donc que Lagrange-Chancel n'a rien inventé, et qu'il répète fidèlement les propos de Lamotte-Guérin ; mais que vaut le témoignage du gouverneur ?

Les historiens ne lui ont pas attaché une grande importance, car ils ont cru que Lamotte-Guérin, successeur de Saint-Mars, n'était arrivé aux îles qu'après le départ du prisonnier et de son gardien. Par conséquent, le nouveau gouverneur n'avait pu que recueillir les rumeurs et les traditions de Sainte-Marguerite ou de Cannes.

Or, nous avons trouvé dans les registres paroissiaux de Cannes trois lignes qui tranchent la question.

Ces trois lignes, les voici :

« Le 22 janvier 1693, naissance du fils de Charles de Guérin, seigneur de Lamotte, lieutenant de roi aux Îles. L'enfant a été ondoyé par l'Abbé Giraud. »

Ainsi donc Lamotte-Guérin était lieutenant du roi aux îles en 1692, six ans avant le départ du prisonnier, et il est même probable qu'il y était arrivé bien avant le baptême de son fils. Comme nous ne pouvons le démontrer, contentons-nous de ces six ans, qui sont tout à fait suffisants.

Ainsi, pendant six ans, Lamotte-Guérin a été le premier adjoint de Saint-Mars. Comme du Junca à la Bastille, il a eu en main le registre d'écrou de la prison ; c'est pourquoi il connaît la date exacte de l'arrestation du prisonnier, 1669.

Il a vu le captif se promener dans l'île sous son masque, il l'a vu dans son cachot, et il lui a certainement parlé. En effet, une lettre de Saint-Mars à Louvois nous le dit, il convient de la citer ici :

Janvier 1696 aux Îles :

« Mes deux lieutenants servent à manger aux heures réglées, ainsi qu'ils me l'ont vu pratiquer, et que je fais encore très souvent lorsque je me porte bien, et voici comment, Monseigneur. Le premier venu de mes lieutenants prend les clefs de la prison de mon ancien prisonnier par où l'on commence, il ouvre les trois portes, et entre dans la chambre du prisonnier, qui lui remet honnêtement les plats et assiettes qu'il a mis lui-même sur les autres, pour les donner entre les mains du lieutenant qui ne fait que de sortir deux portes, et entre dans la chambre du prisonnier, qui reçoit pour les porter sur une table à deux pas de là, où est le second lieutenant qui visite tout ce qui entre et sort de la prison et voit s'il n'y a rien d'écrit sur les vaisselles ; et après que l'on lui a tout donné le nécessaire, l'on fait la visite dedans et dessous son lit, et de là aux grilles des fenêtres de sa chambre, et aux lieux, ainsi que par toute sa chambre et fort souvent sur lui ; après lui avoir demandé fort civilement s'il n'a pas besoin d'autre chose, l'on ferme les portes pour aller en faire tout autant aux autres prisonniers... »

Il me semble évident que les deux lieutenants qui remplaçaient Saint-Mars pour cette visite quotidienne étaient le lieutenant de roi Lamotte-Guérin et Rosarges, le major de la prison.

Il est donc certain que lorsque Saint-Mars ne se « porte pas bien », c'est son lieutenant de roi qui le remplace. Lamotte-Guérin a donc vu la vaisselle d'argent, il a assisté au repas du prisonnier presque tous les jours, pendant au moins six ans, puis il lui a demandé « *fort civilement, s'il avait besoin d'autre chose...* » Quand il ne remplaçait pas Saint-Mars, il l'accompagnait. Il a donc assisté à la petite cérémonie au moins deux mille fois, en six ans.

A-t-il su la vérité ? Il l'a sans doute devinée, mais, gardien fidèle, il a dit que le captif était le duc de Beaufort, c'est-à-dire qu'il a confirmé le dernier « conte jaune » de Saint-Mars.

*

En ce qui concerne les révélations des soldats, valets, ou prisonniers, elles seraient également importantes si nous pouvions les accepter sans le moindre doute.

Enfin, dans la première édition de cet ouvrage, j'avais refusé de croire que Saint-Mars eût appelé le prisonnier « mon prince » devant tous les témoins de son départ, et j'avais pensé que cette affirmation inacceptable dévaluait le témoignage de Lamotte-Guérin.

Je suis maintenant persuadé que ce fut une « astuce » du vieux renard, l'astucieux Saint-Mars.

C'est lui qui avait lancé la rumeur selon laquelle le prisonnier était le duc de Beaufort. Petit-fils d'Henri IV, Beaufort avait droit au titre de prince. Ainsi le rusé gardien confirmait, comme par inadvertance, et devant des témoins qui le répéteraient en toute bonne foi, son dernier mensonge, le jour du départ pour la Bastille...

En ce qui concerne le sieur Dubuisson, son récit est acceptable, car il ne fait que confirmer les lettres de Louvois qui ordonnaient à Saint-Mars de « passer son épée au travers du corps » du prisonnier s'il voulait raconter son histoire.

Enfin, nous avons l'épisode de la pince à épiler ; Maurice Duvivier semblait trouver ridicules ces « préoccupations barbifiques ». Je crois qu'il avait tort. Il est exact que le plus jeune des Formanoir, Louis, fut l'un des gardiens du Masque pendant une vingtaine d'années : d'abord en qualité de cadet, puis de lieutenant, et lorsque Lagrange-Chancel le connut aux îles, il commandait la compagnie franche. C'est cet officier qui montra à notre témoin la pince à épiler qu'il avait trouvée dans la chambre du Masque après son départ.

Il nous dit que le prisonnier s'en servait pour arracher les poils de sa barbe.

Le prisonnier portait-il la barbe ? On peut admettre que le port de la barbe lui ait été imposé au même titre que le masque, afin de cacher un menton trop reconnaissable.

Ce qui augmente l'intérêt des confidences de Lamotte-Guérin, c'est qu'elles furent faites à Lagrange-Chancel, trente ans avant la parution du *Siècle de Louis XIV*, et, d'autre part, ce témoignage sera confirmé par le mieux informé de tous les témoins, M. Formanoir du Palteau qui écrivit également à Fréron en 1768 ; voici sa longue et précieuse lettre :

Lettre de M. du Palteau à M. Fréron.
Année littéraire, juin 1768 :

« *Monsieur,*

« *Comme il paraît par la lettre de M. Saint-Foix dont vous venez de donner un extrait, que l'Homme au Masque de Fer exerce toujours l'imagination de nos écrivains, je vais vous faire part de ce que je sais de ce prisonnier.*

« *Il n'était connu aux îles Sainte-Marguerite et à la Bastille que sous le nom de La Tour. Le gouverneur et les autres officiers avaient de grands égards pour lui ; il obtenait tout ce qu'on pouvait accorder à un prisonnier. Il se promenait souvent ayant toujours un masque sur le visage. Ce n'est que depuis que* Le Siècle de Louis XIV *de M. de Voltaire a paru, que j'ai ouï dire que ce masque était de fer et à ressorts ; peut-être a-t-on oublié de me parler de cette circonstance ; mais il n'avait ce masque que lorsqu'il sortait pour prendre l'air, ou qu'il était obligé de paraître devant quelque étranger.*

« *Le sieur de Blainvilliers, officier d'infanterie, qui avait accès chez M. de Saint-Mars, gouverneur des îles Sainte-Marguerite, et depuis de la Bastille, m'a dit plusieurs fois que le sort de La Tour ayant beaucoup excité sa curiosité, pour la satisfaire il avait pris l'habit et les armes d'un soldat qui devait être en sentinelle dans une galerie sous la fenêtre de la chambre qu'occupait ce prisonnier aux îles Sainte-Marguerite ; que de là il l'avait très bien vu ; qu'il n'avait point son masque, qu'il était blanc de visage, grand et bien fait de son corps, ayant la jambe un peu trop fournie par le bas, et les cheveux blancs, quoiqu'il ne fût que dans la force de l'âge ; il avait passé cette nuit-là presque entière à se promener dans sa chambre ; Blainvilliers ajoutait qu'il était toujours vêtu de brun, qu'on lui donnait du beau linge et des livres ; que le gouverneur et les officiers restaient devant lui debout et découverts jusqu'à ce qu'il les fît couvrir et asseoir ; qu'ils allaient souvent lui tenir compagnie et manger avec lui.*

« *En 1698, M. de Saint-Mars passa du gouvernement des îles Sainte-Marguerite à celui de la Bastille. En venant en prendre possession, il séjourna avec son prisonnier à sa terre du Palteau. L'Homme au Masque arriva dans une litière qui précédait celle de M. de Saint-Mars ; ils étaient accompagnés de plusieurs gens à cheval. Les paysans allèrent au-devant de leur seigneur. M. de Saint-Mars mangea avec son prisonnier, qui avait le dos opposé aux croisées de la salle à manger qui donnent sur la cour. Les paysans que j'ai interrogés ne purent voir s'il mangeait avec son masque ; mais ils observèrent très bien que M. de Saint-Mars, qui était à table vis-à-vis de lui, avait deux pistolets à côté de son assiette. Ils n'avaient pour les servir qu'un seul valet de chambre, qui allait chercher les plats qu'on lui apportait dans l'antichambre, fermant soigneusement sur lui la porte de la salle à manger. Lorsque le prisonnier traversait la cour, il avait toujours son masque noir sur le visage ; les paysans remarquèrent qu'on lui voyait les dents et les lèvres, qu'il était grand et avait les cheveux blancs. M. de Saint-Mars coucha dans un lit qu'on lui avait dressé auprès de celui de l'Homme au Masque. M. de Blainvilliers m'a dit que lors de sa mort, arrivée en 1704, on l'enterra secrètement à Saint-Paul, et que l'on mit dans le cercueil des drogues pour consumer le corps. Je n'ai pas entendu dire qu'il eût un accent étranger. »*

Cette lettre est fort intéressante à cause de la personnalité du témoin : M. du Palteau est un gentilhomme né en 1712, dans ce château du Palteau, quatorze ans après le passage du Masque, en 1698. C'est là qu'il a été élevé, parmi les paysans du domaine. Il a déjeuné et dîné tous les jours dans cette salle à manger, sur cette table, où Saint-Mars avait placé un pistolet de chaque côté de son assiette, en face du prisonnier, qui tournait le dos à la fenêtre.

Lorsqu'il écrit cette lettre il a cinquante-six ans ; il vit sur ses terres avec ses paysans, et il va assez souvent à Paris, car il est membre de l'Académie royale d'Agriculture. C'est un homme instruit, qui rédige des rapports sur les cultures de sa région.

Ce qui nous intéresse tout particulièrement, c'est qu'il est le fils de Guillaume de Formanoir, qui est lui-même le neveu de Saint-Mars.

Ce Guillaume était donc le neveu du gouverneur, qui le protégea toute sa vie.

Dès le temps de Pignerol, Guillaume est cadet dans la compagnie franche qui veille sur Fouquet, Lauzun et le Masque. Il suit Saint-Mars à Exiles, puis à

Sainte-Marguerite. En 1693, Saint-Mars réclame pour lui le brevet de lieutenant, pour remplacer Boisjoly ; il l'obtient. Guillaume a alors quarante-quatre ans. Désormais, il est certain qu'il sera souvent l'un des deux lieutenants qui vont chaque jour apporter sa nourriture au Masque, sous la surveillance de Saint-Mars.

En 1698, il part avec lui pour la Bastille, et son oncle lui fait donner le poste d'administrateur, qu'il partage avec l'abbé Giraud, l'aumônier venu de Sainte-Marguerite.

En 1708, mort de Saint-Mars. Guillaume espère être nommé gouverneur à la place de son oncle. On lui préfère Bernaville. Dépité, il démissionne et se retire au Palteau, dans le petit manoir que Saint-Mars lui a légué, et mène la vie d'un gentilhomme campagnard.

C'est là sans doute qu'il s'est marié, car il a un fils en 1712 : ce fils sera l'auteur de la lettre à Fréron.

D'autre part, ce fils est également le neveu de Louis et de Joseph de Formanoir, frères de son père, et il est le cousin de Blainvilliers.

Saint-Mars et Guillaume ont gardé le Masque pendant trente-quatre ans. Blainvilliers, pendant vingt ans au moins. Les deux autres Formanoir (Louis et Joseph) ont été cadets de la compagnie franche de Saint-Mars : l'un depuis Pignerol, l'autre, plus jeune, à Sainte-Marguerite, où nous le retrouvons commandant la compagnie en 1714, onze ans après la mort du prisonnier à la Bastille.

La garde du Masque de Fer a donc été la grande affaire de toute la famille. En récompense de son inviolable silence, Saint-Mars, ancien enfant de troupe, a pu amasser plusieurs milliards ; ses deux neveux, de Formanoir et son cousin Blainvilliers, doivent au prisonnier masqué leurs brillantes carrières et les terres seigneuriales, dont la propriété les anoblit : le Palteau, Érimont, Dixmont, que Saint-Mars leur laissa en héritage, ce qui prouve que la famille était parfaitement unie autour du vieux gouverneur. Unie par l'affection, l'intérêt, et sans doute le secret.

C'est pourquoi il me semble que le rapport de M. du Palteau, d'après les récits de Blainvilliers, témoin oculaire, mérite la plus grande attention.

Georges Mongrédien laisse le lecteur libre d'y croire ou de n'y pas croire ; il me semble qu'il n'y croit pas beaucoup lui-même, car le texte de M. du Palteau contient quelques erreurs, qu'il est peut-être possible d'expliquer.

*

Arrêtons-nous d'abord sur une phrase capitale : « Le sieur de Blainvilliers m'a dit plusieurs fois... »

M. du Palteau a donc très bien connu Blainvilliers, son cousin, mais à quel âge ?

En effet, l'auteur de la lettre est né en 1712. Son cousin Blainvilliers n'a pu lui parler du Masque avant sa dixième année, en 1722. Or, en 1722, Saint-Mars, né en 1626, aurait eu quatre-vingt-seize ans ! J'en conclus que Blainvilliers avait probablement une quinzaine d'années de moins que lui. On peut en effet admettre que Zachée de Biot s'était d'abord intéressé à Saint-Mars, fils de sa sœur, parce qu'il n'avait pas d'enfant : peut-être n'était-il pas encore marié, et son propre fils ne naquit qu'au moment où Saint-Mars était déjà mousquetaire. Dix ou quinze ans plus tard, Blainvilliers entrait comme enfant de troupe dans la compagnie de son cousin, qui le protégea toute sa vie, et le fit venir à Pignerol en qualité de second lieutenant.

Si cette hypothèse était vraie, Blainvilliers, en 1722, aurait eu quatre-vingts ans, quand le petit du Palteau avait dix ans ; ceci expliquerait les critiquables erreurs que nous trouvons dans ce récit et que plusieurs historiens ont constatées, erreurs dues peut-être au grand âge de Blainvilliers, ou à la jeunesse de l'auteur, qui nous répète ce que lui disait son vieux cousin, quarante-sept ans plus tôt.

Il nous dit que Blainvilliers, à Sainte-Marguerite, prit la place d'une sentinelle « dans une galerie sous la fenêtre de la chambre du prisonnier » et que « de là, il l'avait très bien vu ».

À Sainte-Marguerite, ce n'est pas possible. Il n'y a aucune galerie sous la fenêtre du cachot, qui se trouve à trente mètres du sol. Si Blainvilliers a pu voir « très bien » le prisonnier, ce ne peut être qu'à Pignerol, car il serait bien étrange que sa curiosité n'eût été éveillée qu'à Sainte-Marguerite, c'est-à-dire dix-huit ans après l'arrestation.

C'est certainement dans les premiers mois de cette aventure que le jeune officier de Pignerol a voulu voir le mystérieux captif qu'il devait garder vingt ans, et dont tout le monde parlait à voix basse.

Il dit d'ailleurs que le Masque était « dans la force de l'âge ».

En 1670, la « force de l'âge », c'était de trente à trente-cinq ans. À Sainte-Marguerite, le prisonnier avait plus de cinquante ans.

Nous ne savons pas grand-chose de Pignerol. Personne ne l'a décrit, et le donjon fut rasé en 1696. Il n'est pas impossible d'admettre que cette fenêtre donnait sur une galerie ; Louvois, qui fit construire la chambre forte, a dit précisément qu'il fallait « faire en sorte que les jours qui seront aux lieux où il sera ne donnent point sur les lieux qui puissent être abordés de personne... »

Il semble qu'une fenêtre s'ouvrant à deux mètres du sol, sur un chemin de ronde bordé à l'extérieur par une haute muraille, répond assez bien à ces prescriptions.

Georges Mongrédien, qui n'est pas tout à fait persuadé de la réalité de cet épisode, fait une objection raisonnable :

« Remarquons que si M. de Blainvilliers a pu examiner si bien le prisonnier toute une nuit, les autres sentinelles pouvaient en faire autant chaque nuit. »

Remarquons à notre tour que cette nuit-là, « le prisonnier se promena dans sa chambre presque jusqu'au matin », et qu'il n'avait donc pas soufflé sa bougie.

La lumière éteinte et le prisonnier dans son lit, il eût été impossible, à travers les trois grilles de la fenêtre, de distinguer un homme d'une table. De plus, il est probable que Blainvilliers eut cette nuit-là plus de curiosité et plus d'audace qu'une sentinelle ordinaire, et qu'il ne craignit pas de s'approcher de la fenêtre.

*

Seconde critique : il semble bien difficile d'apprécier, à la lumière d'une bougie et à travers une triple grille, la « lourdeur » des mollets d'un prisonnier, surtout si l'observateur est placé en contrebas. En réalité, ce n'est pas cette nuit-là que Blainvilliers a remarqué ces « jambes un peu trop fournies par le bas » ; c'est certainement à Sainte-Marguerite, où l'on pouvait voir le captif se promener en plein jour.

En somme, la mémoire de M. de Formanoir a rassemblé dans cet épisode nocturne tout ce que Blainvilliers lui a dit des apparences de l'inconnu.

En revanche, le récit de la halte au manoir du Palteau est d'un très grand intérêt et d'une précision remarquable : c'est que l'auteur a interrogé ses paysans. Quelle était la valeur de leurs témoignages ?

Le Masque est passé en 1698. Un paysan, qui avait quinze ans lors de son passage, a eu quarante-sept ans en 1730, quand M. du Palteau avait dix-huit ans, et cinquante-sept ans quand M. du Palteau en a eu vingt-huit.

Il est donc tout à fait certain que le gentilhomme a pu parler à des gens qui avaient *vu* l'homme masqué traverser la cour, qui avaient *vu* les pistolets sur la table, qui ont *vu* les dents et les lèvres du prisonnier. On les imagine fort bien cachés dans les haies ou dans les arbres, surveillant les scènes les plus étranges qu'ils eussent vues dans toute leur vie.

Ils ont décrit le masque avec une parfaite précision,

et ils n'avaient pas lu Voltaire, en admettant qu'ils aient su lire…

Un critique sévère peut répondre : « Non, ils n'avaient pas lu Voltaire, mais M. du Palteau l'avait lu. »

Oui, il l'avait lu très certainement, puisqu'il en parle, mais sa version des faits est parfaitement personnelle, et si l'on accepte les deux corrections que j'ai proposées, je pense que cette version est très importante.

Cependant, il manque dans ce récit ce que le lecteur pouvait espérer y trouver : qui était donc ce prisonnier ?

Il me semble certain que les fidèles gardiens l'ont su. D'ailleurs, n'oublions pas que son visage faisait partie du grand secret, et qu'ils l'ont vu sans masque tous les jours, et que, d'autre part, le Masque a été souvent malade, il a eu la fièvre, il a parlé, et Saint-Mars ne lui a pas « passé son épée au travers du corps », selon les ordres reçus cinq ou dix ans plus tôt : ordres qui étaient probablement accompagnés d'une « feuille volante », reçue la veille. Je suis donc persuadé que les geôliers ont connu les origines du prisonnier et le motif de sa condamnation. Il me semble qu'au cours de trente-quatre années de cohabitation, avec des visites quotidiennes, les relations entre ces hommes, pareillement prisonniers, sont devenues parfaitement naturelles.

Blainvilliers fut le dernier détenteur du secret de la famille. Le petit garçon très vivement intéressé par ce mystère lui posait certainement des questions.

Celle qui vient tout naturellement à l'esprit, c'est : « Qui était cet homme ? »

Peut-être Blainvilliers lui a-t-il répondu qu'il l'ignorait, afin de ne pas révéler à un enfant un dangereux secret d'État. Cependant, plus tard, à son lit de mort, ne lui a-t-il pas dit la vérité ? Ou n'a-t-il pas chargé quelque notaire de transmettre au dernier des Formanoir le grand secret de la famille ? Je suis presque sûr qu'il l'a fait, mais M. de Formanoir se tait. Bien plus : dans une dernière phrase qui n'a jamais été citée par un historien, mais que j'ai retrouvée dans les *Essais Historiques de Saint-Foix* (vol. V, p. 275), M. du Palteau dit clairement :

Au Château du Palteau, 19 juin 1768

« Vous ferez, Monsieur, l'usage qu'il vous plaira de ces notions qui ne me paraissent appuyer aucune des conjectures que l'on a tirées jusqu'à présent sur l'état de ce malheureux prisonnier. »

Nous voilà tout à fait désorientés.

Tout le début de la lettre, qui semble écrit avec une grande sincérité, confirme clairement la « légende » : ce captif était sans aucun doute un prince, et peut-être de sang royal. C'est la thèse de Voltaire, de Lamotte-Guérin, de la Palatine, de Saint-Foix, de Carra, du Père Griffet : ils ont chacun leur candidat, mais ils sont d'accord sur le rang social du prisonnier.

M. du Palteau, après avoir confirmé l'opinion générale, dit tout à coup que ce n'était pas le frère de Louis XIV, ni le duc de Beaufort, ni Monmouth, ni le fils de Cromwell, ni Vermandois, et il ne propose aucune hypothèse : il ne nous donne même pas l'opinion de Blainvilliers, qui en avait certainement une.

Pourquoi donc ce gentilhomme campagnard a-t-il écrit cette lettre ? Il est peut-être possible de comprendre son état d'esprit.

*

En 1751, *Le Siècle de Louis XIV* a fait grand bruit dans toute l'Europe.

En 1752, dans la deuxième édition, Voltaire revient à la charge.

En 1753, dans le *Supplément au Siècle de Louis XIV*, il ajoute :

« *Il est donc clair que c'était un prisonnier de la plus haute importance, dont la destinée avait toujours été secrète.* »

En 1767, Lagrange-Chancel écrit à Fréron, et affirme que le prisonnier était M. de Beaufort. M. de Saint-Foix lui répond que « M. de Beaufort est vraiment mort à Candie, et qu'il ne peut être le prisonnier masqué », c'est-à-dire que la discussion va recommencer dans les gazettes, et que Voltaire va certainement reprendre la plume. C'est à ce moment que M. du Palteau décide d'intervenir.

Serait-ce parce que ce gentilhomme veut se mettre au premier plan de l'actualité ? C'est bien possible, car cette mystérieuse affaire, c'est l'affaire de sa famille. Il écrit donc sincèrement ce qu'il en sait ; mais il est membre de l'Académie royale d'Agriculture, il a probablement été présenté au roi : il ne lui est pas possible de révéler le secret qu'il sait peut-être, et il affirme que son témoignage « ne peut appuyer aucune des conjectures que l'on a faites jusqu'à aujourd'hui », ce qui ne peut déplaire à Louis XV.

Mais c'est évidemment une pirouette : cette dernière phrase, c'est très probablement un post-scriptum imposé par les circonstances, et il n'est pas impossible qu'elle ait été ajoutée à la demande de Fréron, directeur responsable de la publication.

*

Ces deux lettres firent grand bruit ; Voltaire, qui se considérait comme le propriétaire de l'histoire du Masque de Fer, reprit aussitôt la plume, avec d'autant plus de vivacité que Fréron, directeur de la publication, était son pire ennemi.

1770. Questions sur l'Encyclopédie :

« *Il est clair que si on ne le laissait passer dans la cour de la Bastille, si on ne lui permettait de parler à son médecin que couvert d'un masque, c'était de peur qu'on ne reconnût dans ses traits quelque ressemblance trop frappante. Il pouvait montrer sa langue et jamais son visage. Pour son âge, il a dit lui-même à l'apothicaire de la Bastille, peu de jours avant sa mort, qu'il croyait avoir environ soixante ans, et le sieur Marsolan, chirurgien du maréchal de Richelieu et ensuite du duc d'Orléans Régent, gendre de cet apothicaire, me l'a dit plus d'une fois. Enfin, pourquoi lui donner un nom italien ?* »

1771. Questions sur l'Encyclopédie :

« *L'éditeur conjecture, de la manière dont M. de Voltaire a raconté le fait, que cet historien célèbre est aussi persuadé que lui du soupçon qu'il va manifester, mais que M. de Voltaire, à titre de Français, n'a pas voulu publier tout net, surtout en ayant dit assez pour que le mot de l'énigme ne dût pas être difficile à trouver. Le voici, selon moi :*

« *Le Masque de Fer était sans doute un frère, et un frère aîné de Louis XIV, dont la mère avait ce goût pour le linge fin sur lequel M. de Voltaire appuie. Ce fut en lisant les mémoires de ce temps, qui rapportent cette anecdote au sujet de la reine que, me rappelant ce même goût du Masque de Fer, je ne doutai plus qu'il ne fût son fils, ce dont toutes les autres circonstances m'avaient déjà persuadé.*

« *On sait que Louis XIII n'habitait plus depuis longtemps avec la reine, que la naissance de Louis XIV ne fut due qu'à un heureux hasard habilement amené ; hasard qui obligea absolument le roi à coucher en même lit avec la reine. Voici donc comme je crois que la chose sera arrivée :*

« *La reine aura pu s'imaginer que c'était par sa faute qu'il ne naissait point d'héritier à Louis XIII. La naissance du Masque de Fer l'aura détrompée. Le cardinal, à qui elle aura fait confidence du fait, aura su, par plus d'une raison, tirer parti de ce secret ; il aura imaginé de tourner cet événement à son profit et à celui de l'État. Persuadé par cet exemple que la reine pouvait donner des enfants au roi, la partie qui produisit le hasard d'un seul lit pour le roi et pour la reine fut arrangée en conséquence. Mais la reine et le cardinal, également pénétrés de la nécessité de cacher à Louis XIII l'existence du Masque de Fer, l'auront fait élever en secret. Ce secret en aura été un pour Louis XIV jusqu'à la mort du cardinal Mazarin. Mais ce monarque apprenant alors qu'il avait un frère, et un frère aîné que sa mère ne pouvait désavouer, qui d'ailleurs portait peut-être des traits marqués qui annonçaient son origine, faisant réflexion que cet enfant né durant le mariage ne pouvait, sans de grands inconvénients et un horrible scandale, être déclaré illégitime après la mort de Louis XIII, Louis XIV aura jugé ne pouvoir user d'un moyen plus sage et plus juste qu'il employa pour assurer sa propre tranquillité et le repos de l'État : moyen qui le dispensait de commettre une cruauté que la politique aurait représentée comme nécessaire à un monarque moins consciencieux et moins magnanime que Louis XIV.*

« Il me semble que plus on est instruit de l'histoire de ces temps-là, plus on doit être frappé de la réunion de toutes les circonstances qui prouvent en faveur de cette supposition. »

Les historiens, en général, n'attachent guère d'importance à ces récits de Voltaire, et Mongrédien va jusqu'à dire que l'illustre écrivain est l'inventeur du Masque de Fer.

Pourtant, il est certain qu'il a été lui-même emprisonné à la Bastille pendant une année entière, du 16 mai 1717 au 14 avril 1718, puis encore une dizaine de jours en 1726.

Lorsqu'il y fit son premier séjour, le Masque n'était mort que depuis quatorze ans, et Voltaire n'a pas menti lorsqu'il écrivait à l'abbé Dubois en 1738 :

« Je suis assez instruit de l'aventure de l'Homme au Masque de Fer, mort à la Bastille. J'ai parlé à des gens qui l'ont servi. »

D'ailleurs un grand nombre de détails de son récit ont été confirmés par la correspondance de Louvois à Saint-Mars, qu'il ne pouvait pas connaître.

« On avait l'ordre de le tuer s'il se découvrait » (c'est-à-dire s'il révélait son identité).

Une lettre de Louvois à Saint-Mars ordonne de menacer Dauger « de le faire mourir » s'il parlait, et Saint-Mars répond au ministre que dès l'arrivée du captif, il lui a dit, en présence de M. de Vauroy, que « s'il parlait d'autre chose que de ses nécessités, il lui plongerait son épée dans le ventre ».

« Il ne se plaignait jamais de son état », dit Voltaire.

Saint-Mars a écrit : « Le prisonnier ne dit rien. Il vit content, comme un homme tout à fait résigné à la volonté de Dieu et du roi » (décembre 1673).

Voltaire dit : « Le gouverneur mettait lui-même les plats sur la table. »

C'est ce que Louvois exige de Saint-Mars, qui ne l'a pas toujours fait lui-même, mais qui a fait servir le Masque par ses officiers, tous les jours, en sa présence.

Nous signalerons bon nombre d'autres concordances, et surtout avec le témoignage de Formanoir du Palteau. Quant aux erreurs de Voltaire, elles ne sont en aucune façon des preuves de sa mauvaise foi. Il ignore que le Masque fut incarcéré à Pignerol, que Saint-Mars fut le gouverneur de Sainte-Marguerite, et il croit que Louvois est allé aux îles, tandis que c'est à Pignerol que le ministre fit une visite à Saint-Mars : c'est que Voltaire n'avait pas d'archives à sa disposition, ce qu'on ne peut lui reprocher.

Il est certain que son hypothèse finale qui voit dans le Masque un frère aîné de Louis XIV, ne repose sur aucune preuve, si ce n'est sur « ce goût du linge fin » qui n'est nullement démontré, mais il ne présente sa thèse que comme une « conjecture » et un « soupçon » ; aujourd'hui même, nous ne sommes pas encore en état de prouver que sa « conjecture » était fausse.

En résumé, je considère que Voltaire a été le grand initiateur de l'enquête. Quant au témoignage de Lamotte-Guérin, rapporté par Lagrange-Chancel, et celui de Blainvilliers, rapporté par M. du Palteau, ils se confirment l'un l'autre avec une surprenante rigueur. Ils émanent d'un lieutenant de roi et d'un officier qui ont *vu* le Masque, qui l'ont servi, qui lui ont parlé pendant des années. Avec celui de du Junca, autre lieutenant de roi, ils sont les trois piliers les plus solides de notre argumentation.

*

Nous avons ensuite les notes du Père Griffet, aumônier de la Bastille à partir de 1745, c'est-à-dire quarante-deux ans après la mort du Masque.

« Le souvenir du prisonnier masqué se conservait encore parmi les officiers, les soldats et les domestiques de la Bastille lorsque M. de Launay, qui en a été longtemps gouverneur, y arriva pour occuper une place dans l'état-major de la garnison et que ceux qui l'avaient vu avec son masque, lorsqu'il passait dans la cour pour se rendre à la messe, disaient qu'il y eut ordre, après sa mort, de brûler généralement tout ce qui avait été à son usage, comme linge, habits, matelas, couvertures, etc., que l'on fit même regratter et reblanchir les murailles de la chambre où il était logé, et que l'on en défit tous les carreaux pour y en mettre de nouveaux, tant on craignait qu'il n'eût trouvé le moyen de cacher quelque billet ou quelque marque dont la découverte aurait pu faire connaître son nom. »

Il est évident que quarante-deux ans après la mort du prisonnier, la plupart des gardiens qui l'avaient vu n'étaient plus à la Bastille, mais à l'époque où le Père Griffet prit ses fonctions, plusieurs des nouveaux gardiens avaient connu les anciens, ceux-là mêmes qui avaient participé à la transformation de la chambre du prisonnier, et qui en ont certainement parlé à leurs cadets. C'est cette nouvelle génération que le Père Griffet a pu interroger. Il ne s'agit donc pas d'une tradition née au cours du siècle, et les informateurs du Père Griffet avaient vu et entendu les exécutants de l'action.

Il ajoutait dans sa *Méthode de l'Histoire* :

« Il n'y a nulle apparence qu'il fût obligé de garder son masque quand il mangeoit seul dans sa chambre, en présence de Rosarges ou du gouverneur, qui le connoissoient parfaitement. Il n'étoit donc obligé de le prendre que lorsqu'il traversait la cour de la Bastille pour aller à la messe, afin qu'il ne fût pas reconnu par les sentinelles, ou quand on étoit obligé de laisser entrer dans la chambre quelque homme de service qui n'étoit pas dans le secret.

« Pour le nom inscrit à l'église Saint-Paul, il est évidemment fabriqué exprès, et par cela même il fait juger que ce n'est pas un nom véritable. »

Il me semble que le Père Griffet mérite notre confiance.

À l'époque où il donne son témoignage, il a la cinquantaine. C'est un savant jésuite, qui a longtemps enseigné les humanités au collège Louis-le-Grand ; il a ensuite prêché à la Cour, puis il devint aumônier de la Bastille. À la dissolution de son ordre, en 1762, il se retira à Bruxelles. Il avait publié, en 1755-1758, une édition en dix-sept volumes de l'*Histoire* de Daniel, à laquelle il avait ajouté *L'Histoire du Règne de Louis XIII* ; enfin, il écrivit à Bruxelles un *Traité des différentes sortes de preuves qui servent à établir la vérité de l'Histoire* (1769). Voilà donc un témoin de qualité, qui a vécu à la Bastille et qui a fait une enquête sur les lieux mêmes où mourut le Masque : il était fort capable d'apprécier la valeur des témoignages, et d'en vérifier les preuves.

Il s'est trompé lorsqu'il a cru que le prisonnier était le comte de Vermandois, en interprétant les faits ; mais je crois que la réalité des faits qu'il rapporte est toujours rigoureusement exacte.

Il ne s'agit nullement d'une tradition, mais de témoins qui ont raconté ce qu'ils avaient vu, ou entendu dire au moment de l'événement. M. de Launay est arrivé à la Bastille en 1718. Il y avait alors un certain nombre de gardiens qui servaient depuis plus de quinze ans. Ils ont parlé aux nouveaux gardiens, qui les ont connus personnellement.

C'est cette génération que le Père Griffet interrogea ; d'ailleurs, quarante-deux ans après la mort du Masque, il restait sans doute encore quelques geôliers d'une soixantaine d'années, qui avaient vu le prisonnier traverser la cour, et qui avaient peut-être participé à la remise à neuf du cachot. Quarante-deux ans, ce n'est pas très long. Je puis donner un témoignage très précis et très détaillé sur ce qui se passait au lycée Condorcet, il y a quarante-deux ans, lorsque j'apprenais l'anglais (en l'enseignant) à Jean Rigaud et à Tony Aubin.

*

Nous avons ensuite les notes du major Chevalier, qui fut plus de trente ans major de la Bastille (1749-1787) ; il fut chargé par le ministre de mettre au net les archives de la forteresse, et rédigea des notes sur chacun des anciens prisonniers.

Pour celles du Masque, il recopia d'abord les textes de du Junca, cités plus hauts, puis il ajouta :

« C'est le fameux Homme au Masque que personne n'a jamais connu. Il était traité avec une grande distinction par M. le Gouverneur et n'était vu que

par M. de Rosarges, major dudit château, qui seul en avait soin ; il n'a point été malade, que quelques heures, mort comme subitement. Enterré à Saint-Paul, le mardi 20 novembre 1703 à quatre heures après midi, sous le nom de Marchiergues.

« Nota. – Il a été enseveli dans un drap blanc neuf qu'a donné le gouverneur, et généralement tout ce qui s'est trouvé dans sa chambre a été brûlé, comme son lit tout entier ; chaises, tables, et autres ustensiles, ou fondu, et le tout jeté dans les latrines. »

Georges Mongrédien, souvent sceptique, écrit :

« Cette dernière indication est évidemment le reflet d'une tradition bien établie parmi les officiers de la Bastille, où une légende avait dû se créer autour du prisonnier mystérieux. »

Pourquoi serait-ce une légende, et non pas la simple vérité ?

Le major Chevalier n'est pas un romancier, ni un crédule rapporteur de légendes. C'était un officier d'un grade élevé, un homme de confiance, qui donnait toute satisfaction au roi, car il fut major de la Bastille de 1749 à 1787, c'est-à-dire pendant trente-huit ans.

Des archives qui n'ont que quarante-six ans peuvent être considérées comme récentes. Chevalier a eu en main des rapports, des états, une comptabilité ; son témoignage n'est pas plus discutable que celui de du Junca.

Vient ensuite l'abbé Lenglet-Dufresnoy, enfermé huit fois à la Bastille entre 1718 et décembre 1751.

Interrogé par Anquetil sur l'identité du prisonnier, il refusa de répondre. Anquetil écrit : « Comme je pressais l'abbé de me dire ce qu'il en pensait, il me répondit : "Voudriez-vous me faire aller une neuvième fois à la Bastille ?" »

Le témoignage de Linguet, autre prisonnier de longue durée, ne nous semble pas négligeable.

C'est La Borde, valet de chambre de Louis XV, qui recueillit ses déclarations :

« *1° Le prisonnier portait un masque de velours et non de fer, au moins pendant le temps qu'il passa à la Bastille.*
« *2° Le gouverneur lui-même le servait et enlevait son linge.*
« *3° Quand il allait à la messe, il avait la défense la plus expresse de parler et de montrer sa figure ; l'ordre était donné aux invalides de tirer sur lui ; leurs fusils étaient chargés à balle ; aussi avait-il le plus grand soin de se cacher et de se taire.*
« *4° Quand il fut mort, on brûla et fouilla tout. M. Linguet m'a assuré qu'à la Bastille il y avait encore des hommes qui tenaient ces faits de leurs pères, anciens serviteurs de la maison.* »

Nous avons encore Carra, bibliothécaire de la Bastille (*Mémoires historiques*, 1789). Il affirme sans preuve valable que le Masque était le frère aîné de Louis XIV.

*

Signalons enfin le témoignage de Saint-Foix, qui fut un esprit curieux de tout, et qui nous a laissé cinq petits volumes d'*Essais historiques* ; ils ne sont pas sans intérêt.

Il a longuement parlé du Masque, et il a soutenu la candidature du duc de Monmouth, qui n'est pas acceptable, puisque Monmouth était encore en Angleterre seize ans après l'incarcération du Masque ; mais dans une note des *Essais*, en 1777, il dit ceci :

« *Il est très certain que Mme Le Bret, mère de feu M. Le Bret premier président et intendant de Provence, choisissait à Paris, à la prière de Mme de Saint-Mars, son intime amie, le linge le plus fin et les plus belles dentelles, et les lui envoyait, à l'île Sainte-Marguerite, pour ce prisonnier, ce qui confirme ce qu'a rapporté M. de Voltaire. »*

Il est évidemment regrettable que Saint-Foix ne nous dise pas sur quoi est fondée sa certitude.

En conclusion de ce chapitre, il faut souligner la très grande valeur, la valeur indiscutable de trois témoins : du Junca, Lamotte-Guérin et Blainvilliers.

Du Junca a vu le Masque traverser la cour de la Bastille plusieurs centaines de fois, pour se rendre à la messe et en revenir, et il l'a vu vivre pendant cinq ans.

Lamotte-Guérin, lieutenant de roi des îles, l'a servi à table avec Saint-Mars : il lui a certainement parlé, il l'a vu sans masque, et il nous a appris que le prisonnier a été arrêté en 1669.

J'ai gardé, pour la fin de cette revue des témoignages, un paragraphe de Blainvilliers, rapporté par M. du Palteau, car il nous offre, comme par mégarde, une éblouissante révélation.

*

À la Cour, le cérémonial, imposé par Henri IV, était, pour les repas, le suivant :

Le roi, son chapeau sur la tête, allait s'asseoir à sa place.

Tous les convives s'alignaient devant lui, debout et découverts.

Alors le roi, d'un geste, les autorisait à se couvrir et à s'asseoir.

Or, qu'a dit Blainvilliers ?

« Le gouverneur et les officiers allaient souvent lui tenir compagnie, et manger avec lui... Ils restaient devant lui debout et découverts jusqu'à ce qu'il les fît se couvrir et s'asseoir. »

C'est-à-dire que ces officiers – et Blainvilliers était l'un d'eux – faisaient devant le prisonnier ce qu'ils auraient fait s'ils avaient eu l'honneur de déjeuner à la table du roi.

*

Il faut enfin ajouter à ces témoignages celui de ceux qui se sont tus.

Puisqu'on en parlait à la Cour, il me paraît indubitable que Mme de Sévigné en a entendu quelque chose... L'illustre épistolière était une amie de du Junca, et elle fréquentait l'influente maîtresse de Louvois, belle-sœur de Saint-Mars. Elle était à l'affût de toutes les nouvelles, de tous les bruits, qu'elle rapportait à sa chère fille exilée à Grignan. Elle n'a pas craint de parler de Fouquet, qu'elle a défendu avec une véritable passion ; mais dans aucune de ses lettres, qui remplissent douze volumes, elle n'a jamais fait la moindre allusion au prisonnier masqué. Saint-Simon nous a donné la raison de ce silence.

Le roi avait mis à la poste des agents spéciaux, qui ouvraient les lettres des personnes de qualité, et en recopiaient les passages où le scripteur parlait du roi, qui trouvait chaque matin un rapport sur son bureau.

Les gens bien informés en profitaient pour faire leur cour au monarque, par des flatteries d'autant plus efficaces que leur sincérité ne pouvait être mise en doute. Quant aux naïfs, qui ne pouvaient imaginer que Sa Majesté eût recours à ces procédés de concierge infidèle, ils étaient tout à coup frappés de cruelles disgrâces, et se trouvaient ruinés sans savoir pourquoi.

La chère marquise, qui avait ses entrées partout, savait que ses lettres seraient lues par les agents de cette Gestapo.

Mais pourquoi Saint-Simon lui-même n'a-t-il jamais parlé du prisonnier ?

Le petit duc est le beau-frère de Lauzun : leurs

épouses sont les filles du maréchal de Lorges et les deux sœurs sont inséparables.

« *Le beau-frère est pour l'homme des* Mémoires *un précieux informateur. Il a tout vu, tout su de la période la plus longue du règne avant que Saint-Simon parût à la Cour. Il a été de tous les secrets, chargé de la mission qui repose sur la confiance la plus intime : celle de capitaine des gardes. La personne, la sûreté du roi étaient entre ses mains...*
« *Les deux beaux-frères disposent à Marly du même pavillon et l'intimité y est naturellement plus étroite. Lauzun reconnaît qu'il est trop paresseux pour écrire, même souvent pour parler. "Il faut, dit Saint-Simon, lui soutirer les histoires d'autrefois."* »

La plus belle « histoire d'autrefois » que Lauzun eût pu lui raconter, c'était sans aucun doute celle du mystérieux prisonnier, près duquel il a vécu pendant onze ans.

Malgré les sévères consignes de Louvois, il a au moins connu son existence.

Dans leurs conversations nocturnes, comme on le verra plus loin, Fouquet lui en a certainement parlé, sans lui révéler le secret, car il le savait trop bavard.

*

D'autre part, Saint-Simon n'est mort qu'en 1754, et *Le Siècle de Louis XIV* a fait grand bruit en 1751.

Saint-Simon l'a certainement lu, et je suis persuadé qu'il a consacré quelques lignes, sinon quelques pages, au mystérieux prisonnier.

Ces lignes, ou ces pages, ne sont pas parvenues jusqu'à nous, pour une excellente raison.

À la mort de l'écrivain, un notaire, maître de la Leu, en présence de Claude de Saint-Simon, évêque de Metz et légataire universel, dresse un inventaire fort détaillé des manuscrits. On ne publie rien, car le 26 décembre 1760, paraît un « Ordre du Roy ». *« Tous les écrits de Saint-Simon qui concernent les affaires du roy doivent être mis au secret. »* Plus tard, deux historiographes du roi, Marmontel et Duclos, en font un examen complet, on publie des « extraits » des *Mémoires*. Enfin, en 1830, paraît une édition en vingt et un volumes, dite « du marquis ». D'autres suivront ; mais François-Régis Bastide *(Saint-Simon par lui-même)*, après un examen sérieux du premier inventaire, nous dit : « *Cent soixante-deux portefeuilles manquent à l'appel, ce qui représente une masse d'écrits quinze fois plus importantes que les* Mémoires. » Disons que ces écrits rempliraient donc cent cinq volumes de l'édition de La Pléiade.

On ne peut s'empêcher de penser qu'après la mise au secret par ordre du roi, les historiographes officiels ont expurgé les manuscrits du petit duc.

Avant de quitter le génial mémorialiste, signalons une très intéressante remarque de Georges Mongrédien.

Il a noté qu'en parlant de Fouquet, Saint-Simon nous dit que le surintendant est mort en prison après *trente-quatre ans* de captivité.

Or Fouquet, arrêté le 5 septembre 1661, n'est resté que trois ans à Vincennes, puis seize ans à Pignerol, soit en tout dix-neuf ans.

D'autre part, trente-quatre ans, c'est exactement la durée de la captivité du prisonnier masqué.

Si l'écrivain ne s'est pas trompé, c'est le bibliophile Jacob qui avait raison, lorsqu'il affirmait que le prisonnier masqué, c'était Fouquet ; mais en 1703, Fouquet aurait eu quatre-vingt-huit ans. Le médecin de la Bastille ne lui eût pas donné soixante ans.

Je crois plutôt à une erreur de Saint-Simon, erreur qui prouverait que l'écrivain a su que l'un des prisonniers de Saint-Mars est resté trente-quatre ans sous sa garde.

D'ailleurs, on pourrait aussi imaginer que le duc, par une « astuce » assez digne de lui, a voulu nous faire savoir qu'il n'avait pas ignoré le crime de Louis XIV, qu'il ne pouvait dénoncer ouvertement.

*

Nous allons maintenant essayer de vérifier et de compléter les témoignages par l'examen des lettres échangées par les ministres et le geôlier, ou plutôt l'examen de ce qui nous en reste, car cette correspondance a subi la même purge que les *Mémoires* de Saint-Simon, comme nous allons le voir.

7

LA CORRESPONDANCE

CETTE correspondance s'étend sur vingt-neuf ans, depuis Pignerol (1669) jusqu'au départ de Sainte-Marguerite (1698).

Jusqu'en 1691, le ministre est Louvois.

Louvois avait un an de moins que Louis XIV, et il devint ministre à vingt-sept ans. Il est la bête noire de Saint-Simon, qui lui attribue l'entière responsabilité de toutes les guerres, de toutes les défaites, de toutes les erreurs du roi. Il est également haï et méprisé par la princesse Palatine, car c'est lui qui fit brûler et dévaster le Palatinat.

Ceux qui l'ont connu nous le décrivent comme un homme rusé, fourbe, menteur, et capable de toutes les trahisons pour assouvir son ambition. Ce portrait inquiétant semble d'ailleurs confirmé par ses rapports avec son ami Nallot, sur lesquels nous avons de remarquables témoignages que l'on lira plus loin.

*

D'après une lettre de Louvois, en 1673, il semble que Saint-Mars lui ait fait son rapport chaque semaine. Seul maître de sa compagnie de soixante-six hommes, seul responsable de ses prisonniers, il devait rendre des comptes au ministre, et le tenir au courant de la vie de la prison d'État.

Il a donc écrit à Louvois puis à Barbezieux au moins cinquante fois par an. Le ministre lui répondait au moins deux fois par mois, ce qui donne un total d'environ deux mille lettres en vingt-neuf ans.

Il serait excessif, après trois siècles, de réclamer la totalité de ce courrier à nos archivistes : le temps et la Révolution ont réduit le dossier à trois cent cinquante ou quatre cents lettres ; mais ces deux grands destructeurs aveugles n'ont pas été les seuls agents de notre déception.

En effet, les neuf dixièmes des lettres de Saint-Mars ont disparu, tandis que celles du ministre sont beaucoup plus nombreuses.

Cette disproportion me semble explicable par le fait que les lettres du geôlier arrivaient à Paris, et devaient être classées dans les dossiers du ministre. Saint-Mars donnait des nouvelles du prisonnier, et envoyait le compte des dépenses de la prison. Quoiqu'il fût extrêmement discret et méfiant, il n'était pas d'une intelligence supérieure ; il est probable que si nous avions eu toute sa correspondance de ces vingt-neuf années, le mystère du Masque de Fer n'eût pas longtemps résisté aux enquêteurs ; c'est pourquoi le dossier de Paris a été soigneusement expurgé, et sans doute par Louvois lui-même, car les lettres qui ont disparu sont précisément celles que nous cherchions.

Par bonheur, il nous reste un assez grand nombre de réponses du ministre : elles n'ont pas été détruites, car elles arrivaient à Pignerol, à Exiles, à Sainte-Marguerite, et elles ont été recueillies plus tard par le Dépôt de la Guerre et par nos Archives nationales.

L'ensemble de ce courrier est parfaitement clair lorsqu'il s'agit d'ordres de service, de la vie quotidienne de la prison, ou des affaires personnelles du geôlier.

Louvois écrit :

« Vous pouvez donner des vêtements d'hiver à vos prisonniers »... *« Il a plu au roi de vous donner le*

gouvernement d'Exiles »… « Le roi ne veut point que vous ayez dans votre compagnie de soldats piémontais »… « Sa Majesté vous autorise à aller saluer M. le duc de Savoie. »

Saint-Mars répond :

« Le valet de M. Fouquet est toujours malade »… « Il est fort dangereux de sortir du ruban de chez un prisonnier, sur lequel il écrit comme sur du linge »… « Pour qu'on ne voie point les prisonniers, ils ne sortiront point de leur chambre pour entendre la messe »…, etc.

Nous pouvons suivre ainsi le développement de la carrière de Saint-Mars, et même la captivité de prisonniers comme Fouquet ou Lauzun, dont la détention n'est pas un secret d'État, mais il nous est toujours difficile de savoir combien de captifs le fidèle geôlier a sous sa garde, et quand l'un d'eux est gravement malade ou meurt, on ne nous dit jamais le nom (vrai ou faux) du malheureux ; « celui de vos prisonniers qui devient hydropique » – « Le valet du prisonnier qui est mort »… C'est-à-dire que, sans être chiffrée, la correspondance est alors rédigée de façon à n'être comprise que par le destinataire. De plus, nous savons que certaines lettres étaient accompagnées d'une feuille volante explicative, écrite de la main de Louvois ou de Saint-Mars, et jetée au feu aussitôt que lue.

C'est pourquoi, dans la correspondance qui nous reste, nous ne trouverons que bien peu d'indices vraiment significatifs. Cependant, il arrive que le rapprochement de deux ou plusieurs lettres fasse jaillir un peu de clarté, et l'ensemble de ces points lumineux trace parfois d'intéressants dessins ; c'est malheureusement assez rare.

*

Les historiens semblent avoir accordé trop de confiance aux documents retrouvés, et pensent que les lettres qui nous manquent ont été « perdues » ; je suis persuadé qu'elles ont été systématiquement détruites.

On pourrait dire que pour garder le secret, il eût été plus sage de tout brûler, mais le ministre savait l'importance de l'affaire, et qu'il serait impossible de la garder secrète à jamais.

Dès les premiers jours de l'incarcération de Dauger, la population de Pignerol dit que c'est un prince ou un président. De plus, ce prisonnier a certainement des amis qui soupçonneront le motif de sa disparition, et qui parleront un jour, ou qui laisseront des témoignages.

Il a donc préparé une version officielle, en accord avec Saint-Mars.

Ainsi, les recherches ont été non seulement paralysées par des « trous » de plusieurs mois, et parfois d'un ou deux ans, mais encore égarées par des mensonges concertés entre le ministre et le geôlier.

Dès l'arrestation de Dauger, Louvois nous dira que le prisonnier n'est qu'un valet, et qu'il n'a pas besoin de beaucoup de meubles. Plus tard, Saint-Mars proposera de mettre ce valet à la disposition de Lauzun, puis de Fouquet ; mais il ne suffit pas de dissimuler l'importance de Dauger, car les gens parlent toujours d'un mystérieux prisonnier. Si ce n'est pas Dauger, qui est-ce ? Par bonheur, en 1679, Matthioli est arrêté : Louvois décide que ce sera lui, et la fable sera complétée pour la postérité.

Les vrais historiens diront, avec juste raison, qu'il est vraiment trop facile, lorsque l'on trouve dans une lettre une phrase qui contredit et anéantit notre thèse, d'affirmer qu'il s'agit d'un mensonge.

Je m'engage donc à prouver ce que j'avance, et à surprendre les ministres et le geôlier en flagrant délit d'imposture.

Certes, je ne me flatte pas d'avoir désamorcé tous les pièges que le tortueux Louvois a tendus pour nous ; mais je pense qu'il suffira de dénoncer quelques mensonges capitaux en fournissant les preuves indiscutables qu'ils sont le contraire de la vérité, pour démontrer que les ministres et le geôlier nous ont menti pendant trente-quatre ans sur l'essentiel de l'affaire : l'importance, la qualité et l'identité du prisonnier.

8

LOUIS XIV

LE personnage qui domine tout ce mystère, c'est le roi, qui a signé la lettre de cachet, et qui a imposé au Masque trente-quatre ans de prison.

Je décidai donc de reprendre mes études depuis longtemps oubliées. Je découvris très vite que je connaissais fort mal Louis XIV et je résolus d'étudier son caractère en commençant par son enfance.

Voici d'abord ce que je trouvai dans un ouvrage de Philippe Erlanger :

« À quatre ans et huit mois, Louis XIV, roi de France et de Navarre, est non seulement maître, mais propriétaire des corps et des biens de dix-neuf millions d'hommes. Un décret du Tout-Puissant les lui a donnés. Au Parlement, l'Avocat Général, Omer Talon, lui a déclaré à genoux :

« – Sire, le siège de Votre Majesté nous représente le trône du Dieu vivant. Les ordres du royaume vous rendent honneur et respect comme à une divinité visible. »

J'appris ensuite que dès son enfance les plus grands seigneurs se découvraient devant lui, en l'appelant Votre Majesté. Enfin, lorsqu'il commença ses études, un criminel professeur d'écriture lui fit recopier des centaines de fois une phrase abominable : « Les rois font ce qui leur plaît. »

Les impressions de l'enfance sont ineffaçables. C'est à cause de cet Omer Talon, de ce professeur et de ces seigneurs trop respectueux et trop pressés de faire leur cour, que Louis XIV, jusqu'à sa mort, s'est très sincèrement considéré comme le Dieu vivant que l'on doit adorer à genoux, et qui n'a d'autre devoir que de faire ce qui lui plaît.

*

En 1648, la Fronde éclate : elle va durer cinq ans. Cette révolte de la noblesse contre Mazarin est soutenue par le Parlement, et tout naturellement le peuple s'en mêle ; des émeutes grondent dans Paris.

Anne d'Autriche et sa Cour fuient se réfugier à Saint-Germain. Mme de Motteville, première dame de la chambre et confidente de la reine, nous a laissé une très vivante description de cet épisode.

Le 5 janvier 1649, le roi a dix ans et quatre mois.

« À trois heures du matin, Villeroy le réveilla, l'habilla, le conduisit ainsi que son frère à un des carrosses rangés devant les grilles du Palais-Royal. Anne d'Autriche, accompagnée de quelques dignitaires, les rejoignit et l'on roula jusqu'au Cours-la-Reine (c'est-à-dire hors de l'enceinte) où l'on attendit. Mazarin arriva bientôt. Pendant ce temps des émissaires allaient tirer du lit les princes éberlués pour les inviter à rejoindre Leurs Majestés. Tous obéirent sauf Mme de Longueville qui s'apprêtait à gouverner Paris.

« La Reine ne s'émut pas de son absence et la Maison Royale gagna paisiblement Saint-Germain : un Saint-Germain sans lits, sans meubles, sans linge, sans valets, car la Reine, craignant de donner l'éveil, s'était gardée de faire préparer le Château. Mazarin avait pourtant pris la précaution d'envoyer trois petits

lits de camp. La Reine et ses fils les utilisèrent, tandis qu'Altesses Royales et courtisans couchaient sur la paille. En peu d'heures le prix de la paille monta vertigineusement. »

Cette fuite et cette partie de « camping » ont dû être assez surprenantes pour un Dieu vivant qui avait dix ans.

L'année suivante, nouvelle aventure, dont j'emprunte le récit à Erlanger :

« La foule assiège le Palais.

« Le Roi était déjà vêtu, botté, prêt à partir. Sa mère le fit coucher, tout habillé, et se mit précipitamment en toilette de nuit. Bientôt la foule, surexcitée par Gondi, vint battre le palais, criant qu'elle voulait s'assurer de la présence du Roi.

« Anne d'Autriche ordonna d'ouvrir les portes, de laisser pénétrer le peuple jusque dans la chambre du Roi. Le peuple entra. Étouffant d'humiliation et de rage, Louis XIV feignit de dormir tandis que des hommes et des femmes de mauvaise mine défilaient devant son lit dont ils soulevaient le rideau. Les factieux s'attendrirent à la vue de l'enfant, ils feutrèrent leurs pas et sortirent en bon ordre. Mais cela n'eut aucun effet sur l'inextinguible rancune qu'ils avaient allumée au cœur du garçon. Jouant admirablement la comédie, la Reine demanda à deux des agitateurs de rester auprès du Roi. Elle devisa gaiement avec eux jusqu'au petit jour. Le lendemain la monarchie était prisonnière au Palais-Royal comme en 1789 elle devait l'être aux Tuileries.

« Malgré son âge, Louis ne s'amusa nullement de ces péripéties imprévues. La fuite nocturne, la monarchie campant au milieu des bottes de paille, le départ des serviteurs, la défection des mauvais cousins et des pairs du royaume ne furent jamais pour lui les épisodes d'un roman d'aventure. Il ne resta dans son esprit que les images scandaleuses du sacrilège et de la trahison. »

Voilà donc un enfant déjà plein de rancune. Pourtant, ces gens du peuple, qui ont défilé devant son lit, ce n'étaient pas ses ennemis. Tout au contraire, ils avaient peur que le cardinal italien ne leur eût soustrait leur cher petit roi. Ils ont voulu le voir, et ils l'ont exigé les armes à la main : ils voulaient s'assurer qu'il était là, et qu'il ne courait aucun danger. Il aurait dû sauter de son lit, et embrasser le plus vieux d'entre eux. Il eût sauvé la vie de Louis XVI, et la royauté.

Il ne l'a pas fait, et on ne peut pas le reprocher à un enfant de dix ans, mais à ses éducateurs. Sa mère avait fort intelligemment ouvert les portes au peuple : elle n'a pas osé aller plus loin, parce que le garçon n'eût pas accepté d'ouvrir les yeux. Il était déjà perverti. C'est à partir de cette nuit-là qu'il a considéré le peuple comme l'ennemi du roi.

Plus tard, il eut un autre précepteur : Mazarin, grand politique, mais très profondément malhonnête, et dépourvu de tout sentiment humain.

Cet Italien lui donna des règles de conduite, dont la principale allait produire de très graves effets :

« *C'est le devoir des rois d'ignorer les émotions du vulgaire. La bonté, la clémence, la pitié, sont à l'occasion des moyens de gouvernement. Elles deviendraient d'indignes faiblesses si elles procédaient des mouvements du cœur.* »

Il est évident que ce système d'éducation, cette adoration du Dieu vivant, ces préceptes inhumains, et les souvenirs de la Fronde devaient faire de cet enfant un vaniteux impitoyable, farouchement jaloux de son autorité, et capable de longues rancunes.

*

Saint-Simon est un écrivain de génie et un homme d'une intelligence supérieure.

Il a, naturellement, ses préjugés, et son parti pris.

Pour lui, ce qui compte, ce sont les ducs. Il n'est d'ailleurs que le second de sa famille, car c'est Louis XIII qui accorda ce titre à son père. Cependant il défend les privilèges des ducs comme s'il datait de Pépin le Bref, et il est grandement indigné que l'on accorde un tabouret de duchesse à une dame dont le grand-père n'était pas duc. C'est là son faible le plus visible, et qui parfois va jusqu'au ridicule.

Il a d'ailleurs un respect sincère pour le titre du roi, qui fut sacré dans une cathédrale, et qui tient son pouvoir de Dieu.

Son intelligence voit clairement ce que vaut Louis XIV. Il le juge, et ne peut s'empêcher de dire la vérité ; tout aussitôt, il lui cherche des excuses ; mais celles qu'il trouve sont pires que son jugement. Alors, il essaie de le louer pour d'autres qualités mineures, comme sa mémoire, sa majesté, ses manifestations de respect lorsqu'il rencontrait une femme, fût-ce une servante. On voit bien qu'il s'efforce, et de tout son cœur, d'atténuer, par des considérations secondaires, la sévérité de son jugement sur le principal.

Comme il n'avait nullement l'intention de publier ses *Mémoires*, mais qu'il écrivait pour la postérité, il parle sincèrement et librement. Cependant, nous y trouverons quelques réticences : on n'est jamais à l'abri d'un accident, ou d'une trahison. C'est pourquoi, pour éviter l'accusation possible de lèse-majesté, qui était toujours punie de la peine de mort, il lui arrive de ne pas nous livrer le fond de sa pensée, et de tourner court dans ses conclusions, comme nous le verrons à propos de la mort de Louvois.

On peut souvent discuter son interprétation des faits, mais il ne les invente jamais. Il a un trop grand respect de son titre de duc pour s'abaisser jusqu'au mensonge.

Le portrait qu'il nous a laissé de Louis XIV n'est ni d'un flatteur ni d'un courtisan ; il n'est pas non plus d'un ennemi féroce, mais plutôt d'un mécontent ; non pas seulement parce que le roi ne lui a pas confié un ministère, mais parce qu'il est désolé de constater que la politique générale et la conduite personnelle du roi ont grandement desservi les intérêts de la France.

Voici quelques traits, épars dans cette œuvre monumentale, par lesquels il nous donne son jugement sur le caractère et la valeur du despote :

« Il faut le dire : l'esprit du Roi était au-dessous du médiocre, mais capable de se former. Il aima la gloire, il voulut l'ordre et la règle. Il était né sage, modéré, secret, maître de ses mouvements et de sa langue. Le croira-t-on ? Il est né bon et juste, et Dieu lui en avait donné assez pour être un bon roi, et peut-être un assez grand roi. »

Voilà un début de portrait bien sévère, et dont les phrases de louanges sont contredites par le contexte.

« Il faut le dire » signifie « personne n'a osé le dire, mais (à mon grand regret) je suis bien forcé de le constater ».

Notons qu'« au-dessous du médiocre », il n'y a que la nullité.

Il ajoute comme un adoucissement : « mais capable de se former ». Sous-entendu : « par malheur, il ne s'est pas formé, et il est resté au-dessous du médiocre ».

Il ajoute encore : « il était né bon et juste », mais cette louange est précédée de : « le croira-t-on ? », ce qui revient à dire : « Vous allez être bien étonné, car on n'a pas un seul exemple de sa bonté ni de sa justice, mais à mon avis, dans le fond, il était aussi juste que bon. »

Il dit enfin : « il aurait pu être un bon roi », et (au maximum) « un assez grand roi ». Ce qui veut dire : « Il fut un mauvais roi. »

Il lui trouve ensuite des excuses, qui aggravent son jugement :

« *C'est avec grande raison qu'on doit déplorer avec larmes, l'horreur d'une éducation uniquement dressée pour étouffer l'esprit et le cœur de ce prince, le poison abominable de la flatterie la plus insigne, qui le déifia dans le sein même du christianisme, et la cruelle politique de ses ministres, qui l'enferma, et qui pour leur grandeur, leur puissance et leur fortune l'enivrèrent de son autorité, de sa grandeur, de sa gloire jusqu'à le corrompre, et à étouffer en lui, sinon toute la bonté, l'équité, le désir de connaître la vérité, que Dieu lui avoit donné, au moins l'émoussèrent presque entièrement, et empêchèrent au moins sans cesse qu'il fît aucun usage de ces vertus, dont son royaume et lui-même furent les victimes*

« *De ces sources étrangères et pestilentielles lui vint cet orgueil, que ce n'est point trop dire que, sans la crainte du diable que Dieu lui laissa jusque dans ses plus grands désordres, il se seroit fait adorer et auroit trouvé des adorateurs ; témoin entre autres ces monuments si outrés, pour en parler même sobrement, sa statue de la place des Victoires et sa païenne dédicace, où j'étois, où il prit un plaisir si exquis ; et de cet orgueil tout le reste qui le perdit, dont on vient de voir tant d'effets funestes, et dont d'autres plus funestes encore se vont retrouver.* »

Il commence donc par nous dire, « avec grande raison », que l'éducation du roi est la cause de ses défauts, parce qu'elle fit naître, dès son enfance, une vanité dont il nous décrit ensuite les effets :

« *Les louanges – disons mieux, la flatterie – lui plaisaient à tel point que les plus grossières étaient bien reçues, les plus basses encore mieux savourées. C'est ce qui donna tant d'autorité à ses ministres, par les occasions continuelles qu'ils avaient de l'encenser... La souplesse, la bassesse, l'air admirant, rampant, plus que tout l'air de "néant sinon par lui", étaient les uniques voies de lui plaire.*

« *Ce poison ne fit que s'étendre. Il parvint jusqu'à un comble incroyable dans un prince qui n'était pas dépourvu d'esprit et qui avait de l'expérience. Lui-même, sans avoir ni voix ni musique, chantait dans ses particuliers les endroits les plus à sa louange des prologues des opéras. On l'y voyait baigné, et jusqu'à ses soupers publics au grand couvert, où il y avait quelquefois des violons, il chantonnait entre ses dents les mêmes louanges quand on jouait des airs qui étaient faits dessus.* »

Ce qui est tout à fait comique, c'est que Saint-Simon a commencé par nous dire : « Tout le mal vint d'ailleurs » et il nous explique ensuite qu'il vient d'une vanité qui allait jusqu'à la folie, comme si cette vanité ne faisait pas partie de la personne et du caractère du roi !

D'ailleurs, tout au long des *Mémoires*, chaque fois qu'il en parle, ce sera sur le même ton :

« *Le monarque était souvent faux, mais il n'était pas au-dessus du mensonge.*
« *Son esprit, naturellement porté au petit, se plut en toutes sortes de détails... Il croyait toujours apprendre à ceux qui dans ce genre-là en savaient le plus, et qui recevaient en novices des leçons qu'ils savaient il y avait longtemps.* »

L'effet le plus grave de cette vanité mégalomaniaque, ce fut que le roi, bien avant Nietzsche, crut fort sincèrement qu'il y avait deux morales : celle des maîtres, et celle des esclaves, et il en ajouta une troisième, celle de Machiavel, celle du prince à qui tout est permis dans l'intérêt de l'État, qui n'était d'ailleurs que le sien propre ; Saint-Simon nous dira jusqu'où ses principes l'ont conduit.

*

Pour avoir une idée de la sincérité de Louis XIV, et de la valeur de sa parole, il convient de résumer ici l'histoire du mariage de Mademoiselle et de Lauzun.

Le roi avait promis à Lauzun la charge de grand maître de l'artillerie, puis, sur le conseil de Mme de Montespan, il la lui refuse. Lauzun lui tourne le dos, tire son épée, la brise sur son genou, et déclare « qu'il refuse de servir désormais un prince qui n'a point de foi ».

Sur quoi, Louis XIV l'envoie à la Bastille pour six mois.

On sait que la Grande Mademoiselle conçut une grande passion pour Lauzun, qui fut certainement son seul amour.

Nièce de Louis XIII, petite-fille d'Henri IV et cousine germaine de Louis XIV, elle est le plus beau parti de France, et elle possède des biens immenses dont font partie la principauté de Dombes et le comté d'Eu.

Lorsqu'elle déclare au roi, son cousin, qu'elle veut épouser Lauzun, le roi répond qu'elle « fera ce qu'elle voudra, et qu'il ne s'opposera pas au mariage ». Il commande à M. de Lionne, son ministre, d'annoncer la cérémonie à tous les ambassadeurs, le 18 décembre 1670. Mademoiselle est aux anges, et Lauzun va devenir duc de Montpensier.

Quelques jours après, à la veille des noces, le roi appelle sa cousine, et lui dit que ce mariage est impossible. La pauvre amoureuse est au désespoir, elle fond en larmes, et le roi pleure avec elle, en la serrant dans ses bras... À travers ses sanglots, elle lui dit : « Ah ! Sire, vous faites comme les singes, qui étouffent leurs enfants en faisant mine de les embrasser ! »

Elle le quitte, en gémissant :

« Qui se serait méfié de la parole d'un roi ! »

Puis, furieuse, échevelée, elle s'enfuit en bousculant les gardes épouvantés.

Le roi pense que ce désespoir va se calmer ; mais les plaintes de la malheureuse redoublent, et c'est la fable de la Cour... Après avoir supporté dix mois ses lamentations, le roi fait tout simplement arrêter Lauzun, et l'expédie à Pignerol, la prison la plus lointaine du royaume : il y restera dix ans.

En y arrivant, Lauzun déclare à Saint-Mars qu'il ne sait pas la cause de son arrestation, et personne ne la sait non plus.

De Paris, le nonce du pape écrit :

« *On ne publie pas le motif de l'emprisonnement, afin que le public s'imagine que la faute de Lauzun est plus grande que celle qu'on suppose qu'il a commise...* »

Le 16 décembre, il est incarcéré, et l'ignoble chantage se révèle. Il s'agit tout simplement d'extorquer à Mademoiselle la principauté de Dombes et le comté d'Eu, pour les donner au duc du Maine, fils de Mme de Montespan et bâtard du roi, en échange de la liberté de Lauzun.

Les marchandages durent des années, car la pauvre Mademoiselle demande des garanties qu'on ne lui donne pas. Elle pleure toujours, elle supplie, enfin, elle se résigne. Elle accepte le marché, elle abandonne un petit royaume.

Lauzun est libéré, comme on l'avait promis, mais le roi lui interdit de venir à Paris, et il reste en province, sous la garde de M. de Maupertuis, capitaine de mousquetaires, qui le suit partout et fait mettre des grilles aux fenêtres de sa chambre : Maupertuis est un autre Saint-Mars, dont il est l'ami. Enfin, la conscience tranquille et le front serein, le roi prévient sa cousine qu'il n'autorisera jamais ce mariage.

On peut constater dans cette affaire que « Louis le Grand » a donné deux fois sa parole, que deux fois il a renié sa promesse, et qu'en dépouillant la petite-fille d'Henri IV pour doter l'un de ses bâtards, il a réussi une escroquerie par un chantage.

*

Nous avons encore un autre exemple – et qui est très célèbre – de sa fourberie ; il nous l'a donné sur son lit de mort, dans sa dernière entrevue avec son neveu Philippe d'Orléans :

« Il envoya chercher M. le duc d'Orléans, à qui il parla seul aussi un peu plus qu'il n'avoit fait au maréchal de Villeroy. Il lui témoigna beaucoup d'estime, d'amitié, de confiance ; mais ce qui est terrible, avec Jésus-Christ sur les lèvres encore, qu'il venoit de recevoir, il l'assura qu'il ne trouveroit rien dans son testament dont il ne dût être content, puis lui recommanda l'État et la personne du Roi futur. Entre sa communion et l'extrême-onction et cette conversation, il n'y eut pas une demi-heure ; il ne pouvoit avoir oublié les étranges dispositions qu'on lui avoit arrachées avec tant de peine, et il venoit de retoucher dans l'entre-deux son codicille si fraîchement fait, qui mettoit le couteau dans la gorge à M. le duc d'Orléans, dont il livroit le manche en plein au duc du Maine. »

Cette hypocrisie de l'agonisant a si vivement indigné Saint-Simon qu'il y revient un peu plus loin :

« Mais que dire de ses derniers discours à son neveu, après son testament, et depuis encore venant de faire son codicille, après avoir reçu les derniers sacrements ; de ses assurances positives, nettes, précises, toutes les deux fois, qu'il ne trouveroit rien dans ses dispositions qui pût lui faire de peine, tandis qu'elles n'ont été faites, et à deux reprises, que pour le déshonorer, le dépouiller, disons tout, pour l'égorger ? Cependant, il le rassure, il le loue, il le caresse, il lui recommande son successeur, qu'il lui a totalement soustrait, et son royaume, qu'il va, dit-il, seul gouverner, sur lequel il lui a ôté toute

autorité, et tandis qu'il vient d'achever de la livrer à ses ennemis tout entière, et avec les plus formidables précautions, c'est à lui qu'il renvoie pour des ordres, comme à celui à qui désormais il appartient seul d'en donner pour tout et sur tout. Est-ce artifice ? Est-ce tromperie ? Est-ce dérision jusqu'en mourant ? Quelle énigme à expliquer ! »

Quoi qu'en dise Saint-Simon, il n'y a là aucune énigme. Le roi ne pouvait supporter l'idée que son neveu allait vivre à sa place dès qu'il serait mort. Il a voulu lui préparer une cruelle déception, une humiliation irréparable.

Ainsi, après sa dernière confession, les Saintes Huiles encore sur ses pieds, au creux de ses mains, sur ses lèvres, il a menti longuement, et ce fut peut-être sa dernière joie.

*

On nous dit pourtant que c'était une nature généreuse, et qu'il pleurait facilement. En effet, il a pleuré dans les bras de la Grande Mademoiselle qu'il avait l'intention de dépouiller de ses biens. La banale expression « larmes de crocodile » prit à cette occasion son véritable sens. Il est vrai d'autre part qu'il pleura devant sa mère mourante, mais il se retira assez vite dans ses appartements.

Monsieur, sanglotant, reste au chevet de la mourante. Le roi ne peut admettre qu'elle meure dans les bras de son frère, parce que l'histoire le dira, et que la présence de Monsieur signalera l'absence de son frère aîné. Il lui envoie donc l'ordre de quitter la chambre maternelle. Monsieur refuse et il s'en excuse humblement, en disant que « c'est la seule fois de sa vie qu'il se permettra de désobéir au roi ».

C'est Mme de Motteville qui nous a raconté cet épisode ; il ne fait pas beaucoup d'honneur au Roi-Soleil.

L'agonie du monarque en août 1715 fut longue : il mourait presque octogénaire, de la gangrène ; il en supporta les souffrances avec une admirable fermeté, mais son caractère n'en fut nullement embelli ; tout au contraire, il se révéla tel qu'il était :

« Le mercredi 28 août, il fit le matin une amitié à Mme de Maintenon qui ne lui plut guères, et à laquelle elle ne répondit pas un mot.
« Il lui dit que ce qui le consolait de la quitter était l'espérance, à l'âge où elle était, qu'ils se rejoindraient bientôt. »

Il estimait évidemment qu'elle avait assez vécu, puisqu'il allait mourir.
Ceci n'est qu'une muflerie, mais elle montre clairement le monstrueux et naïf égoïsme du personnage ; nous allons voir bien pire. Voici le récit que Saint-Simon a intitulé « Catastrophe de Fargues » :

« Il se fit à Saint-Germain une grande partie de chasse. Alors c'étaient les chiens, et non les hommes, qui prenaient les cerfs ; on ignorait encore ce nombre immense de chiens, de chevaux, de piqueurs, de relais, et de routes à travers les pays. La chasse tourna du côté de Dourdan, et se forlongea si bien, que le Roi s'en revint extrêmement tard, et laissa la chasse. Le comte de Guiche, le comte depuis duc du Lude, Vardes, M. de Lauzun, qui me l'a conté, je ne sais plus qui encore s'égarèrent ; et les voilà à la nuit noire à ne savoir où ils étaient. À force d'aller sur leurs chevaux recrus, ils avisèrent une lumière : ils y allèrent, et à la fin arrivèrent à la porte d'une espèce de château. Ils frappèrent, ils crièrent, ils se nommèrent, et demandèrent l'hospitalité. C'était à la fin de l'automne, et il était entre dix et onze heures du soir. On leur ouvrit ; le maître vint au-devant d'eux, les fit débotter et chauffer, fit mettre leurs chevaux dans son écurie, et, pendant ce temps-là, leur fit

préparer à souper, dont ils avaient grand besoin. Le repas ne se fit point attendre : il fut excellent, et le vin de même, de plusieurs sortes ; le maître poli, respectueux, ni cérémonieux, ni empressé, avec tout l'air et les manières du meilleur monde. Ils surent qu'il s'appelait Fargues, et la maison Courson, qu'il y était retiré, qu'il n'en était point sorti depuis plusieurs années, qu'il y recevait quelquefois ses amis, et qu'il n'avait ni femme, ni enfants. Le domestique leur parut entendu, et la maison avoir un air d'aisance. Après avoir bien soupé, Fargues ne leur fit point attendre leurs lits : ils en trouvèrent chacun un parfaitement bon, ils eurent chacun leur chambre, et les valets de Fargues les servirent très proprement. Ils étaient fort las, et dormirent longtemps. Dès qu'ils furent habillés, ils trouvèrent un excellent déjeuner servi et, au sortir de table, leurs chevaux prêts, aussi refaits qu'ils l'étaient eux-mêmes. Charmés de la politesse et des manières de Fargues, et touchés de sa bonne réception, ils lui firent beaucoup d'offres de service, et s'en allèrent à Saint-Germain. Leur égarement y avait été la nouvelle, leur retour et ce qu'ils étaient devenus toute la nuit en fut une autre.

« *Ces messieurs étaient la fleur de la Cour et de la galanterie, et tous alors dans toutes les privances du Roi : ils lui racontèrent leur aventure, les merveilles de leur réception, et se louèrent extrêmement du maître, de sa chère et de sa maison. Le Roi leur demanda son nom. Dès qu'il l'entendit : "Comment, Fargues, dit-il, est-il si près d'ici ?" Ces messieurs redoublèrent de louanges, et le Roi ne dit plus rien. Passé chez la Reine mère, il lui parla de cette aventure, et tous deux trouvèrent que Fargues était bien hardi d'habiter si près de la Cour, et fort étrange qu'ils ne l'apprissent que par cette aventure de chasse, depuis si longtemps qu'il demeurait là.*

« *Fargues s'était fort signalé dans tous les mouvements de Paris contre la Cour et le cardinal Mazarin. S'il n'avait pas été pendu, ce n'avait pas été faute d'envie de se venger particulièrement de lui ; mais il avait été protégé par son parti, et formellement compris dans l'amnistie. La haine qu'il avait encourue, et sous laquelle il avait pensé succomber, lui fit prendre le parti de quitter Paris pour toujours, afin d'éviter toute noise, et de se retirer chez lui sans faire parler de lui ; et jusqu'alors il était demeuré ignoré. Le cardinal Mazarin était mort. Il n'était plus question pour personne des affaires passées ; mais comme il avait été fort noté, il craignait qu'on lui en suscitât quelque autre nouvelle et pour cela vivait fort retiré et fort en paix avec tous ses voisins, fort en repos des troubles passés sur la foi de l'amnistie et depuis longtemps. Le Roi et la Reine sa mère, qui ne lui avaient pardonné que par force, mandèrent le premier président Lamoignon, et le chargèrent d'éplucher secrètement la vie et la conduite de Fargues, de bien examiner s'il n'y aurait point moyen de châtier ses insolences passées et de le faire repentir de les narguer si près de la Cour dans son opulence et sa tranquillité. Ils lui contèrent l'aventure de la chasse qui leur avait appris sa demeure, et témoignèrent à Lamoignon un extrême désir qu'il pût trouver des moyens juridiques de le perdre.*

« *Lamoignon, avide et bon courtisan, résolut bien de les satisfaire et d'y trouver son profit. Il fit ses recherches, en rendit compte, et fouilla tant et si bien, qu'il trouva moyen d'impliquer Fargues dans un meurtre commis à Paris au plus fort des troubles : sur quoi il le décréta sourdement, et, un matin, l'envoya saisir par des huissiers et mener dans les prisons de la Conciergerie. Fargues, qui, depuis l'amnistie, était bien sûr de n'être tombé en quoi que ce fût de répréhensible, se trouva bien étonné ; mais il le fut bien plus quand, par l'interrogatoire, il apprit de quoi il s'agissait. Il se défendit très bien de ce dont on l'accusait, et, de plus, allégua que le meurtre dont il s'agissait ayant été commis au fort des troubles et de la révolte de Paris, dans Paris même, l'amnistie qui les avait suivis effaçait la mémoire de tout ce qui s'était passé dans ces temps de confusion, et couvrait chacune de ces choses qu'on n'aurait pu suffire ni exprimer à l'égard de chacun, suivant l'esprit, le droit, l'usage et l'effet, non mis en doute aucun jusqu'à présent, des amnisties. Les courtisans distingués qui avaient été si bien reçus chez ce malheureux homme firent toutes sortes d'efforts auprès de ses juges et auprès du roi ; mais tout fut inutile : Fargues eut très promptement la tête coupée et sa confiscation donnée en récompense au premier président. Elle était fort à sa bienséance, et fut le partage de son second fils : il n'y a guères qu'une lieue de Bâville à Courson. Ainsi le beau-père et le gendre s'enrichirent successivement dans la même charge, l'un du sang de l'innocent, l'autre du dépit que son ami lui avait confié à garder, qu'il déclara ensuite au Roi, qui le lui donna, et dont il sut très bien s'accommoder. »*

Ainsi, c'est après la mort de Mazarin, c'est-à-dire dix ans après la Fronde, malgré l'amnistie générale signée en son nom par la reine, amnistie à laquelle il doit probablement son trône, que le roi a fait appeler un magistrat sans honneur ; tous deux, trahissant la parole donnée, organisent cette machination, et font assassiner un homme paisible, perdu par son affabilité.

Le crime de Lamoignon a deux mobiles : d'abord, il tremblait devant le roi, qui pouvait le réduire à néant avec deux mots, et ensuite, les biens du pauvre Fargues le tentaient. Il fut donc poussé par des motifs bassement humains.

La cruauté du roi n'a aucune espèce d'explication humaine. L'assassinat de Fargues prouve l'affreuse ténacité de ses rancunes, et qu'il n'a jamais reculé devant rien pour les assouvir.

*

En 1691, Louvois tombe en disgrâce, très probablement à cause de la haine que lui porte Mme de Maintenon.

À la veille de son arrestation, il meurt soudainement. Le récit de cette mort par Saint-Simon est si surprenant qu'il faut le citer tout entier :

« Sur les quatre heures après midi du même jour, j'allai chez Mme de Châteauneuf, où j'appris qu'il s'étoit trouvé un peu mal chez Mme de Maintenon, que le Roi l'avoit forcé de s'en aller, qu'il étoit retourné à pied chez lui, où le mal avoit subitement augmenté, qu'on s'étoit hâté de lui donner un lavement qu'il avoit rendu aussitôt, et qu'il étoit mort en le rendant, et demandant son fils Barbezieux, qu'il n'eut pas le temps de voir, quoiqu'il accourût dans sa chambre.

« On peut juger de la surprise de toute la Cour. Quoique je n'eusse guères que quinze ans, je voulus voir la contenance du Roi à un événement de cette qualité. J'allai l'attendre, et le suivis toute sa promenade. Il me parut avec sa majesté accoutumée, mais avec je ne sais quoi de leste et de délivré, qui me surprit assez pour en parler après, d'autant plus que j'ignorais alors, et longtemps depuis, les choses que je viens d'écrire. Je remarquai encore que, au lieu d'aller voir ses fontaines et de diversifier sa promenade, comme il faisoit toujours dans ses jardins, il ne fit jamais qu'aller et venir le long de la balustrade de l'Orangerie, et d'où il voyoit, en revenant vers le château, le logement de la Surintendance, où Louvois venoit de mourir, qui terminoit l'ancienne aile du château sur le flanc de l'Orangerie, et vers lequel il regarda sans cesse toutes les fois qu'il revenoit vers le château. Jamais le nom de Louvois ne fut prononcé, ni pas un mot de cette mort si surprenante et si soudaine, qu'à l'arrivée d'un officier que le roi d'Angleterre envoya de Saint-Germain, qui vint trouver le Roi sur cette terrasse, et qui lui fit de sa part un compliment sur la perte qu'il venoit de faire. "Monsieur, lui

répondit le Roi d'un air et d'un ton plus que dégagé, faites mes compliments et mes remerciements au roi et à la reine d'Angleterre, et dites-leur de ma part que mes affaires et les leurs n'en iront pas moins bien." L'officier fit une révérence, et se retira, l'étonnement peint sur le visage et dans tout son maintien. J'observai curieusement tout cela, et que les principaux de ceux qui étoient à sa promenade s'interrogeoient des yeux sans proférer une parole.

« Cette mort arriva bien juste pour sauver un grand éclat. Louvois étoit, quand il mourut, tellement perdu, qu'il devoit être arrêté le lendemain et conduit à la Bastille. Quelles en eussent été les suites ? C'est ce que sa mort a scellé dans les ténèbres, mais le fait de cette résolution prise et arrêtée par le Roi est certain ; je l'ai su depuis par des gens bien informés ; mais ce qui demeure sans réplique, c'est que le Roi même l'a dit à Chamillart, lequel me l'a conté. Or voilà ce qui explique, je pense, ce désinvolte du Roi le jour de la mort de ce ministre, qui se trouvoit soulagé de l'exécution résolue pour le lendemain, et de toutes ses importunes suites.

« La soudaineté du mal et de la mort de Louvois fit tenir bien des discours, bien plus encore quand on sut par l'ouverture de son corps qu'il avoit été empoisonné. Il étoit grand buveur d'eau, et en avoit toujours un pot sur la cheminée de son cabinet, à même duquel il buvoit. On sut qu'il en avoit bu ainsi en sortant pour aller travailler avec le Roi et que, entre sa sortie de dîner avec bien du monde et son entrée dans son cabinet pour prendre les papiers qu'il vouloit porter à son travail avec le Roi, un frotteur de logis étoit entré dans ce cabinet et y étoit resté quelques moments seul. Il fut arrêté et mis en prison ; mais à peine y eut-il demeuré quatre jours, et la procédure commencée, qu'il fut élargi par ordre du Roi, ce qui avoit déjà été fait jeté au feu, et défense de faire aucune recherche. Il devint même dangereux de parler là-dessus, et la famille de Louvois étouffa *tous ces bruits, d'une manière à ne laisser aucun doute que l'ordre très précis n'en eût été donné. Ce fut avec le même soin que l'histoire du médecin, qui éclata peu de mois après, fut aussi étouffée, mais dont le premier cri ne put s'effacer. Le hasard me l'a très sincèrement apprise ; elle est trop singulière pour s'en tenir à ce mot, et pour ne pas finir par elle tout le curieux et l'intéressant qui vient d'être raconté sur un ministre aussi principal que l'a été M. de Louvois. Mon père avoit depuis plusieurs années un écuyer, qui étoit gentilhomme de Périgord de bon lieu, de bonne mine, fort apparenté et fort homme d'honneur qui s'appelait Cléran. Il crut faire quelque fortune chez M. de Louvois ; il en parla à mon père, qui lui vouloit du bien et qui trouva bon qu'il le quittât pour être écuyer de Mme de Louvois, deux ou trois ans avant la mort de ce ministre. Cléran conserva toujours son premier attachement, et nous notre amitié pour lui, et il venoit au logis le plus souvent qu'il pouvoit. Il m'a conté, étant toujours à Mme de Louvois depuis la mort de son mari, que Séron, médecin domestique de ce ministre et qui l'étoit demeuré de M. de Barbezieux, logé dans sa même chambre au château de Versailles, dans la Surintendance, que Barbezieux avoit conservée quoiqu'il n'eût pas succédé aux Bâtiments, s'étoit barricadé dans cette chambre, seul, quatre ou cinq mois après la mort de Louvois ; qu'aux cris qu'il fit on étoit accouru à sa porte, qu'il ne voulut jamais ouvrir ; que ces cris durèrent presque toute la journée, sans qu'il voulût ouïr parler d'aucun secours temporel ni spirituel, ni qu'on pût venir à bout d'entrer dans sa chambre ; que sur la fin on l'entendit s'écrier qu'il n'avoit que ce qu'il méritoit, que ce qu'il avoit fait à son maître ; qu'il étoit un misérable indigne de tout secours ; et qu'il mourut de la sorte en désespéré au bout de huit ou dix heures, sans avoir jamais parlé de personne, ni prononcé un seul nom. À cet événement, les discours se réveillèrent à l'oreille ; il n'étoit pas sûr d'en parler. Qui a fait faire le coup ? C'est ce qui est demeuré dans les plus épaisses ténèbres. Les amis de Louvois ont cru l'honorer en soupçonnant des puissances étrangères ; mais elles auroient attendu bien tard à s'en défaire, si quelqu'une avoit conçu ce détestable dessein. Ce qui est certain, c'est que le Roi en étoit entièrement incapable, et qu'il n'est entré dans l'esprit de qui que ce soit de l'en soupçonner. »*

La dernière phrase de ce terrible récit, nous la retrouverons plusieurs fois sous la plume des chroniqueurs, des mémorialistes, et même dans des lettres privées (dont les auteurs savaient qu'elles seraient recopiées par le service du roi à la poste). C'est une clause de style absolument obligatoire : accuser le roi d'avoir fait empoisonner quelqu'un, c'est un crime de lèse-majesté. Donc, « le roi n'a jamais fait empoisonner personne »...

Il faut avouer que c'est pourtant un étrange compliment qui ne fut jamais fait à Saint-Louis, ni à Henri IV, ni à Napoléon, ni à Louis-Philippe, et on a l'impression que ces laudateurs offrent à Louis XIV un faux témoignage devant l'histoire.

En réalité, il suffit de lire deux fois le texte de Saint-Simon pour en conclure que le ministre a été empoisonné par son médecin, et que le crime fut suggéré par le roi.

Louvois savait vraiment trop de secrets, et d'abord, entre autres crimes, que Fouquet avait été empoisonné par l'ordre du roi, comme nous le verrons plus tard ; il savait le secret du Masque de Fer, peut-être celui de la mort d'Henriette de France, reine d'Angleterre, dont nous parlerons plus loin.

À cause de son intelligence et de la violence de son tempérament, il valait mieux le supprimer, et, pour écarter tout soupçon, confier le ministère à son fils Barbezieux, qui n'avait que vingt-deux ans !

Ce choix, d'une évidente absurdité, est sans précédent dans l'histoire.

En effet, qui était Barbezieux ? Un tout jeune marquis à la mode, célèbre coureur de jupons, qui avait très vaguement travaillé avec son père, et qui devait mourir à trente-trois ans, « épuisé », nous dit-on, « par ses excès ».

C'est à ce charmant noceur que le roi Louis XIV, en 1691, confie le plus important des ministères, le ministère de la Guerre ! Il n'est pas étonnant que dix ans plus tard, en dînant à Marly, il ait manifesté une indécente joie en apprenant la mort de Barbezieux en pleine jeunesse :

« Aussitôt qu'il fut mort, Saint-Pouenge le vint dire au Roi à Marly, qui, deux heures auparavant, parlant de Versailles, s'y étoit si bien attendu, qu'il avoit laissé la Vrillière pour mettre le scellé partout. Fagon, qui l'avoit condamné d'abord, et qui ne l'aimoit point, non plus que son père, fut accusé de l'avoir trop saigné exprès ; du moins lui échappa-t-il des paroles de joie de ce qu'il n'en reviendroit point, une des deux dernières fois qu'il sortit de chez lui. Barbezieux désolait souvent par ses réponses, qu'il faisoit toujours haut à ses audiences, où on lui parloit bas, et faisoit attendre les principales personnes de la Cour, hommes et femmes tandis qu'il se jouoit avec ses chiens dans son cabinet ou avec quelques bas complaisant et, après s'être fait longtemps attendre, sortoit souvent par les derrières. Ses beaux-frères mêmes étoient toujours en brassière de ses humeurs, et ses meilleurs amis ne l'abordaient qu'en tâtant le pavé. Beaucoup de gens et forces belles dames perdirent beaucoup à sa mort : aussi y en eut-il plusieurs fort éplorées dans le salon de Marly ; mais, quand elles se mirent à table et qu'on eut tiré le gâteau, le Roi témoigna une joie qui parut vouloir être imitée. Il ne se contenta pas de crier : la Reine boit ! mais, comme en franc cabaret, il frappa et fit frapper chacun de sa cuiller et de sa fourchette sur son assiette ; ce qui causa un charivari fort étrange,

et qui, à reprises, dura tout le souper. Les pleureuses y firent plus de bruit que les autres, et de plus longs éclats de rire, et les plus proches et les meilleures amies en firent encore davantage. Le lendemain, il n'y parut plus » (Saint-Simon).

Tout ceci est plus que suspect. Naturellement, le roi – dont la religion se borne à la peur du diable – n'a jamais donné l'ordre à Fagon d'assassiner Barbezieux. Il lui a sans doute suffi de laisser entendre à cette brute que la disparition de Barbezieux ne ferait aucun tort aux affaires du royaume, et même qu'elles n'en iraient que mieux.

Il est évidemment choquant de dire que le roi fit périr Fouquet, Louvois et Barbezieux. Pourtant, trois victimes de plus, cela n'augmente pas de façon notable le nombre des Français assassinés par la révocation de l'Édit de Nantes.

C'est là le crime principal du roi très catholique, et si peu chrétien.

Saint-Simon, qui n'était pas le moins du monde protestant, nous décrit ce qu'il a vu :

« *La révocation de l'Édit de Nantes, sans le moindre prétexte et sans aucun besoin, et les diverses proscriptions plutôt que déclarations qui la suivirent, furent les fruits de ce complot affreux qui dépeupla un quart du royaume, qui ruina son commerce, qui l'affoiblit dans toutes ses parties, qui le mit si longtemps au pillage public et avoué des dragons, qui autorisa les tourments et les supplices dans lesquels ils firent réellement mourir tant d'innocents de tout sexe par milliers, qui ruina un peuple si nombreux, qui déchira un monde de familles, qui arma les parents contre les parents pour avoir leur bien et les laisser mourir de faim, qui fit passer nos manufactures aux étrangers, fit fleurir et regorger leurs États aux dépens du nôtre et leur fit bâtir de nouvelles villes, qui leur donna le spectacle d'un si prodigieux peuple proscrit, nu, fugitif, errant sans crime, cherchant asile loin de sa patrie ; qui mit nobles, riches, vieillards, gens souvent très estimés pour leur piété, leur savoir, leur vertu, des gens aisés, foibles, délicats, à la rame et sous le nerf très effectif du comité, pour cause unique de religion, enfin, qui pour comble de toutes horreurs remplit toutes les provinces du royaume de parjures et de sacrilèges, où tout retentissoit d'hurlements de ces infortunées victimes de l'erreur.*

« Le Roi se croyait au temps de la prédication des apôtres, et il s'en attribuoit tout l'honneur. Les évêques lui écrivoient des panégyriques ; les jésuites en faisoient retentir les chaires et les missions. Toute la France étoit remplie d'horreur et de confusion, et jamais tant de triomphes et de joie, jamais tant de profusion de louanges. Le monarque ne doutoit pas de la sincérité de cette foule de conversions ; les convertisseurs avoient grand soin de l'en persuader et de le béatifier par avance. Il avaloit ce poison à longs traits. Il ne s'étoit jamais cru si grand devant les hommes, ni si avancé devant Dieu dans la réparation de ses péchés et du scandale de sa vie. »

De tous ses crimes, celui-là est évidemment le plus grand. Le roi de France déclenche et ordonne la guerre civile en France, une Saint-Barthélemy étendue à tout le royaume et qui dure des années.

Pourquoi ? Si cet homme était un saint rigoriste, un fanatique comme le furent les moines de l'Inquisition, qui brûlaient les juifs pour sauver l'âme de leurs victimes, on comprendrait cette folie de cruauté désintéressée, mais ce roi qui encombra de bâtards les marches du trône, n'a ordonné ces massacres que pour s'assurer un trône éternel au paradis.

En vieillissant, cependant, l'écho de ses crimes lui parvient, et, sur son lit de mort, entre deux mensonges, il se renie lui-même :

« *Le lundi 26 août, la nuit ne fut pas meilleure. Il fut pansé, puis il entendit la messe. Il y avoit le pur nécessaire dans la chambre, qui sortit après la messe. Le Roi fit demeurer les cardinaux de Rohan et de Bissy. Mme de Maintenon resta aussi comme elle demeuroit toujours, et avec elle le maréchal de Villeroy, le P. Tellier et le Chancelier. Il appela les deux cardinaux, protesta qu'il mouroit dans la foi et la soumission à l'Église, puis ajouta en les regardant qu'il étoit fâché de laisser les affaires de l'Église dans l'état où elles étoient, qu'il y étoit parfaitement ignorant, qu'ils savoient, et qu'il les en attestoit, qu'ils n'y avoient rien fait que ce qu'ils avoient voulu, qu'il y avoit fait tout ce qu'ils avoient voulu, que c'étoit donc à eux à répondre devant Dieu pour lui de tout ce qui s'y étoit fait, et du trop ou du trop peu, qu'il protestoit de nouveau qu'il les en chargeoit devant Dieu, et qu'il en avoit la conscience nette, comme un ignorant qui s'étoit abandonné absolument à eux dans toute la suite de l'affaire. Quel affreux coup de tonnerre ! Mais les deux cardinaux n'étoient pas pour s'en épouvanter ; leur calus étoit à toute épreuve. Leur réponse ne fut que sécurité et louanges, et le Roi à répéter que, dans l'ignorance, il avoit cru ne pouvoir mieux faire pour sa conscience que de se laisser conduire en toute confiance par eux, par quoi il étoit déchargé devant Dieu sur eux.* »

Par conséquent, ce sont les cardinaux qui doivent aller en enfer à sa place.

Ainsi, le seul responsable du massacre de tant d'honnêtes gens craint d'avoir raté son coup. Au seuil de la mort, un doute l'épouvante ! Alors, pris de panique, blême de terreur, il refuse la responsabilité de ses actes ; bêtement, hypocritement, il rejette le poids écrasant des massacres sur les cardinaux qui sont venus l'aider à mourir. Pas un mot de regret, pas l'ombre d'un remords. Lui qui a commandé toute sa vie avec une autorité féroce, il crie : « Je n'y suis pour rien. Je n'ai fait que vous obéir. C'est vous qui êtes responsables de tout ! »

Cette dérobade *in extremis* n'est pas d'un beau caractère.

*

D'où vient donc la réputation grandiose que célèbrent encore nos manuels d'histoire ?

Elle vient de ses flatteurs, c'est-à-dire de toute la Cour. On pourrait donc penser qu'il fut victime de son entourage, qui fit naître cette vanité et la cultiva par la suite.

Nous répondrons qu'on ne flatte pas qui l'on veut. Il suffit d'un regard, d'un silence, d'un sourire pour désarmer la flatterie... Or, le roi la payait par des honneurs, des emplois, des pensions, et, parmi ceux qui exploitèrent sa mégalomanie, nous trouvons Boileau, Molière, Racine, La Bruyère, Corneille... Ces grands hommes ont pourtant une excuse, qui me semble les absoudre.

À cette époque, la profession d'écrivain, malgré la fondation de l'Académie française par Richelieu et Louis XIII, ne pouvait assurer l'existence des plus célèbres d'entre eux, et ils vécurent de leurs protecteurs ou de leurs protectrices.

La faveur du roi était évidemment le bâton de maréchal d'un poète ou d'un auteur dramatique. Pour l'obtenir, Saint-Simon nous l'a dit, il n'y avait qu'un moyen : la flatterie. Ils s'en sont servis, et ils se sont humiliés, mais en bonne compagnie, celle des plus grands seigneurs du royaume. Il était bien naturel, sous le règne d'un despote fou de soi, d'appliquer le principe de base du judo, qui consiste à utiliser l'élan de l'adversaire, et ils ont conquis le roi en retournant contre lui-même son irrésistible vanité.

L'astucieux La Bruyère, avec une intrépidité remarquable, est allé jusqu'à reprendre les paroles du sinistre Omer Talon, en écrivant que le roi est le représentant de la divinité sur la terre. Il a de même constaté que « tout prospère dans une monarchie où l'on confond les intérêts de l'État avec ceux du prince » ; Molière, sur la scène même, lance de temps à autre une flatterie que le roi reçoit en plein visage, devant toute la Cour ; La Fontaine le met en scène dans ses fables sous les traits du Lion ; Boileau, après la prise de Namur, ou le passage du Rhin, s'envole en délirantes flatteries, dans le genre de :

« *Grand Roi, cesse de vaincre ou je cesse d'écrire.* »

Si l'on voulait faire un florilège de ces flagorneries, elles rempliraient un gros volume.

Il me semble que les contemporains n'en étaient pas dupes : ils avaient les faits sous les yeux ; mais la flatterie écrite, surtout quand elle vient d'aussi grands écrivains, a la même force que la calomnie ; il en reste toujours quelque chose, et elle traverse les siècles, portée par leurs noms qui sont ses garants. On peut dire que Louis XIV a bien choisi ses « public relations » avec la postérité, et qu'il a eu raison de les pensionner : il leur doit la meilleure part de sa gloire posthume.

C'est eux qui ont dirigé le chœur des louanges, c'est à cause d'eux que nous en sommes encore aux glorieux slogans de l'époque : le Grand Roi, le Grand Siècle, le Roi-Soleil, le Siècle de Louis XIV, et ce prestigieux Louis le Grand qui brille sur la façade de l'un des plus grands lycées de France, et sur la plaque d'une rue de Paris. Je croyais, comme tout le monde, que ce titre lui avait été décerné par l'histoire ; en réalité, il lui fut offert, sur son ordre, par une assemblée de notables, à laquelle il avait assisté : on peut l'imaginer, en grand costume, et le sourire épanoui, savourant majestueusement le titre grandiose qu'il venait de se donner lui-même.

Ce qui nous intéresse, ce n'est pas la valeur de son rôle historique, ni de la grandeur de son règne, mais son caractère et son égoïsme aveugle.

Il a toujours invoqué « l'intérêt de l'État », même et surtout lorsqu'il s'agissait du sien propre, et il a cru sincèrement que « l'intérêt de l'État » justifiait tous les mensonges, toutes les cruautés, tous les crimes.

*

On pourra dire que je sors de mon sujet. Pourquoi ce réquisitoire contre le Roi-Soleil ?

Parce que ce bref examen de son caractère nous permet d'étudier des hypothèses qui seraient inacceptables s'il s'agissait d'Henri IV, de Napoléon ou de Louis-Philippe.

Jusqu'ici, j'avais refusé d'accorder la moindre attention aux thèses qui font du Masque le demi-frère ou le jumeau du despote. Je ne pouvais admettre que le Grand Roi eût confiné dans une prison pendant trente-quatre ans son frère, premier prince du sang.

Aujourd'hui, à la lumière de ses actes qui révèlent ses jalousies, son égoïsme, sa cruauté, je suis persuadé que, s'il était né dans une portée de quatre jumeaux, nous aurions eu trois Masques de Fer, et qu'il eût considéré ce triple crime comme un sacrifice aux intérêts de l'État, sacrifice héroïque et digne d'un grand roi.

9

HISTOIRE DU PROCÈS FOUQUET

Le procès du surintendant des Finances Nicolas Fouquet est une des hontes de ce règne.

Je ne puis que résumer ici cette célèbre iniquité. Si le lecteur s'y intéresse, je lui signale les ouvrages d'Étienne Huyard (Correa, 1937) et de Paul Morand (Gallimard, 1961).

Fouquet, surintendant des Finances, vient de la grande bourgeoisie de robe. Son grand-père et son père ont été de hauts magistrats sous Louis XIII. Sa mère descendait des Maupeou. Mazarin le prend avec lui, et le rusé cardinal lui laisse croire qu'il sera son successeur, alors qu'il n'a pas trente ans.

Le 17 août 1661, Fouquet, pour faire sa cour au roi, organise en son honneur une fête grandiose dans les parcs de son château de Vaux ; c'est ce soir-là que Molière joua *Les Fâcheux*, comédie composée pour la circonstance.

Louis XIV accepte l'invitation, et s'y rend avec les plus hauts seigneurs de la Cour. Il y est reçu par Fouquet avec une parfaite modestie ; tous les honneurs dus au roi lui sont rendus. La fête est d'un luxe et d'un goût admirables ; mais le roi a vu, dans les armes de Fouquet, un écureuil, que l'on appelle encore aujourd'hui dans la Sarthe « un fouquet ». Ce fouquet grimpe à un arbre, au-dessus de la devise : « *Quo non ascendam* », c'est-à-dire « Jusqu'où ne puis-je monter ».

Au retour, après la fête triomphale, Louis XIV est dans le même carrosse que sa mère Anne d'Autriche :

« *Louis se taisait ; puis, brusquement : "Madame, dit-il, ne ferons-nous pas rendre gorge à ces gens-là ?"* » (Étienne Huyard).

On pense que c'est ce jour-là que Louis XIV décida la perte du surintendant. En vérité, elle était décidée et préparée depuis longtemps.

Fouquet avait eu la charge de procureur du roi, qui le rendait justiciable du seul Parlement, toutes chambres réunies :

« *Colbert tend à son ennemi un piège grossier. Sournoisement, faisant miroiter à ses yeux le Cordon Bleu, qu'on ne donne plus aux gens de justice, il lui suggère d'abandonner son siège...* » (Huyard).

Louis XIV entre en scène ; sans rien promettre, il glisse dans ses propos quelques allusions discrètes au ministère... Dans l'ivresse de la gloire prochaine Fouquet laisse tomber de ses épaules la simarre, et vend sa charge à Camille de Harlay au prix de 1 400 000 livres. Il offre un présent d'un million de livres au roi, qui l'accepte, et qui dit en privé : « Il s'est enferré de lui-même ! »

Désormais, on pourra le faire juger par un tribunal spécialement créé pour le faire condamner, et son arrestation ne tardera guère.

· À la fin du mois d'août, le roi est de plus en plus aimable pour Fouquet :

« *Il ne lui ménageait pas ces menues attentions auxquelles sa bonne grâce et sa dignité naturelles donnaient tant de prix. La veille même du jour où il allait faire arrêter le surintendant des Finances, il lui avait envoyé à deux reprises Brienne pour prendre des nouvelles de sa santé, et les messages du prince étaient si obligeamment affectueux... que comme son interlocuteur lui faisait part de certains bruits relatifs à une arrestation prochaine, il crut qu'il s'agissait de la disgrâce de Colbert ! »*

Le lendemain, le 5 septembre 1661, M. d'Artagnan, accompagné de Saint-Mars, maréchal des logis de mousquetaires, arrêtait Fouquet et le conduisait à Angers, où il le garda pendant trois mois.

Le 1er décembre, on le transfère à Amboise, puis au donjon de Vincennes. Cette captivité devait durer jusqu'au 22 décembre 1664, date de la fin du procès.

*

Un tribunal composé de juges fort soigneusement triés est réuni. Tous savent que le roi attend d'eux une condamnation à mort.

Le dossier est préparé en conséquence.

Fouquet est accusé d'avoir détourné des sommes considérables : il est vrai que des millions ont disparu, mais non pas à son profit.

Pendant des années, il a dû verser des sommes énormes à Mazarin, son chef, et parfois à la reine Anne d'Autriche. Il a demandé des reçus au cardinal furieux, et il a conservé un grand nombre de lettres ou de billets qui le justifieront, le cas échéant.

Le roi ordonne des perquisitions immédiates, qui permettent la saisie de tous ses papiers, et même les lettres d'amour de ses maîtresses.

Les reçus qui prouvent son innocence sont détruits, le dossier est longuement falsifié, et le malheureux va être condamné à mort, lorsqu'une voix s'élève : celle du deux fois noble d'Ormesson.

Juge choisi par le roi, il avait été récusé par les défenseurs de Fouquet. En dépit des droits de la défense, le roi l'impose, et le nomme premier rapporteur.

Or, ce magistrat, qui n'est pas un ami du surintendant, qui n'en a jamais reçu d'argent (comme tant d'autres), avec autant d'habileté que de courage, sauve la tête de l'accusé, en concluant au bannissement du royaume.

Le second rapporteur, Sainte-Hélène, « opina, sans s'appuyer sur rien, que M. Fouquet aurait la tête tranchée ». Il ne se trouva que neuf magistrats pour le suivre. La Toison, Masnau, Verdier, La Baume, Catinat, Le Féron, Moussy, Brillac, Bernard, Roquesante, Poncet, Renard, Pontchartrain se rangèrent à l'avis de d'Ormesson, et le bannissement fut voté par treize voix contre neuf.

En apprenant cet arrêt, le roi eut un accès de rage froide et muette, puis il dit : « S'il avait été condamné à mort, je l'aurais laissé mourir. »

Comme il avait le droit de grâce, il s'en servit à sa façon : il commua le bannissement en détention perpétuelle, ce qui est sans exemple dans l'histoire de la justice, puis il s'attaqua aux parents et aux amis du condamné.

L'admirable d'Ormesson fut immédiatement dépouillé de sa charge héréditaire ; Roquesante, qui avait voté le bannissement, fut relégué à Quimper-Corentin. Pomponne et Bussy-Rabutin exilés en province, les pensions de plusieurs écrivains furent supprimées, les mesures les plus odieuses frappèrent la famille du malheureux.

Mme de Sévigné écrit à M. de Pomponne :

« *Ce matin [dimanche] le roi a envoyé son chevalier du guet à Mmes Fouquet leur commander de s'en aller toutes deux à Montluçon en Auvergne ; le marquis et la marquise de Charost à Ancenis, et le jeune Fouquet à Joinville, en Champagne. La bonne femme a mandé au roi qu'elle avait soixante et douze ans, qu'elle supplioit Sa Majesté de lui donner son dernier fils, pour l'assister sur la fin de sa vie qui apparemment ne seroit pas longue. Pour le prisonnier, il n'a point encore su son arrêt.* »

Pecquet, son médecin, et Lavallée, son intendant, demandent à partager le sort de leur maître : ils sont sur-le-champ envoyés à la Bastille, où ils retrouveront Pellisson, le premier commis de Fouquet, qui est prisonnier depuis le début du procès, et qui y restera cinq ans.

Les lettres de la marquise (qui suivit toutes les audiences) et les pièces du procès publiées par Huyard révèlent la lâcheté de cinq ou six magistrats, qui ont aveuglément suivi les ordres du roi, et la haine féroce, pathologique, du tout-puissant monarque.

Sur quoi était-elle fondée ? Ce n'est sans doute pas sur les « détournements » du surintendant. Le roi avait certainement vu les reçus de Mazarin, saisis par les perquisitions, et supprimés par Colbert : d'ailleurs, le monstrueux héritage du cardinal avait prouvé ses tripotages et ses vols. On a pensé à une rivalité amoureuse, car il semble bien que la veuve Scarron, au temps de sa pauvreté, ait eu des bontés pour le surintendant ; mais à l'époque de l'arrestation de Fouquet, elle n'était pas encore en faveur. Il s'agit plutôt d'une antipathie personnelle, d'une jalousie d'homme à homme, car le roi ne pouvait supporter la réussite d'un autre.

Son frère, Monsieur, l'admirait et l'adorait, et il fut l'un des seuls hommes pour qui le roi montra quelque tendresse ; il lui confia un jour le commandement d'une armée.

Monsieur eut un grand tort : il attaqua et battit l'invincible Guillaume d'Orange. À son retour à Paris, une foule immense l'attendait aux portes, et lui fit cortège dans une tempête d'acclamations.

Jamais plus son frère ne lui donna un commandement.

Le crime de Fouquet, c'est qu'il était intelligent, séduisant, qu'il réussissait toutes ses entreprises, et que le plus grand avenir lui était promis.

Mais « *le roi et Colbert, ces deux furieux du pouvoir absolu, s'entendaient dans une haine exemplaire contre ce personnage souriant... Pour Colbert, travailleur forcené, un Fouquet qu'on ne voyait pas travailler et qui pourtant accomplissait des tours de force, était un scandale abominable* » (Paul Morand).

De plus, quoique respectueux et obéissant, le surintendant n'était pas humble, et ses armes le disaient bien : les écureuils ne sont pas des bêtes rampantes, comme la couleuvre du tortueux Colbert. Fouquet ne savait certainement pas prendre devant le roi « l'air de néant sinon par lui » dont parle Saint-Simon.

Enfin, il avait autant de charme personnel que d'argent, et il ne trouvait guère de cruelles parmi les dames et demoiselles de la Cour, que le roi considérait comme son harem.

C'est pourquoi, le 22 décembre, il partit pour la dure prison de Pignerol sous la garde de d'Artagnan. La foule, qui au début du procès l'avait cru coupable, et l'avait hué, l'attendait à la porte Saint-Antoine ; écœurée par l'iniquité des juges et la cruauté du roi, elle acclama longuement le condamné, qui devait mourir dans sa cellule, après dix-neuf ans de captivité.

10

EUSTACHE DAUGER

Dauger apparaît pour la première fois dans une lettre de Louvois à Saint-Mars datée du 19 juillet 1669.

En voici le texte :

À Monsieur de Saint-Mars

« Le Roi, m'ayant commandé de faire conduire à Pignerol le nommé Eustache Dauger, il est de la dernière importance à son service qu'il soit gardé avec une grande sûreté, et qu'il ne puisse donner de ses nouvelles à qui que ce soit en nulle manière. Je vous en donne avis par avance afin que vous puissiez faire accommoder un cachot où vous le mettrez, seulement observant de faire en sorte que les jours qui seront au lieu où il sera ne donnent point sur des lieux qui puissent être abordés de personne, et qu'il y ait assez de portes fermées les unes sur les autres pour que vos sentinelles ne puissent rien entendre. Il faudra que vous portiez vous-même à ce misérable, une fois le jour, de quoi vivre toute la journée, et que vous n'écoutiez jamais, sous quelque prétexte que ce puisse être, ce qu'il voudra vous dire, le menaçant toujours de le faire mourir s'il vous ouvre jamais la bouche pour vous parler d'autre chose que de ses nécessités. Je mande au sieur Poupart de faire travailler incessamment à ce que vous désirerez, et vous ferez

préparer les meubles qui sont nécessaires pour la vie de celui qu'on vous amènera, observant que, comme ce n'est qu'un valet, il ne lui en faut pas de bien considérables, et je vous ferai rembourser tant de la dépense des meubles que de ce que vous désirerez pour sa nourriture. »

Voilà une lettre extrêmement remarquable, que Delort, en 1829, a retrouvée aux Archives nationales (K. 120 A n° 67).

Tout d'abord, notons que sur la minute conservée au dépôt de la Guerre, c'est-à-dire chez Louvois, le nom du prisonnier est laissé en blanc (Iung, p. 188). Louvois l'a caché à ses secrétaires.

Notons ensuite nos impressions au cours de la première lecture.

Le ton de cette lettre est parfaitement assuré. Louvois annonce l'arrivée de ce prisonnier comme certaine, et prochaine. Cet Eustache Dauger est donc déjà arrêté, et « il est de la dernière importance au service du Roi qu'il ne puisse donner de ses nouvelles à qui que ce soit ».

Voilà donc un prisonnier mis au secret comme Fouquet ou comme Lauzun au début de leur captivité ; mais son cas est sans doute encore plus grave, car on n'avait pas caché que les deux gentilshommes étaient détenus à Pignerol. Pour cet Eustache Dauger, sa captivité doit rester ignorée de tous ; il a donc certainement une famille et des amis, qui sont sans doute à sa recherche. :

« *Je vous en donne avis par avance, afin que vous puissiez faire accommoder un cachot.* »

Ceci est tout à fait normal. Le donjon, d'ailleurs, ne manque pas de cachots : il y en a six, pour un seul prisonnier qui est M. Fouquet. On va sans doute rafraîchir et repeindre l'un de ces cachots, car ils sont vides depuis longtemps.

Non, ce n'est pas le cas ; le ministre veut un cachot spécial, comme il n'en existe pas à Pignerol. Il faut « un cachot pourvu d'assez de portes fermées les unes sur les autres ».

Notons en passant que cette expression ne signifie pas une double porte. Il en faut au moins trois : nous verrons qu'à Exiles et à Sainte-Marguerite, le cachot de Dauger aura aussi trois portes fermées les unes sur les autres ; c'est Saint-Mars qui nous le dit dans ses lettres du 11 mars 1682 et du 6 janvier 1696. Ce détail a une très grande importance comme on le verra plus loin.

Ces trois portes sont nécessaires :

« *afin que vos sentinelles ne puissent rien entendre* ».

Ceci devient de plus en plus intéressant : voilà un prisonnier qui connaît des secrets d'État. C'est donc un officier supérieur, ou peut-être un ancien ministre, ou peut-être un ambassadeur... En tout cas, il sait le français, puisqu'on a peur qu'il soit compris par les sentinelles.

Notons ensuite que ce cachot sera éclairé par des « jours », c'est-à-dire au moins deux fenêtres, et ces fenêtres ne seront pas munies de « hottes », comme il est d'usage dans les prisons. La hotte est un volet plein dont la surface est égale à celle de la fenêtre ; ce volet, penché vers l'extérieur, est relié au mur par des joues latérales triangulaires, si bien que le prisonnier ne peut voir qu'un étroit rectangle de ciel, et parfois, à midi, pendant quelques minutes, un rayon vertical de soleil. Ainsi, de l'extérieur, il est impossible de voir le prisonnier.

La chambre de Fouquet était obscurcie par des hottes ; ce n'est qu'au bout de quelques années qu'elles furent supprimées, par une faveur spéciale.

La chambre de Dauger n'en aura pas, puisque Louvois dit clairement :

« *Observant de faire en sorte que* les jours *qui seront aux lieux où il sera ne donnent point sur des lieux qui soient abordés de personne.* »

Si les fenêtres étaient masquées par des hottes, cette recommandation serait inutile.

Il ne s'agit donc pas d'un cachot souterrain, où le prisonnier deviendrait fou assez vite, et mourrait en quelques années : il s'agit d'une chambre forte, bien éclairée.

« Il faudra que vous portiez vous-même... »

Il sera donc servi tous les jours par un gouverneur, qui n'a d'ordre à recevoir que du roi !... C'est un prisonnier extraordinaire, et d'autant plus que la phrase suivante annonce la collaboration du sieur Poupart, qui a reçu, de son côté, une lettre du ministre.

Le sieur Poupart est le commissaire des guerres, chargé de l'entretien des fortifications et de tous les bâtiments militaires.

C'est le collaborateur direct de Vauban, c'est un officier supérieur du Génie. On ne l'appellerait pas pour blanchir un plafond, ou recrépir un mur.

Il s'agit donc de construire un cachot tout neuf, et très habitable. On ne l'a pas fait pour M. Fouquet. Ce prisonnier est donc certainement un maréchal de France, ou un président. Peut-être M. d'Ormesson, qui a eu le courage de sauver la vie de M. Fouquet ?

La suite est encore plus remarquable : si le prisonnier veut révéler à Saint-Mars le motif de sa détention, le geôlier doit le menacer de mort !

D'ordinaire, on inscrit ce motif sur le registre d'écrou ; il y a une colonne spéciale *« Motif de la détention »*. Pour le prisonnier que l'on attend, on n'en dira rien.

Il s'agit donc d'une affaire d'État ultra-secrète. Comme, au passage, Louvois l'a traité de

« *misérable* », ce doit être un très haut personnage qui a trahi le roi.

Tout à coup, à notre grande surprise, le ministre dit : « *comme ce n'est qu'un valet* ».

Je me demande si j'ai bien lu ; oui, c'est ce qui est écrit : « *comme ce n'est qu'un valet* », et pourtant on va lui acheter des meubles, ce qui est incroyable.

Il est certain que dans ce donjon qui a eu jusqu'à douze prisonniers et dont cinq cachots sont inoccupés, et dans cette caserne qui loge une centaine d'hommes, dont une dizaine d'officiers, on peut trouver de quoi meubler sommairement, selon les ordres, le cachot d'un valet. Un lit de camp, une table, une chaise, peut-être une armoire, formeraient un mobilier bien suffisant.

Or, Louvois donne l'ordre d'acheter des meubles, *dont il remboursera le prix*.

Le captif aura, dans un cachot neuf, des meubles neufs.

Nous avons ensuite la seconde partie de la dernière phrase :

« *Je vous ferai rembourser... la dépense de ce que vous désirerez pour sa nourriture.* »

Ceci est aussi anormal que le cachot neuf et les meubles neufs.

Il y a un tarif, à Pignerol, pour les soldats, les sous-officiers, les officiers, les prisonniers d'État, les valets de la prison. Il est évident que le nouveau captif n'entre dans aucune de ces catégories. Quant à l'expression « ce que vous désirerez pour sa nourriture » elle est bien étrange.

On confierait donc à Saint-Mars le choix des menus du prisonnier ? À la réflexion, il me semble que « ce que vous désirerez » signifie « ce qu'il désirera ».

Tout ceci est vraiment incompréhensible.

On peut d'abord se demander comment et pourquoi l'arrestation d'un valet devrait rester un secret « de la dernière importance au service du roi ».

On peut dire que ce valet sait un secret d'État d'une exceptionnelle gravité, mais cette réponse ne vaut pas, et surtout au XVIIe siècle.

Si un valet avait su un dangereux secret, on n'eût pas prolongé pendant trente-quatre ans le danger qu'il représentait.

Enfin, il me semble impossible qu'un colonel du Génie aille construire, dans une prison où il y a cinq cachots vides, un cachot spécial pour un valet.

Georges Mongrédien, historien précis et scrupuleux, a cru, en toute bonne foi, à la parole du ministre, et il a dit : « Nous ignorons le crime de Dauger, il était vraisemblablement sans commune mesure avec son infime personne » ; je ne crois pas que sous Louis XIV « une infime personne » eût survécu à un crime sans commune mesure avec son auteur, et il me semble que cette seule lettre suffit à prouver que Dauger n'était pas un valet ; plusieurs autres documents vont le confirmer de la façon la plus éclatante.

*

Le document suivant, c'est la lettre de cachet que le roi a signée le 26 juillet, sept jours après la longue lettre de Louvois. Pour conduire à Pignerol le prisonnier, Louvois a choisi le capitaine de Vauroy, major de la citadelle de Dunkerque. L'officier reçoit la lettre de cachet le 1er août 1669.

En voici le texte :

« Capitaine de Vauroy, étant mal satisfait de la conduite du nommé Eustache Dauger, et voulant m'assurer de sa personne, je vous écris cette lettre pour vous dire qu'aussitôt que vous l'aurez vue vous ayez à le saisir et arrêter, et à le conduire vous-même en toute sûreté dans la citadelle de Pignerol, pour y être gardé par les soins du Capitaine de Saint-Mars auquel j'écris les lettres ci-jointes, afin que ledit prisonnier y soit reçu et gardé sans difficulté. Après

quoi, vous reviendrez par deçà, rendre compte de ce que vous aurez fait en exécution de la présente » (Mongrédien, p. 184).

La rédaction de cette lettre de cachet est assez remarquable.

On ne commande pas au capitaine de rechercher ou de faire rechercher Eustache Dauger, ce qui prouve que le prisonnier est déjà arrêté : il n'est chargé que du transfert à Pignerol. Il y a certainement une « feuille volante » qui l'informe du lieu où il trouvera son homme.

Puis, il lit les lettres « ci-jointes », c'est-à-dire la longue lettre de Louvois à Saint-Mars, qui lui apprend que l'homme n'est qu'un valet. Il a dû penser – comme nous – que le traitement que demande Louvois pour ce valet est un peu surprenant. Il en a conclu que le valet détient un secret politique d'une grande importance. C'est donc une affaire très intéressante qui lui est confiée, et c'est la preuve qu'il est en faveur auprès du ministre. Cependant, il y a encore une lettre dans l'enveloppe. Elle dit :

« *Monsieur, on me mande que les officiers des troupes d'Espagne courent après leurs déserteurs sur les terres du roi. C'est ce qui m'oblige à vous dire qu'il ne faut pas les y accoutumer, et que Sa Majesté désire que vous fassiez charger ceux des officiers qui seront rencontrés par ses troupes en prenant ou conduisant des déserteurs.* »
Signé : Louvois (Archives de la guerre, 234).

Le major est un instant perplexe ; mais il y a certainement une autre feuille volante : elle lui dit que c'est là le prétexte qu'il faut donner au comte d'Estrades, gouverneur de Dunkerque, pour justifier son départ.

En même temps, Louvois a écrit au noble gouverneur. Il lui envoie la copie de la lettre à Vauroy sur les déserteurs espagnols, et une lettre personnelle.

Louvois à d'Estrades :

« *Monsieur,*
« *Le Sieur de Vauroy ayant des affaires qui l'obligent à s'absenter, je vous supplie très humblement de vouloir lui donner congé.* »

Duvivier dit clairement :

« *Que signifie tout cela ? C'est évidemment que l'on veut camoufler en opération militaire sa fonction de policier.* »

On ne saurait mieux dire, mais pourquoi ce camouflage ? Pourquoi mentir au gouverneur de Dunkerque ?

Le comte Godefroy d'Estrades est un très grand personnage. Il a été ambassadeur extraordinaire en Angleterre. C'est lui qui a obtenu la cession de Dunkerque à la France, en 1622. Il a été ambassadeur de France à Londres. Il sera gouverneur de l'Aunis, de la Guyenne, de Maestricht, Dinant, Huy, Liège. Il sera maréchal de France en 1673 (quatre ans après l'arrestation de Dauger). C'est lui qui, en 1678, sera chargé par Louis XIV de signer la paix de Nimègue, et sur ses vieux jours il sera pendant quelque temps le précepteur du Régent.

En 1669, gouverneur de Dunkerque, il a la responsabilité de la place forte maritime la plus importante du royaume. Dunkerque était le point vulnérable de la France, exposé aux attaques des flottes anglaise et hollandaise, beaucoup plus puissantes que la nôtre : c'est la preuve qu'il a l'entière confiance du roi et de Louvois depuis des années ; il la gardera jusqu'à la fin de ses jours.

Ce fidèle serviteur du régime a certainement été à même de connaître (et de garder) bien des secrets politiques et militaires beaucoup plus importants que l'arrestation d'un valet. Il eût donc été logique et naturel de lui écrire : « M. de Vauroy étant chargé par le roi d'arrêter un valet criminel et de le conduire à Pignerol, je vous prie de lui donner congé. »

Si l'homme arrêté n'est qu'un valet, on ne comprend pas la nécessité de jouer la comédie à M. d'Estrades, comédie véritablement insolite et déplaisante. Le capitaine de Vauroy, major de la Place, est le collaborateur direct du gouverneur, qui l'a très probablement choisi et nommé. Sur l'ordre du ministre, il va mentir à son chef dans une affaire de service. On peut dire que le ministre de la Guerre est le chef suprême de l'armée, et qu'il représente le roi ; mais si Vauroy est un homme d'honneur, il a dû être un peu honteux d'avoir à jouer une comédie humiliante à son chef militaire sur l'ordre d'un civil.

Pourquoi mentir ainsi au gouverneur ?

*

Il me semble que nous pouvons tirer de cet épisode de très intéressantes conclusions.

I. – Dauger n'est certainement pas un valet, et le roi et Louvois connaissent sa véritable personnalité.

II. – Puisque l'on veut cacher cette arrestation au gouverneur de Dunkerque, ce n'est pas à Dunkerque qu'il a été arrêté.

Ceci est une précieuse certitude. Où, et quand eut lieu l'arrestation ? Qui va le livrer à M. de Vauroy ? Pourquoi les policiers qui l'ont arrêté et qui le détiennent n'ont-ils pas été chargés de le conduire à Pignerol ? Ce condamné a-t-il été jugé ? Quand ? Par quels magistrats ? Enfin, quel était son crime ? On ne nous le dira jamais ; pourtant, nous proposerons plus tard notre hypothèse qui répond exactement et simultanément à toutes ces questions.

Pour le moment, nous constatons que le mensonge à M. d'Estrades est absolument flagrant, et prouvé par des documents incontestables. La découverte du premier mensonge de cette longue imposture a une grande importance : je pense aux chaussettes de laine que nos grand-mères tricotaient jadis pour nous. Si l'on tranchait la dernière maille, il suffisait ensuite de tirer sur le bout du fil, et l'on pouvait rendre à la chaussette sa forme primitive : celle d'une pelote de laine... La comédie jouée à M. d'Estrades nous donne dès le premier jour le climat de toute l'affaire : celui d'une série de mensonges qui va durer trente-quatre ans.

*

Depuis le 23 ou le 24 juillet, Saint-Mars attend son prisonnier. Le sieur Poupart est arrivé, avec ses maçons qui « aménagent » le nouveau cachot. Parce que les travaux entrepris sont importants, Saint-Mars craint qu'ils ne soient pas terminés à l'arrivée du prisonnier, et il fait préparer « un lieu fort sûr » où il l'installera provisoirement.

Il a commandé les meubles, la literie, les bougies. Il attend cet étrange valet avec beaucoup d'intérêt, et peut-être un peu d'inquiétude.

En effet, deux « Ordres du Roy », datés du 26 juillet, sont arrivés à Pignerol, quelques jours plus tard.

L'un est adressé à Saint-Mars. En voici le texte :

« Cappitaine de Saint-Mars,
« Envoyant en ma citadelle de Pignerol sous la conduite du cappitaine de Vauroy, major de ma ville et citadelle de Dunkerque, le nommé Eustache Daugé, pour y être gardé seurement je vous escris cette lettre pour vous dire que lorsque ledit Cappitaine de Vauroy sera arrivé en ma dite Citadelle de Pignerol avec ledit prisonnier vous ayez à le recevoir de ses mains et à le tenir soubs bonne et seure garde jusqu'à nouvel ordre de Moy, empeschant qu'il nayt communication avec

qui que ce soit de vive voix ni par escript, et affin que vous ne rencontriez aucune difficulté à l'excécution de ce qui est ma volonté, j'ordonne au sieur marquis de Pienne, et en son absence à celui qui commande dans ladite citadelle de vous donner à cet effet toute l'ayde et l'assistance dont vous aurez besoin, et le pourrez requérir. Et la présente n'étant pour autre fin, je prie Dieu qu'il vous aye, cappitaine de Saint-Mars, en sa sainte garde.

« *Escrit à Saint-Germain-en-Laye, le 26ᵉ juillet 1669.*
« *Louis.* »

Le second est adressé au marquis de Pienne, gouverneur de la citadelle de Pignerol :

« *Ordre au Marquis de Pienne, ou, en son absence, à celui qui commande ladite citadelle, de donner aux sieurs de Vauroy et de Saint-Mars, toute l'aide et l'assistance dont ils auront besoin, et ils le pourront requérir.* »

La plupart des lettres que reçoit Saint-Mars sont signées par le ministre. D'autres sont signées « Louis » par un scribe, le « secrétaire de la main ».

Or, selon nos archivistes, ces deux ordres du roi portent des signatures royales « autographes », contresignées par le ministre, ce qui souligne leur authenticité.

La lettre de Louis XIV à Saint-Mars, signée de la main du roi, révèle un étrange souci : « *Le roi craint que le geôlier ne rencontre quelque difficulté à l'exécution de ce qui est sa volonté* », c'est-à-dire l'incarcération de Dauger.

De quelle nature pourrait être cette difficulté ? Il s'agit de faire entrer le prisonnier dans la prison.

Il a traversé toute la France, gardé par un major et une douzaine de cavaliers. Or, le roi estime qu'en arrivant à Pignerol, il pourrait surgir « une difficulté ». Saint-Mars dispose de sa compagnie, soit soixante-six hommes et leurs officiers. Cela paraît bien suffisant pour maîtriser un seul prisonnier. Pourtant l'ordre du roi permet à Saint-Mars de « requérir », c'est-à-dire de réquisitionner M. de Pienne et la garnison qu'il commande, c'est-à-dire six cents hommes et leurs officiers. C'est à Pignerol un événement sans précédent.

M. de Pienne, gouverneur militaire de la citadelle, est un marquis de très vieille souche : sa noblesse remonte plus haut que Charles IX. Il est apparenté au duc de Retz et au duc d'Halluin ; sa fille aînée est la duchesse d'Aumont, la cadette est marquise de Châtillon : dame d'atours de la reine, elle est logée à Versailles. La troisième est la marquise de Guerchy. Mme de Pienne, née Françoise Godet Desmarais, est la sœur d'un puissant évêque, qui sera plus tard le confesseur de Mme de Maintenon. Le marquis lui-même, chevalier des Ordres du Roi, commande la citadelle depuis 1651 ; il est lieutenant général. C'est un chef militaire important, gardien d'une frontière dangereuse, à cause du voisinage du duc Amédée de Savoie. Sa garnison se compose de six cents hommes d'élite et de leurs officiers.

Saint-Mars s'appelle en réalité Bénigne Dauvergne, sans apostrophe. C'est un roturier, ancien enfant de troupe, devenu maréchal des logis, et gardien de prison.

Parce que le donjon se trouve enclavé dans la citadelle, le noble gouverneur, responsable de la sécurité du territoire, prétend avoir le droit et le devoir de savoir ce qui s'y passe. Il peut s'y trouver des espions parmi les valets qu'engage Saint-Mars. Il veut être tenu au courant des libérations de gens qui peuvent être dangereux, et il considère Saint-Mars comme son subordonné.

Le geôlier a toujours refusé de reconnaître son autorité. M. de Pienne s'est plaint à Paris de cette insubordination d'un gardien de prison roturier. Louvois lui a répondu sèchement :

« *M. de Saint-Mars est maître absolu dans son donjon.* »

M. de Pienne se l'est tenu pour dit, mais il en a gardé une certaine amertume, et les relations entre les deux hommes sont rompues depuis longtemps.

Or, les deux « Ordres du Roy » permettent au maréchal des logis roturier de *requérir* le général marquis, c'est-à-dire d'exiger, s'il le juge nécessaire, l'aide de la garnison, et du marquis lui-même : ils « le » pourront requérir.

Sans doute, pour ménager l'amour-propre du lieutenant général, l'ordre dit « M. de Vauroy et M. de Saint-Mars », mais il est bien évident que c'est Saint-Mars qui dirigera les opérations ; le marquis, et ses officiers, ont certainement été fort surpris de cet affront, et ont dû se demander quel était l'événement extraordinaire qui pouvait justifier un tel renversement des valeurs : ce n'était que l'arrivée prochaine d'Eustache Dauger.

Ajoutons que M. de Pienne demanda au roi son congé définitif quelques mois plus tard. Je ne suis pas loin de croire que cette démission fut provoquée par les « Ordres du Roy » qui avaient mis un grand seigneur aux ordres d'un gardien de prison.

*

Nous avons déjà dit que ce prisonnier n'était pas un valet ; nous pouvons aussi dire, en toute certitude, qu'il ne s'appelait pas Eustache Dauger.

*

Que l'on nous ait caché son nom véritable, ce n'est pas extraordinaire. Il est bien rare qu'un prisonnier d'État, quand il n'a pas été jugé, et s'il ne s'appelle pas Lauzun, soit incarcéré sous son nom. Louvois lui-même, dans une lettre du 3 novembre 1676, nous en donne la preuve.

Il a oublié le nom d'un ancien prisonnier, qui est d'ailleurs sans grande importance, et il écrit à Saint-Mars, le 3 novembre 1676 :

« Qui est celui qui est avec le sieur Dubreuil, dont vous me dites qu'il est si fol, me marquant son nom et celui par lequel il vous a été amené, et m'envoyez une copie de la lettre qui vous a été écrite pour le faire recevoir, afin que je puisse mieux me remettre dans l'esprit qui il est. »

Ainsi donc, même lorsqu'il s'agit d'un prisonnier quelconque, Louvois sait qu'il a été incarcéré sous un nom qui n'est pas le sien.

Dans le cas d'Eustache Dauger, le choix de ce faux nom est un coup de génie, car non seulement il cachait le nom véritable, mais encore il lançait les chercheurs sur une fausse piste, aussi parfaitement aménagée, aussi large et aussi glissante que les pistes de ski de Megève.

Eustache Dauger, c'est le nom raccourci à dessein d'Eustache Dauger de Cavoye, comme Maurice Duvivier l'a cru, et comme je le crois ; mais il est certain que le prisonnier masqué n'était pas Eustache Dauger de Cavoye, le frère du grand maréchal des logis du roi.

*

Cet Eustache avait été un fort mauvais sujet.

Lieutenant aux gardes françaises, il avait tué stupidement un page de quinze ans, puis il avait participé, le jour du vendredi saint, à une orgie qui fit grand bruit.

Un prêtre sacrilège avait baptisé un porcelet avant de le mettre à la broche. Le lecteur trouvera dans le livre de Maurice Duvivier toute la carrière de cet imbécile, qui fut chassé de l'armée, que sa mère dépouilla de son droit d'aînesse au profit de son frère Louis, et qui semble avoir été capable de tout ; c'est pourquoi ce frère Louis, en 1678, obtint du roi une lettre de cachet pour qu'il fût interné à Saint-Lazare, afin de préserver l'honneur du nom.

Nous le savons grâce à l'ouvrage d'André Chéron et Germaine de Sarret, dont un aïeul avait épousé la sœur de Louis et d'Eustache. Les auteurs retrouvèrent dans les archives de la famille une lettre du prisonnier, qui est un document indiscutable ; en voici le texte :

23 Janvier 1678

« Ma chère Sœur,

« Si vous scaviez ce que je souffre je ne doute nullement que vous ne fissiez vos derniers efforts pour me tirer de la cruelle persécution et captivité où je suis détenu depuis plus de dix ans par la tirannie de Mr de Cavoy mon frère sous de feaux prétextes afin de me mourir enrager et de jouir plus librement du bien qu'il a eu l'adresse de moter et me priver ensuite de la liberté qui estoit le seul bien dont je jouissois après la donation qu'il m'avait fait faire par surprise. Je vous conjure ma chère sœur pour l'amour de Jésus-Christ de ne me pas abandonner en l'estat où je suis, s'agissant principalement du salut de mon âme car je ne me confesserez jamais tant que je serez ici, ne pouvant oublier le cruel traittement que je reçois tous les jours du plus ingrat de tous les hommes qui nécoute que le meschant conseil de Clérac qui est auteur de tous mes malheurs. Laissez [vous] toucher, ma chère sœur, aux prières dun pauvre malheureux qui traîne une vie languissante qui finira bientôt si vous navez pitié de lui. Si vous me refusez cette grâce vous aurez à rendre compte devant Dieu du salut de mon âme et vous aurez un trèz fort de déplaisir de ne navoir pas secouru un frère qui ne peut avoir de secour dans le monde que de vous.

« Si vous avez tant de bonté que de maccorder vostre assistance je vous prie de faire toutes les

poursuites que vous jugerez nécessaires pour ma liberté et pour mes affaires mesmes auprès du roy.

« *Je suis en nentendant cette grâce de tout mon cœur tout à vous.*

« *d'Eustache de Cavoy.*

« *ce 23ᵉ jour de 1678.* »

Eustache Dauger de Cavoye en juillet 1669 était donc interné depuis environ un an ; le roi et Louvois le savaient fort bien, puisqu'ils voyaient tous les jours son frère, et c'est en parfaite connaissance de cause qu'ils donnèrent le début de son nom à l'homme qu'on allait arrêter à Dunkerque, et qui fut certainement le Masque de Fer.

Personne à la Cour n'ignorait l'incarcération d'Eustache Dauger de Cavoye. Si le nom du prisonnier de Saint-Mars eût « transpiré », nul ne s'en fût étonné.

On peut objecter que les commis de Louvois auraient pu remarquer, en juillet 1669, que cet Eustache Dauger était à Saint-Lazare depuis plus d'un an ; c'est sans doute la raison pour laquelle le nom fut laissé en blanc sur les minutes de la lettre à Saint-Mars et de la lettre de cachet, minutes retrouvées dans le dossier du ministère de la Guerre : le nom d'Eustache Dauger ne fut inscrit que sur les copies expédiées à M. de Vauroy et à Saint-Mars.

À propos du « ce n'est qu'un valet », Duvivier a dit que cette affirmation prouvait « l'astuce diabolique » de Louvois : plus diabolique encore qu'il ne croyait, car il venait lui-même de tomber dans le piège que l'astucieux marquis avait tendu pour lui, et qui l'attendait depuis près de trois cents ans.

Le ministre avait aussi prévu Georges Mongrédien, et son admirable logique, qui a éliminé tour à tour, et de façon définitive, tout autre candidat que Dauger et Matthioli : il ne l'a pas complètement trompé ; mais si l'historien hésite encore (et d'ailleurs de moins en moins) entre Matthioli et Dauger, c'est à cause de ces quatre mots « ce n'est qu'un valet », confirmés par le fait que, selon la correspondance, Dauger fut plus tard le valet de Fouquet.

Il faut convenir que ces astuces étaient redoutables. Il y en a d'autres que je crois avoir découvertes, et que je tâcherai de signaler au passage, mais je ne me flatte pas d'avoir désamorcé tous les pièges du tortueux marquis de Louvois.

*

Eustache Dauger et son escorte arrivent enfin à Pignerol le 24 août, c'est-à-dire trente-cinq jours après la lettre du 19 juillet. Son incarcération a lieu sans difficulté, du moins à notre connaissance, et Saint-Mars écrit à Louvois :

24 août 1669, Saint-Mars à Louvois :

« *M. de Vauroy a remis entre mes mains Eustache Dauger. Aussitôt que je l'eus mis dans un lieu fort sûr, en attendant que le cachot que je lui fais préparer soit parachevé, je lui dis, en présence de M. de Vauroy, que, s'il me parlait à moi ou à quelque autre d'autre chose que pour ses nécessités, je lui mettrais mon épée dans le ventre. Je ne manquerai pas de ma vie d'observer fort ponctuellement vos commandements.* »

*

Voici donc Dauger interné ; des événements et de la correspondance, nous pouvons déjà tirer des conclusions parfaitement claires et logiques.

I. – Cet homme a été arrêté au début du mois de juillet 1669, dans les environs de Dunkerque.

II. – On lui a donné le nom d'un gentilhomme que le roi a fait incarcérer un an plus tôt à Saint-Lazare, et qui mourra dans cette prison dix ans plus tard.

III. – On a prévenu, un mois avant l'incarcération, le commissaire des guerres, le sieur Poupart, qui entreprend des travaux importants pour loger le prisonnier ; on ne l'a fait ni pour Fouquet, ni pour Lauzun, ni pour Matthioli.

IV. – On achètera des meubles pour le prisonnier, comme on l'a fait pour Fouquet et Lauzun, et pour eux seuls.

V. – Le prisonnier sera servi par le gouverneur lui-même, et nous apprendrons par la suite que Saint-Mars, pour assurer ce service, est accompagné du major de la prison, de deux officiers et d'un porte-clefs.

VI. – Le prisonnier a traversé toute la France avec M. de Vauroy et sans doute une petite escorte de cavaliers. Mais lorsqu'il arrivera à la frontière, le gouverneur qui commande la garnison devra se mettre sous les ordres de Saint-Mars, le cas échéant. Le danger n'est donc pas en France, mais à l'étranger. Le fait que Louis XIV ait prévu la mobilisation éventuelle de sept cents hommes prouve que le roi a envisagé la possibilité d'une attaque assez puissante pour délivrer le prisonnier : Pignerol étant à la frontière, il eût suffi de franchir les remparts pour le mettre en sûreté à l'étranger. Il est donc évident que cet homme était l'un des chefs d'un complot qui n'avait pas son siège en France.

Avons-nous connaissance d'une conspiration ourdie à l'étranger, et à cette date, contre Louis XIV ? Oui, c'est celle de Roux de Marcilly, dont il faut parler longuement.

11

CONSPIRATION ROUX DE MARCILLY

La conspiration de Roux (1668-1669) a ceci de remarquable qu'elle avait son centre à Londres, et que son chef fut roué vif à Paris deux semaines avant l'arrestation de Dauger.

Rendons ici hommage à Iung. Lorsqu'il parle de Dauger, il s'étonne de la minutie et de la sévérité des ordres donnés par Louvois lors de son arrestation, puis de l'importance que semble lui accorder la correspondance, et des craintes du ministre à propos d'une rencontre possible de Lauzun avec Dauger, qu'il faut éviter à tout prix. Il conclut :

« *La solution doit se trouver évidemment dans les pièces du procès de Roux de Marcilly et dans les dépêches de l'ambassadeur de France en Angleterre, dépêches qui sont aux Archives des Affaires Étrangères.* »

Je crois que le cher Iung est passé bien près de la vérité... Par malheur, il est obnubilé par son officier empoisonneur, et il fait mourir Dauger à Pignerol, afin de donner sa place à « de Marchiels » dans le décompte des prisonniers.

Les pièces du procès de Roux ont malheureusement disparu, mais j'ai pu consulter les archives des Affaires étrangères, ainsi que le manuscrit de

M. Rabinel, qui vient de paraître en librairie, et qui contient un très grand nombre de documents intéressants.

*

Voici le premier de ceux que j'ai trouvés aux Affaires étrangères et que je reproduis *in-extenso*.

C'est la lettre de M. de Ruvigny, l'un de nos ambassadeurs à Londres en 1668 ; nous en avions deux : Colbert de Croissy, frère de Colbert, qui était l'ambassadeur en poste, et Ruvigny, ambassadeur extraordinaire chargé de régler des affaires d'îles et de vaisseaux.

M. de Ruvigny était un protestant d'une droiture impitoyable, et si grandement estimé par Louis XIV que, dix-sept ans plus tard, après la révocation de l'Édit de Nantes, le roi l'autorisa à rester en France, à garder ses titres et emplois, et à célébrer chez lui le culte protestant.

Ruvigny refusa cette offre extraordinaire, se démit de ses fonctions, et alla s'établir en Angleterre, sans perdre l'estime du roi.

Saint-Simon lui-même l'a considéré comme un modèle de loyauté et de fidélité.

C'est au début de mai 1668 que Ruvigny reçut la visite de Sir Samuel Morland. Ce Morland, diplomate, mathématicien et inventeur, était un ancien parlementaire. Cromwell l'avait même envoyé à Genève, comme chargé d'affaires. À l'époque où il vint voir l'ambassadeur, il était prêt à faire n'importe quoi en échange d'un peu d'argent.

Comme il venait de publier une brochure intitulée *Histoire des Églises Évangéliques du Piémont*, il avait gagné l'amitié des protestants et l'entière confiance de Roux.

Ce traître alla dénoncer le complot à M. de Ruvigny, et, comme l'ambassadeur refusait de croire à ces « abominations », il organisa un dîner en l'honneur de Roux, avec quelques personnes qui avaient la confiance du conspirateur. M. de Ruvigny était caché dans un cabinet. Pendant le repas, égayé par de bons vins, Morland posa à son ami Roux toute une série de questions, dont M. de Ruvigny avait établi la liste. L'ambassadeur nota les réponses de Roux, et fit au roi le rapport suivant :

À Londres, le 29 Mai 1668

« Sire,

« J'ai appris depuis trois jours par un moyen qui serait trop long à dire à Votre Majesté, qu'il était arrivé ici un de ses sujets le plus mal intentionné du monde, la cause de son voyage est de si grande importance que je n'ai pu ajouter foi aux avis qui m'en ont été donnés et encore moins aux particularités qui m'en ont été dites, quoiqu'elles vinssent d'une personne qui ne m'était pas suspecte, c'est pourquoi, Sire, j'ai désiré d'être moi-même témoin et par vue et par ouïe de toutes les choses qui m'en ont été rapportées, j'ai été en un lieu secret d'où j'ai vu le personnage et entendu ses discours qui m'ont fait dresser les cheveux en la tête, et il ne pouvait pas m'en arriver moins, puisqu'il s'agit de la sûreté de votre personne sacrée et du salut de notre état, s'il peut y avoir quelque vérité dans des discours si emportés et si peu vraisemblables, enfin, Sire, j'ai vu et entendu le plus méchant homme du monde pendant l'espace de dix heures, lesquelles furent employées en conversation en une collation, et en un souper que lui donna le Maître de maison, lequel le questionnait adroitement sur plusieurs articles que je lui avais donnés. J'étais dans un cabinet d'où je pouvais le voir et l'entendre fort à mon aise, ayant plume et papier pour écrire tout ce que je lui entendais dire, c'est pourquoi, Sire, V.M. ne verra point d'ordre dans cette relation, mais seulement les paroles de cet homme ainsi qu'il les a proférées au maître du logis où j'étais, lequel il a connu du temps de Cromwell, et

en qui il semble que la providence ait voulu qu'il ait pris une entière confiance.

« *Ce scélérat se nomme Roux, âgé de quarante-cinq ans, ayant les cheveux noirs, le visage assez long et assez plein, plutôt grand et gros que petit et menu, de méchante physionomie, la mine patibulaire, s'il en fut jamais, il est huguenot, et natif de quatre ou cinq lieues de Nîmes, il a une maison, à ce qu'il dit, à six lieues d'Orléans nommée Marcilly, il dit qu'il a servi en Catalogne, qu'il a beaucoup de blessures, qu'il a servi les gens des vallées du Piémont, lorsqu'ils prirent les armes contre M. le Duc de Savoie, que V.M. le connaît bien, qu'il a eu avec elle plusieurs entretiens secrets et que dans les derniers, elle lui a conseillé de ne plus se mêler de tant d'affaires, qu'il est au désespoir, que V.M. lui doit soixante mille écus qu'il a avancés étant entré dans un parti en la généralité de Soissons, qu'il est fort connu de M. le Prince et qu'il n'y a qu'à lui nommer son nom, c'est un grand parleur, et il manque point de vivacité.*

« *Il est ici depuis six semaines, il n'a été que de nuit pendant quelque temps craignant, à ce qu'il dit, de me rencontrer, mais que présentement il sort le jour, s'étant ressouvenu que j'avais la vue courte, il a trois personnes de créance avec lui desquelles il se sert ici pour porter ses billets qu'il a soin de retirer lorsqu'il en renvoie d'autres, il s'en sert pour courriers qu'il envoie au-dehors à ses correspondants.*

« *Les principales correspondances sont en Suisse, à Genève, en Provence, en Dauphiné et en Languedoc, il dit que ces trois provinces sont d'intelligence avec la Guyenne, le Poitou, la Bretagne et la Normandie, qu'il a invité tous les cantons par les ordres de dix personnes qui conduisent toute cette conspiration duquelle il n'a nommé que Balthazar qui est à Genève et le baron de Dona ci-devant gouverneur d'Oranges, qu'il a fait entendre aux Suisses que les sus-dites provinces étaient si mal traitées qu'elles étaient résolues de se révolter et de se mettre en république,*

que pour cela elles auraient besoin des assistances étrangères, que s'ils voulaient les secourir qu'elles se déclareraient en même temps et qu'elles étaient assurées du secours d'Espagne, il assure que dès le mois de septembre dernier les Suisses avaient promis d'entrer en France et de se mettre près de Lyon avec une armée de cinquante mille hommes aussitôt que la Provence, le Dauphiné et le Languedoc auraient pris les armes, qu'il a aussi parole des Espagnols qu'ils entreront en même temps, qu'il a rendu compte de son voyage en Suisse, aux sus-dites dix personnes qui sont catholiques et huguenottes bien concertées ensemble et qui se font fort de faire révolter les peuples de ces provinces qu'il dit être dans le dernier désespoir, que ces dix hommes se voient assez souvent en différents lieux tantôt dans une maison, tantôt dans une autre, que c'est lui qui a fait toutes ces liaisons lesquelles s'étendent à ce qu'il dit, dans toutes les parties de votre Royaume qu'il y a six ans qu'il travaille à ce dessein, qu'il a été envoyé de la part des dix, au marquis de Castel Rodrigo, et ensuite au Roi d'Angleterre et à M. le duc d'York pour leur demander secours afin d'avoir plus d'assurance pour l'événement de leur dessein que son instruction porte de l'adresser directement à eux de leur faire connaître ce qui a été arrêté de la résolution qui a été prise de se mettre en République, de voir premièrement ledit marquis, et ensuite le Roi d'Angleterre et M. le duc d'York, qu'il a trouvé de ces princes, le secours qu'ils en peuvent attendre, il dit qu'il est venu des cantons en Dauphiné où il a rendu compte de la négociation avec les Suisses, qu'il a passé à Lyon, Dijon, à Châlons-sur-Marne, à Sedan, à Liège, à Cologne, à Louvain et à Bruxelles, qu'il s'adresse suivant ses ordres directement au marquis de Castel Rodrigo qui après l'avoir entendu lui fit la meilleure réception du monde, qu'il avait eu plusieurs conférences avec lui, qu'il l'avait fait mettre dans un cabinet pareil à celui-là, montrant celui où j'étais, pour entendre la proposition que

Temple lui devait faire d'une ligue offensive et défensive contre la France entre l'Espagne, l'Angleterre et les provinces Unies, qu'il avait demeuré deux mois près de lui, qu'il avait pris son passeport pour venir en Angleterre, qu'il s'était adressé directement au duc d'York, lequel après un entretien de trois heures, lui donne pour le lendemain un rendez-vous où il lui dit qu'il ferait venir le Md Arlington, avec qui il conférerait à l'avenir, et de qui il attendrait les intentions du roi d'Angleterre, qu'il s'était aussi présenté de lui-même au comte de Molina, lequel lui donna son secrétaire pour le conduire chez le baron de Lisola, qu'il leur donna une lettre de créance du marquis de Castel Rodrigo, et qu'il était quasi tous les jours avec ces ministres, il n'a point vu l'Ambassadeur de Suède ni ceux de Hollande.

« Il dit qu'il a persuadé Md Arlington et les ministres d'Espagne que la France est prête de révolter et surtout ces sept provinces ci-dessus nommées, qu'après plus de trente conférences on est convenu que le roi d'Angleterre aura la Guyenne, le Poitou, la Bretagne et la Normandie, et le duc d'York aura en souveraineté la Provence, le Dauphiné et le Languedoc, à condition que ces princes s'obligeront de faire rendre à l'Espagne tout ce que la France lui a pris depuis 1630.

« Il assure qu'il n'y a rien de plus certain que cette grande révolte, ce mot lui est fort familier, il dit qu'elle ne laissera pas d'arriver quand même l'Espagne et l'Angleterre, dont présentement il ne fait pas grand cas, ne fourniraient aucun secours, il s'assure fort d'Espagne, mais nullement d'Angleterre, il se repent même d'y être venu, disant qu'il y a perdu son temps, il se fie fort sur les propres forces des révoltés et sur les assistances que les Suisses leur ont promis, il dit que tout éclatera bientôt, que toutes choses sont prêtes, qu'on ne manquera ni d'hommes, ni d'argent, ni de munitions, que les manifestes sont faits et imprimés par un librairie qui demeure à

Oranges, il en dit le sujet qui est exécrable, il dit qu'il est fort pressé de France de s'en retourner, qu'il sollicite ici très instamment son départ, que les ministres d'Espagne lui ont dit qu'on ne voulait pas le laisser aller que la paix ne fût faite et qu'après cela les Anglais se moqueront de lui, que Lisola l'a assuré que V.M. donnait une forte pension au duc d'York, qu'il partira d'ici au premier jour, que Md Arlington lui a donné cent jacobins en trois fois dont il se moque, que le comte de Molina lui donne beaucoup d'assurances et qu'il lui fournit toutes choses abondamment.

« *Il dit qu'il y a trois ans qu'il était à Paris et qu'il fit connaître aux ministres étrangers l'état des provinces de France, qu'en ce temps-là la révolte eût pu se faire sans une contestation qui survint entre M. Nolis et le ministre de Suède sur le titre de protecteur des protestants, qu'il n'a rien dit au duc d'York, ni au Md Arlington du dessein de mettre les sus-dites provinces en république et qu'il ne leur en parlera pas.*

« *Il témoigne une grande peur de me rencontrer et que je ne le reconnaisse ce que je n'aurais jamais fait en le rencontrant dans les rues, il est vrai qu'après l'avoir considéré pendant deux heures avec attention il m'a semblé de l'avoir vu, et je crois que ç'a été en Languedoc, lorsque j'y fus envoyé il y a quinze ans par V.M. pour commander de sa part à sept ou huit mille huguenots de poser les armes qu'ils avaient prises pour se venger de Mme d'Orléans et de M. le Comte de Rieux qui avaient fait murer la porte du temple de Vals en Vivarais, je ne sais s'il n'a point été consul à Nîmes où il est fort connu de la manière qu'il en parle.*

« *Il dit que Lisola l'a assuré que deux princes de l'Empire, qu'il n'a pas nommés, ont écrit à V.M. que la paix étant comme faite ils croyaient qu'ils feraient bien de cesser la levée de leurs troupes, mais que V.M. leur avait répondu qu'ils eussent à continuer ces levées et que vous leur donneriez bientôt matière de les employer, que cesdits Princes ont envoyé à l'Empereur les réponses de V.M. en original, et qu'il y en avait ici deux copies dont Lisola en avait une.*

« *En voilà beaucoup, Sire, mais ce qui suit est sans comparaison mille fois plus important, ce diable incarné dit qu'un coup bien appuyé mettra tout le monde en repos, qu'il y a cent Ravaillacs en France, qu'il y a plus de deux ans que V.M. faisant une revue, un de ses gardes lui tira un coup qui blessa une femme à l'épaule à qui V.M. fit donner cinquante pistolles, qu'il connaît ce garde, lequel est encore dans la même compagnie où il était.*

« *Il dit qu'il a un frère nommé Pevé ou Peville qui est à Paris depuis six mois, qu'en y allant il avait passé par Sedan, qu'il fut conduit à Labourlie lequel après lui avoir fait des excuses de ce qu'il était mené par des gardes, lui demanda des nouvelles de M. Roux, son frère.*

« *Il dit que c'est à ce frère qu'il adresse toutes les lettres qu'il écrit à ses correspondants, qu'il les écrit en des termes qui ne signifient rien en apparence, en sorte qu'il ne craint point qu'elles soient vues, ce frère adresse lesdites lettres à M. Petit, syndic de Genève, qui a soin de les distribuer, il dit que ce Petit est un homme riche de quatre mille écus de revenu et qui a des intelligences par tous les pays étrangers.*

« *Ledit Roux a ici une grande habitude avec un marchand de vin nommé Gérard qui est natif de Metz et qui demeure depuis vingt ans en Angleterre, ce marchand est logé chez un chirurgien nommé Gérard dans la rue Bedford Street, il y a apparence que c'est par ce Gérard qu'il fait tenir ses lettres à Paris à son frère, et que c'est aussi au même Gérard à qui ce frère adresse les lettres qu'on écrit audit Roux, ce malheureux est logé dans Londres chez M. Robin vendeur de vin dans la rue Schandoes Street à l'enseigne du Loyal Sujet, toutes ces marques peuvent servir pour attraper ces lettres.*

« *Il dit qu'il partira le premier de juin, qu'il*

passera à Bruxelles, de là à Sedan, ou Charleville, suivant la plus grande sûreté qu'il trouvera, pour de là se rendre à Genève, où il dit qu'il est attendu avec grande impatience.

« *Si j'en puis encore apprendre davantage je le ferai savoir en parlant de lui sous le nom du bonhomme.*

« *Le roi d'Angleterre me dit il y a deux jours que la paix serait publiée à Paris le 28 de ce mois, il m'a encore parlé et même pressé de lui faire quelque proposition pour faciliter la liaison avec V.M. qu'il désire très étroite, il ne parle pas moins que d'un traité offensif et défensif envers tous et contre tous, je lui ai répondu les mêmes choses que j'avais déjà faites, qu'on avait pris à tâche de faire passer pour de simples compliments tant d'avances sérieuses que je lui avais faites de la part de V.M. lesquelles avaient été instituées par votre procédé uniforme et qu'enfin la paix faisait voir qu'il n'y a rien de plus solide ni de plus sincère que votre affection pour ses intérêts dont je l'ai si souvent assuré, mais qu'il y avait si peu répondu et même que les dernières propositions que j'avais faites seulement au duc de Buckingham et au Md Arlington ayant été imprimées dix jours après les avoir faites, je ne pensais pas que V.M. voulût encore se commettre à de pareils accidents, sur quoi il m'a réparti que je pouvais parler à lui-même, que tout ce que je lui dirai serait très secret, qu'il me donnait la parole de ne le dire à personne et que ce serait une affaire entre nos deux Majestés, ces Princes ont en effet une grande passion pour cette alliance, mais les personnes qui n'ont pas les mêmes sentiments font tomber le roi d'Angleterre dans la même erreur qu'il a eue ci-devant de ne point parler le premier.*

« *Sire, en partant de Paris je ne donnai aucun ordre à mes affaires ne croyant être que fort peu de temps en Angleterre, elles sont en mauvais état et j'assure V.M. qu'elles seront en confusion si je ne fais bientôt un tour en France, permettez-moi, Sire, de faire ce voyage qui ne peut durer qu'autant qu'il plaira à V.M., mes affaires sont assez petites pour n'avoir pas besoin de beaucoup de temps pour les régler.*

« *Le comte de Saint-Alban s'en retournera en France dans huit ou dix jours sans aucun caractère, contre ce que son maître lui avait fait espérer, Arlington n'est point de ses amis, le roi d'Angleterre s'en va pour six jours à la campagne.* »

À Londres le 29 Mai 68, M.

« *J'envoie ce courrier qui me sert de secrétaire pour porter une dépêche au roi, laquelle contient des choses très importantes, si elles sont véritables, je ne puis croire tout ce qu'il y a, mais il est impossible qu'il n'y ait quelque fondement puisqu'à Bruxelles et à Londres on fait si grand cas de ce démon.*

« *J'écris un mot au roi pour avoir la permission de faire un voyage à Paris qui ne durera qu'autant qu'il plaira à Sa Majesté, je vous conjure Monsieur, de m'aider en cette rencontre, je vous en serais très obligé puisque c'est un moyen d'éviter ma ruine.*

« *Ce porteur vous dira l'état où je suis, trouvez bon, Monsieur, qu'il vous sollicite sur le voyage que je dois faire par nécessité.* »

On comprend l'émoi de l'ambassadeur, et la colère du roi, car ce plan, si Roux était parvenu à le mettre sur pied, avait de très grandes chances de réussite.

Il s'appuyait en France sur les protestants, dont la persécution qui devait aboutir à la Révocation de l'Édit de Nantes, était déjà commencée.

Il s'appuyait également sur la famine qui dévastait les provinces : nous en avons donné les preuves dans le chapitre consacré à Louis XIV.

Il est certain que si les Pays-Bas, les Suisses et les Espagnols avaient attaqué la France, plusieurs provinces se seraient révoltées, et le peuple eût trouvé des chefs dans la noblesse, lasse du mépris et de la tyrannie du roi.

Pour l'Angleterre, elle eût suivi sa politique ordinaire de « wait and see », elle n'eût certainement pas aidé la première attaque ; mais si Louis XIV avait paru faible, elle serait peut-être venue à son secours moyennant la cession des anciennes provinces anglaises que Roux leur avait promises. C'est pourquoi Arlington recevait si fréquemment le conspirateur et ne l'avait pas dénoncé à notre ambassadeur. Il avait d'ailleurs dit un jour, en parlant de Louis XIV :

« Lorsque les gens veulent voler trop haut, il est nécessaire de leur rogner les ailes. »

Cette conspiration, soutenue par la sympathie de toute l'Europe, était donc de nature à inquiéter grandement le roi.

*

Louis XIV, après lecture du rapport de Ruvigny, qui vint le compléter oralement, mobilisa toute sa police, et demanda à Charles II l'extradition du conspirateur, qui avait obtenu la nationalité anglaise.

On lui répondit que Roux venait tout justement de quitter l'Angleterre : il avait été averti – certainement par Arlington lui-même – du danger qui le menaçait.

Louis XIV mit sa tête au prix de cent mille écus, c'est-à-dire près de trois cent mille livres. Après six mois de recherches, on apprit qu'il s'était réfugié en Suisse, auprès de son ami Balthazar. Au mépris des conventions internationales, le roi le fit enlever par une petite troupe de gardes françaises, et l'opération fut magistralement réalisée par Turenne lui-même, en mai 1669 : le 19 de ce mois, Roux était prisonnier, et conduit à la Bastille.

*

C'est un ministre, M. de Lionne, qui est chargé de l'instruction du procès de Roux, et les interrogatoires commencent.

Le 1er juin 1669, il écrit à Colbert de Croissy :

« *Roux a fait savoir au roi qu'il désirait la grâce de lui pouvoir parler, pour lui révéler des choses qu'il ne pouvait confier qu'à sa seule personne.*
« *Sa Majesté n'a pas voulu le voir et m'a envoyé à la Bastille pour entendre ce qu'il avait à lui dire.*
« *J'ai été à deux reprises six heures avec lui.* »

Il est certain que M. de Lionne, pour ces interrogatoires, fut secondé, pendant deux fois six heures, par quelques techniciens armés de pinces, de tenailles, de massettes, de coins de bois et d'entonnoirs. C'est après la seconde séance de tortures qu'il écrivait à M. Dumoulin :

« *Les propos de Roux sont des extravagances de cerveau dérangé.* »

Qu'a pu dire le malheureux qui méritât cette qualification ?

Tous ceux qui ont connu Roux ont dit que c'était un homme intelligent, cultivé, un beau parleur, et un organisateur remarquable.

Ni Arlington, ni M. de Lisola (qui lui fournissait de l'argent), ni le marquis de Castel Rodrigo, gouverneur des Pays-Bas espagnols, ni l'ambassadeur de Suède n'eussent écouté pendant plus d'un an les divagations d'un imbécile ou d'un visionnaire.

Cependant, il est surprenant de trouver le même jugement que celui de Lionne dans une lettre de Morland.

Ce Morland était un espion à la solde du plus offrant. Roux le croyait son ami, et le rencontrait souvent. Or, c'est Morland qui le dénonça à M. de Ruvigny, et c'est chez lui qu'eut lieu le fatal déjeuner pendant lequel l'ambassadeur, caché dans un « cabinet », nota soigneusement les « abominations » proférées par le conspirateur.

De son côté, Morland, le 20 juillet 1668, avait écrit à M. de Lionne :

« Roux est un mauvais Français, qui dit des choses si étranges, et surtout contre le roi en particulier que cela donne de l'horreur. Il fait espérer des choses qui font dresser les cheveux sur la tête... »

La conspiration qui avait pour but de détrôner Louis XIV, et de rendre aux protestants la liberté de leur culte, n'avait pourtant rien de « *si étrange* ». C'était un complot que l'on pouvait dire « *criminel* », comme celui de Rohan, et qui ressemblait à toutes les conspirations contre la Royauté...

À mon avis, ces choses « si étranges » sont celles que Lionne appela « extravagances de cerveau dérangé ».

Pour justifier l'horreur de Morland et la conviction de M. de Lionne que Roux est un aliéné, je ne vois qu'une hypothèse : Roux a dit à Morland, puis a avoué sous la torture que le chef de la conspiration est le frère jumeau de Louis XIV, qui aurait dû régner à sa place, et que ce prince dépouillé de ses droits passe pour son valet Martin.

C'est pourquoi, après cet aveu, le 12 juin, Lionne écrit d'urgence à Colbert :

« Le Roi désire que vous n'omettiez rien pour gagner le nommé Martin qui a servi de valet à Roux, et pour l'obliger à venir en lui faisant donner ce qu'il lui faudra pour la dépense de son voyage et espérer d'ailleurs quelque récompense pour les services qu'il rendra. »

L'expression « *que vous n'omettiez rien* » signifie très clairement « *à tout prix* ». Quel besoin avait-on de ce témoignage ? On avait le rapport officiel de M. de Ruvigny, et l'ambassadeur était venu en personne pour le confirmer devant les juges ; il ne fallait rien de plus pour que Roux, qui avait avoué l'existence de la conspiration, fût condamné à mort.

Quoi qu'il en soit, Colbert a une entrevue avec Martin dont l'attitude est très étrange.

Il a dit d'abord qu'il ne savait rien, puis il n'a répondu aux questions que par des signes de tête, ou des expressions de physionomie qui font croire qu'il en sait « plus qu'il ne veut en dire ».

L'ambassadeur lui offre de payer largement tous ses frais, et une belle récompense s'il veut aller à Paris faire quelques révélations. Martin refuse catégoriquement en répétant qu'il ne sait rien, et qu'il n'est plus au service de Roux depuis six mois.

Cependant, les Suisses protestent contre l'enlèvement de Roux sur leur territoire, ils réclament le prisonnier, demandent l'appui d'autres pays pour faire respecter le droit international, et menacent Louis XIV d'une « croisade » des pays civilisés.

De plus, Haag, dans *La France protestante* (t. IX), nous dit :

« *Indignés de la violation de leur territoire, les Suisses mirent en jugement les émissaires de la France et les firent condamner à mort par contumace : la sentence fut affichée à Paris, à la porte même de l'Hôtel de Turenne.* »

Louis XIV simplifie la question à sa manière. Sur son ordre, Roux est jugé en deux jours, sans qu'il soit besoin du témoignage de son valet, et il est roué vif en place publique le 21 juin 1669.

Nous avons plusieurs relations de son supplice.

De même que M. de Lionne parle « *d'extravagances de cerveau dérangé* », sans nous donner la moindre précision, tous ces récits nous disent qu'il proféra des *« abominations contre le roy »*, des *« accusations horribles »*, des *« mensonges exécrables contre Sa Majesté »*, mais aucun des auteurs ne précise la nature de ces révélations blasphématoires, et M. d'Ormesson nous dit qu'il fallut « lui couvrir la bouche d'un linge pour l'empêcher de parler », ce qui est une façon discrète d'avouer qu'il fut bâillonné par crainte de dangereuses révélations.

*

Dès le début de l'affaire, le 3 juin 1669, Croissy avait écrit à Lionne :

« Je crois que vous pouvez tirer de Marcilly beaucoup de renseignements utiles au service du roi. Il m'a semblé que Milord Arlington en avait de l'inquiétude... »

Il en avait certainement, et Charles II était sans doute beaucoup plus inquiet que son ministre, car Roux ne mentait peut-être pas lorsqu'il disait que le roi d'Angleterre lui avait accordé deux entretiens...

Or, Louis XIV servait en secret une forte pension à son cousin... Les aveux de Roux allaient sans doute irriter le roi de France, et la pension vitale était peut-être en danger... C'est pourquoi, dans les premiers jours de juin, Charles II convoque Colbert de Croissy, et le charge de dire à Louis XIV que :

« s'il avait eu la moindre connaissance des pernicieux desseins qui passaient par l'esprit de ce scélérat, il n'aurait pas souffert qu'il eût aucun commerce avec ses ministres, mais il l'aurait envoyé pieds et poings liés, comme Sa Majesté [Louis XIV] *en usa à son endroit, lorsqu'elle fit prendre elle-même par ses officiers et envoyer en Angleterre un de ceux qui*

*avaient pris part à cet abominable jugement du feu roi son père [Charles I*ᵉʳ*]* ».

Ceci confirme le jugement de Lingard (rapporté par Mgr Barnes), qui affirmait que Charles II était le « *plus grand hypocrite de son royaume* ».

Louis XIV, qui pour l'hypocrisie ne le cède à personne, charge Croissy de dire à Charles II qu'il est persuadé de sa parfaite sincérité, et qu'il sait fort bien que :

« *Roux ne s'est ouvert de ses exécrables desseins qu'avec l'ambassadeur d'Espagne, et que leur amitié ne sera pas troublée par cette affaire* ».

Ce qui est surprenant, c'est que dans une lettre du 24 juin, trois jours après la mort de Roux, Colbert de Croissy est encore à la recherche de Martin, et il écrit à Mgr de Lionne qu'il espère encore expédier Martin en France, en lui faisant valoir qu'il serait malhonnête de ne pas obéir « aux ordres de son souverain », c'est-à-dire de Louis XIV. Martin est donc Français, et on le recherche toujours. Colbert, dans la même lettre du 24 juin, dit encore :

« [*Je vous l'enverrai*] *au cas où il pourrait être bon à quelque chose, à moins que vous m'ordonniez de le faire partir quand bien même il ne dirait rien ici* ».

Le ton de cette lettre semble prouver que l'ambassadeur a les moyens de « le faire partir ». Et d'autre part, « s'il ne dit rien ici » est d'assez mauvais augure pour le pauvre Martin : s'il ne dit rien « ici », ces Messieurs du Châtelet sauront sans doute le faire parler là-bas...

Nous n'avons pas la réponse de Paris, mais il est certain que Colbert a reçu l'ordre de revoir Martin et d'insister auprès de lui, car il répond à cet ordre par une très longue lettre, celle du 1ᵉʳ juillet 1669. C'est ce jour-là que M. de Joly, premier secrétaire de l'ambassade, l'a retrouvé et l'a interrogé.

Cet éloquent secrétaire essaya de persuader Martin en lui disant qu'en allant à Paris, pour dire tout ce qu'il savait contre son maître, il se conduirait en homme d'honneur, et ferait ce qu'un bon sujet doit faire... Mais le valet s'obstine dans son refus, en disant que s'il va en France, on le mettra en prison pour lui faire dire ce qu'il ne sait pas.

Colbert écrit le soir même une importante lettre à Lionne ; cette lettre parle très longuement d'un certain Veyras qu'il considère comme l'un des principaux complices de Roux.

Il consacre trois longues pages chiffrées aux manœuvres de ce dangereux personnage, il raconte son passé de conspirateur contre la Royauté, qu'elle soit anglaise ou française ; il affirme que Veyras en sait très long sur Marcilly, et qu'il est aussi coupable que Roux.

Il parle aussi brièvement de Martin, mais le peu qu'il en dit est d'un grand intérêt pour nous :

« Après l'exécution de Roux, je pense que je ne pourrai pas lui faire quitter l'Angleterre par la douceur. Il serait bon de prendre des dispositions pour le forcer à venir. »

Quelles sont ces « dispositions » ? Il va nous le dire à la fin de son réquisitoire contre Veyras, car il a fait à Lionne une proposition d'une parfaite clarté :

« Il est possible de s'adresser au roi d'Angleterre pour obtenir qu'il laisse arrêter et emmener à Calais *cet homme qui n'est pas moins criminel que Roux, non seulement contre le Roy notre maistre, mais aussi contre le Roi d'Angleterre*, et en même temps Martin, le valet de Roux. »

Après cette intéressante proposition, l'ambassadeur ajoute :

« *Le Roi ne ferait sans doute point de difficulté pour cela. J'attends donc vos instructions.* »

Lionne a reçu cette lettre le 2 ou le 3 juillet, et il a certainement répondu, pour accepter ou refuser le plan de Colbert. Cette réponse du ministre, nous ne l'avons pas. Pourquoi ?

On peut en donner deux explications. La première, c'est qu'elle a été détruite, parce que le ministre acceptait l'idée de l'enlèvement, et chargeait Colbert de l'organiser. En effet, si Lionne avait refusé, la lettre fût restée au dossier.

Il est également possible qu'elle n'ait jamais été écrite, et que les ordres du roi aient été confiés à un envoyé spécial, chargé de l'exécution.

Il est évident que Charles II, après ses protestations d'amitié, et l'expression de ses regrets de n'avoir pas expédié Roux, pieds et poings liés, ne pouvait refuser l'autorisation d'enlever Martin.

Après le 1er juillet, nous n'avons aucune lettre de Colbert ni de Lionne, mais le 5 juillet, nous avons un billet de Charles II à sa sœur, Henriette d'Angleterre.

Cette courte lettre que nous avons ne fait aucune allusion à Roux ni au valet Martin. Le roi parle de Lord Arundel, qui va revenir à Londres d'une mission à Paris, et de la confiance qu'il a en Lord Arlington. Mais il ajoute :

« *Je vous écrirai demain une autre lettre que je confierai à l'abbé Pregnani.* »

En effet, l'abbé doit rentrer en France où M. de Lionne l'attend vers le 5 ou 6 juillet ; mais son départ est retardé d'un ou deux jours, à cause de la lettre du roi, qui n'est pas prête.

Ce message doit avoir une grande importance,

puisque Charles II ne veut pas le confier à ses courriers ordinaires.

De quoi est-il question dans cette précieuse lettre ?

Je pense que c'est la réponse du roi à la demande qui lui a été présentée par notre ambassadeur: il charge Henriette d'annoncer à Louis XIV que ses propres agents ont enlevé le valet Martin, et qu'ils le livreront à la police française le 7 ou le 8 juillet, à Calais, comme l'a demandé Colbert de Croissy.

Naturellement, ce document a disparu ; nous verrons plus tard dans quelles circonstances.

Le dispositif de police est mis en place, et le valet Martin est livré aux hommes de Louvois. C'est alors que le 13 juillet Lionne écrit à Croissy :

« *Après l'exécution de Roux, il n'est plus nécessaire de faire venir Martin en France. Pour Veyras, Dieu se chargera de sa punition.* »

C'est à cause de cette dépêche que Mgr Barnes, Laloy et d'autres historiens ont cru que Martin n'était jamais venu en France, et ont renoncé (à regret) à sa candidature. Ils n'ont pas deviné ce qui crève les yeux. Pour moi, cette dernière lettre du 13 juillet signifie que l'opération a parfaitement réussi, et que Martin est arrêté.

Laloy, brillant historien, mais parfait honnête homme, croit à la parole du ministre. Il écrit :

« *Nous n'avons aucune raison de mettre en doute la sincérité de cette lettre.* »

Il me semble au contraire que nos raisons sont excellentes, et que le mensonge est absolument flagrant.

En effet, Roux est mort le 21 juin. Le 24 juin, c'est-à-dire trois jours plus tard, Lionne a encore réclamé la venue de Martin.

Le 1er juillet, Croissy répond qu'il a fait tout son

140

possible pour persuader le valet, mais qu'il n'a pas réussi : on peut cependant le faire enlever, et le livrer à Calais.

Enfin, le 13 juillet, vingt-deux jours après l'exécution de Roux, Lionne, qui a fait tout le procès, et qui a assisté à cette exécution, finit par constater qu'elle a eu lieu, et qu'on n'a plus besoin de Martin !

Si sa lettre avait été sincère, il l'eût envoyée le lendemain du jugement, ou tout au moins le 2 juillet, en réponse à la proposition de Croissy.

De l'examen des dates, on peut conclure que Martin a été arrêté le 6 juillet (lettre apportée par Pregnani) et le 12 juillet (arrêt des recherches).

*

Cette affaire du valet Martin n'est pas aussi simple qu'elle paraît l'être. Il est parfaitement exact que Roux a eu à son service un valet Martin, qui était un vrai valet, mais ce valet n'était déjà plus à son service quand Roux est parti pour la Suisse, fin février 1669. Selon M. de Lionne, il avait quitté Roux *« fort mal content »*. C'est lui qu'on a retrouvé à Londres, vivant avec sa famille. C'est lui qui a refusé d'aller témoigner en France contre son ancien maître, en disant qu'il ne savait rien du complot de Roux.

C'est pourtant le valet Martin qui sera livré à Louis XIV par la police anglaise ; c'est parce qu'un nouveau conjuré avait pris le nom du valet Martin après son départ, et c'est celui-là qui fut arrêté. Nous en parlerons longuement plus loin.

*

Où l'a-t-on conduit après son arrestation ? À Calais ?

Il n'a certainement pas été transféré à Paris, puisqu'on fera appel au major de Dunkerque pour le conduire à Pignerol.

On l'a peut-être gardé dans un cachot de la citadelle de Calais, ou plutôt dans un château des environs, comme l'on fit pour Fouquet lors de son arrestation.

Il est infiniment probable qu'il a continué à jouer son personnage de valet qui ne sait rien, tout au moins pour les sbires qui l'ont arrêté ; mais il a été ensuite interrogé. Par qui ?

Peut-être par Louvois lui-même, assisté de Nallot, juge d'instruction des grands procès politiques, et dont on disait qu'il était l'âme damnée du ministre.

Quels aveux a-t-il faits ? Nous n'en savons rien, mais nous savons que les interrogatoires ont duré environ douze jours, car le 19 juillet Louvois est de retour à Saint-Germain : il a fait son rapport à Louis XIV. Le roi a pris sa décision, et le ministre écrit à Saint-Mars qu'il va recevoir un valet.

Pourtant, la lettre de cachet ne sera signée que le 26 juillet, c'est-à-dire sept jours plus tard... Le roi a-t-il hésité, a-t-il reconsidéré sa décision ? Peut-être ; mais le 26 juillet, tout semble réglé : il signe la lettre de cachet, la lettre de Saint-Mars, l'Ordre du Roi à M. de Pienne. Pourtant, ce n'est que le 3 août que M. de Vauroy recevra les ordres du ministre. Y a-t-il eu de nouveaux interrogatoires ? Et, d'autre part, c'est le 24 août qu'il arrivera à Pignerol... Le voyage aurait-il duré plus de vingt jours ?

Nous verrons plus tard que Louvois le fera en cinq jours...

Il est possible que ces retards soient dus à l'état de santé du prisonnier.

Son arrestation l'a certainement accablé, et nous apprendrons plus tard par Saint-Mars qu'il est souvent malade (le geôlier dit : « valtudinaire »), et dès son arrivée à Pignerol, il a fallu le saigner d'urgence.

Cependant, il est également possible qu'il y ait eu de nouveaux interrogatoires, peut-être même des entretiens avec le prisonnier. Sur l'ordre du roi, Louvois lui a peut-être proposé un accord : le roi lui fait grâce de la vie, à condition qu'il s'engage solennellement à garder un silence définitif ; mais dans l'intérêt de l'État, Sa Majesté est forcée de le priver de sa liberté. Il sera bien traité, mais il ne sortira jamais de prison.

Louis XIV l'a-t-il vu ? Ce n'est pas impossible, mais c'est peu probable ; cependant, si un auteur dramatique porte un jour au théâtre cette tragédie, ce sera « *la scène à faire* » comme disait notre grand Francisque Sarcey.

*

Revenons un instant sur la lettre capitale du 13 juillet.

I. – Après le supplice de Roux, Paris réclame encore Martin, valet et complice du condamné.

II. – Colbert répond qu'il y a deux complices. Veyras, individu très dangereux, et Martin ; il est possible d'obtenir de Charles II la permission de les enlever tous les deux, et de les expédier à *Calais*.

Ce ne peut être que pour obtenir d'eux des renseignements complémentaires sur la conspiration, et les punir en tant que complices.

III. – Or, après l'enlèvement et l'arrestation de Martin, on écrit à Colbert qu'il est tout à fait inutile de solliciter du roi la permission d'enlever Veyras, qui est tout aussi coupable que Martin, et beaucoup plus coupable selon l'ambassadeur.

J'en conclus qu'il ne s'agit nullement de poursuivre les complices de Roux : il s'agit de capturer Martin, en tant que Martin, à cause de sa personnalité, qui a été révélée par les aveux de Roux, et qu'il sera forcé d'avouer lui-même pendant les premiers interrogatoires. C'est alors qu'on le baptise Eustache Dauger et que Louvois, le 19 juillet, annonce à Saint-Mars l'arrivée prochaine d'un valet, qui lui sera livré par le major de Dunkerque, M. de Vauroy.

Avant de retrouver Martin-Dauger dans sa prison, signalons une très remarquable comédie.

Depuis la dénonciation du complot par Ruvigny, jusqu'à l'enlèvement de Martin, Roux de Marcilly a été considéré comme un très dangereux scélérat.

Le 13 novembre 1668, Lionne avait écrit à l'un de nos agents :

« *Ce scélérat s'appelle Roux. Sa Majesté désire que vous l'arrêtiez, et j'y ajouterai même que vous ne sauriez présentement lui rendre* un service plus important, et qui lui soit plus agréable. »

Pour aller l'enlever en Suisse, au mépris du droit des gens, on mobilise Turenne, et une troupe de cavaliers, qui franchissent la frontière d'un pays étranger.

Haag, dans *La France protestante*, raconte tout au long l'arrestation, et ajoute :

« *Turenne se hâta de porter la bonne nouvelle au roi, qui ne put modérer sa joie. "Mon scélérat est pris !" s'écria-t-il en présence des courtisans étonnés...* »

Le tribunal qui le juge le condamne à l'unanimité à être roué vif, sauf deux juges qui demandent un châtiment plus terrible, l'écartèlement réservé aux régicides.

Après le supplice du malheureux, le roi lui-même dit :

« *Nous voilà délivrés d'un fort méchant homme.* »

Le 25 juin, Lionne avait écrit à Croissy :

« Toutes ces circonstances font bien voir aujourd'hui combien a été importante cette capture. »

Après l'arrestation de Martin-Dauger, il y a un changement de ton très surprenant.

Lionne, publiquement, déclare « qu'on aurait mieux fait de ne pas arrêter Roux, car on n'avait absolument aucune preuve de l'existence d'une conspiration, et qu'on ne pouvait lui reprocher que des bavardages sans conséquence ».

Cette déclaration est évidemment ridicule, mais il ment sur l'ordre du roi : il faut minimiser l'affaire afin que l'on n'en parle plus. Roux n'était donc qu'un bavard inoffensif, on regrette de l'avoir roué vif, il n'y avait pas de conspiration, et par conséquent, *pas de complice*.

D'autre part, comme il arrive souvent que les violons soient mal accordés, on affirme à Lord Montaigu que Roux a été condamné parce que vingt ans auparavant il avait enlevé une dame à Nîmes !

Le but de ces palinodies, c'est qu'on ne puisse relier l'arrestation de Martin (si elle venait à être connue) au complot de Marcilly : il n'y eut jamais de complot !

Il me semble que la très grande importance du prisonnier nous est confirmée par ces inventions burlesques.

Nous retrouverons souvent ce procédé dont l'efficacité n'est pas toujours assurée. Ainsi la pieuvre qui se croit découverte lance un jet d'encre pour cacher sa fuite ; mais c'est parfois ce nuage noir qui révèle sa présence, que l'on n'avait pas remarquée.

*

Nous voilà donc en mesure d'expliquer pourquoi Louvois a choisi sa fable du valet : elle lui a été imposée par le prisonnier lui-même.

Les policiers anglais ou français, M. de Vauroy (et sans doute ses cavaliers) ont arrêté le valet Martin. Sur le bateau qui l'a débarqué à Calais, on a parlé d'un valet. Certainement, ce bruit se répandra : le plus sage est de l'adopter.

Je crois que ce fut une grande erreur. Le ministre aurait pu choisir, pour cacher l'identité du prisonnier, un mensonge plus croyable, et qui n'eût pas été démenti chaque jour pendant trente-quatre ans par le traitement réservé au captif. Il aurait pu, dans la correspondance, faire annoncer par Saint-Mars la mort du « valet » huit jours après son arrivée ; peu de temps après, il eût pu laisser entendre qu'on envoyait à Pignerol un prince étranger, ou un gentilhomme d'une vieille famille, qui avait comploté contre le roi, et que Sa Majesté n'avait pas fait juger par respect pour le passé glorieux de plusieurs de ses parents – et mieux encore – il aurait pu n'en rien dire du tout, et laisser courir les imaginations, autour de ce nom d'Eustache Dauger.

Cette erreur l'a poursuivi pendant onze ans, jusqu'à la mort de Fouquet.

En effet, ses secrétaires et ses comptables furent assez vite en état de comprendre qu'il ne s'agissait pas d'un valet. Ils en ont certainement parlé entre eux. On sait bien que dans un ministère, dans une caserne, ou même dans une prison, les bruits se propagent avec une incroyable rapidité. Nous verrons plus tard par quelles inventions, souvent ridicules, le ministre s'efforça de confirmer, à plusieurs reprises, la fable du « valet ». Enfin, à la mort de Fouquet, il fit annoncer que Dauger et La Rivière, valets du surintendant, avaient été, selon l'usage, libérés à la mort de leur maître. Nous savons bien qu'ils ne le furent jamais, et qu'en cette affaire, la seule libération fut celle de Louvois.

*

Nous pouvons maintenant émettre une hypothèse plausible sur la nature et sur l'origine de l'inquiétude du ministre et du roi lors de l'incarcération du prisonnier à Pignerol.

Ils ont sans doute craint que les Suisses n'aient été informés de l'enlèvement de Martin. C'est en Suisse que se trouvaient les dix personnes importantes qui avaient organisé le complot ; c'est en Suisse que Roux avait été arrêté au mépris du droit des gens : les Cantons étaient encore indignés de cette violation de leurs frontières. Une attaque imprévue sur Pignerol, rapidement menée par une centaine d'hommes résolus, aurait eu des chances de réussir, *sans la mobilisation éventuelle de la garnison*.

On pourrait dire que les Suisses ne se seraient pas risqués à une telle provocation, qui eût peut-être justifié une attaque des Cantons par les armées du roi. On peut répondre qu'à cette époque une invasion de la Suisse eût exigé la totalité des forces françaises. Dans ces montagnes, où la cavalerie ne pouvait que servir de cible à des tireurs émérites, notre infanterie dépaysée aurait eu une tâche bien difficile ; et d'autre part, les Hollandais et les Espagnols n'auraient pas manqué l'occasion d'attaquer nos frontières dégarnies. Enfin, Louis XIV eût été bien mal placé pour protester contre l'enlèvement du valet, alors qu'il avait fait enlever le maître en plein territoire suisse, et sa protestation contre cette violation du droit des gens eût fait rire toute l'Europe.

*

La thèse Martin-Masque de Fer a été brillamment soutenue par Andrew Lang dans *The valet's Tragedy* (1903), quoiqu'il ne disposât pas de tous les documents que nous avons aujourd'hui ; mais lorsqu'il arrive à la fin de sa démonstration, il dit tristement que tout son travail laisse le mystère encore plus obscur qu'il ne l'a trouvé.

Il me semble que Lang s'est arrêté trop tôt : il a parfaitement démasqué Eustache Dauger, et a découvert le valet Martin, mais il n'a pas compris que Martin n'était que le second masque du personnage, dont il cachait le vrai visage.

Cependant, sa démonstration est d'un très grand intérêt, car la connaissance du motif de la détention de Dauger nous rapproche de la solution définitive du problème.

Martin-Dauger a conspiré, avec l'aide de l'étranger, contre la sûreté de l'État, et contre la vie du roi. Dans toute l'histoire de France, il n'y a pas un seul exemple de ce crime dont les auteurs et leurs complices n'aient pas été écartelés, roués vif, ou décapités.

Pourquoi Martin-Dauger n'a-t-il pas été jugé, condamné, et mis à mort ? La réponse à cette question, c'est le secret du Masque de Fer.

RÉSUMÉ DES OPÉRATIONS

Mai 1668. – M. de Ruvigny dénonce la conspiration de Roux, et ses agissements à Londres. Louis XIV demande l'arrestation du scélérat. Arlington répond qu'il est parti.

Mai 1669. – Roux est enlevé en Suisse, et interné à la Bastille. M. de Lionne l'interroge sous la torture.

3 juin 1669. – Colbert de Croissy, notre ambassadeur à Londres, signale à M. de Lionne l'existence de Martin, valet de Roux.

Du 2 au 12 juin. – Lionne interroge encore Roux, et il écrit ensuite à Croissy : « Il faut à tout prix nous envoyer le valet Martin. »

18 juin. – Croissy déclare que Martin a refusé d'aller en France.

Du 18 au 21 juin. – Procès et exécution de Roux.

Le 24 juin. – Croissy écrit à Lionne : « J'ai disposé le valet dont je vous avais écrit à vous aller trouver en lui payant la dépense, et en lui laissant espérer quelque récompense. » Martin a de nouveau refusé.

1ᵉʳ juillet. – M. de Joly, secrétaire d'ambassade, a revu Martin longuement. Croissy écrit : « Je ne pourrai pas le faire partir par la douceur, mais je puis demander au roi d'Angleterre la permission de l'enlever, et de vous le livrer *à Calais*. J'attends vos ordres. »

4 juillet. – Charles II écrit un mot à sa sœur Henriette pour lui annoncer une lettre secrète qu'il va confier à Pregnani. (Je pense que, dans cette lettre, le roi annonce à sa sœur qu'il a autorisé l'enlèvement de Martin, ou peut-être qu'il a lui-même ordonné cet enlèvement.)

13 juillet. – Martin a été arrêté. Lionne écrit à Croissy : « Il n'est plus nécessaire de faire venir Martin. » Cette lettre signifie simplement que Martin est bien arrivé, et l'opération réussie.

19 juillet. – Louvois annonce à Saint-Mars l'arrivée d'un valet.

26 juillet. – Le major de Dunkerque est chargé de conduire Dauger à Pignerol (on lui donne la copie de la lettre à Saint-Mars : « comme ce n'est qu'un valet »). En même temps, le ministre écrit une lettre mensongère au gouverneur de Dunkerque, pour lui cacher la véritable mission de M. de Vauroy, et l'arrestation de Martin.

24 août. – Dauger arrive à Pignerol. La garnison de la forteresse est en état d'alerte pour assurer son internement.

Ici se termine la première partie de cette enquête. Notre conclusion, c'est que le mystérieux prisonnier, incarcéré sous le nom d'Eustache Dauger, a été un membre important de la conspiration de Roux de Marcilly, sous le nom du valet Martin. Les faits exposés et leurs dates nous semblent le prouver très clairement.

D'autre part, nous sommes persuadés que cet homme n'était ni valet, ni Martin, ni Dauger, et dans la seconde partie de l'enquête, nous essaierons de prouver qu'il était le frère jumeau de Louis XIV.

12

MARTIN

Voici maintenant la question principale :
Qui était le valet Martin ?
Répétons-le encore une fois – et ce n'est pas la dernière –, ce n'était pas un valet.

L'invention de la chasse aux déserteurs espagnols nous révèle la grande importance de Martin.

Si l'on nous disait aujourd'hui que le ministre de la Guerre a écrit des lettres mensongères au général commandant une région, pour lui cacher l'arrestation prochaine d'un garçon de café, nous aurions des doutes – fort bien fondés – sur l'identité et l'importance du futur prisonnier.

Nous savons que Martin-Dauger a été livré à Calais. Pourquoi Louvois a-t-il choisi le major de Dunkerque pour le conduire à Pignerol ?

C'est sans doute parce que le prisonnier n'est plus à Calais.

On sait que Fouquet, dès son arrestation, fut d'abord interné au château d'Angers, où il subit très probablement les premiers interrogatoires.

Je pense donc que Martin, dès son débarquement, fut conduit dans un château des environs de Dunkerque, où il fut interrogé et jugé, ce qui explique le choix de M. de Vauroy pour l'accompagner à Pignerol.

Enfin, pourquoi donc a-t-on pris tant de précautions pour cacher son arrestation ? Louis XIV, au su et au vu de toute l'Europe, avait fait enlever Roux en Suisse, et le conspirateur avait été jugé, condamné, et exécuté publiquement : il n'y avait aucune raison d'entourer de mystères et de mensonges un simple valet complice d'un régicide.

Quelques années plus tôt, à la demande de Charles II, Louis XIV lui avait livré un sujet anglais réfugié en France ; Charles II à son tour pouvait très légalement autoriser l'enlèvement d'un sujet français en Angleterre.

La seule raison de cacher à jamais cette opération de police ne pouvait être que la personnalité du valet Martin, qui n'avait joué ce rôle que pour dissimuler, jusqu'à la réussite du complot, qu'il en était un personnage important, et peut-être le chef.

*

La première lettre de Saint-Mars, qui parle de Dauger, est datée du sixième jour de sa captivité :

31 août 1669.

« *Il n'y a rien de plus vrai que je n'ai jamais parlé de ce prisonnier à qui que ce soit ; et pour marque de cela bien du monde croit ici que c'est un Maréchal de France, et d'autres disent "un Président".* »

Je crois que « pour marque de cela » signifie « ce qui le prouve ».

Comment sont nées ces rumeurs ? Les historiens sévères disent « *Voici déjà la naissance de la légende* » et c'est un mot qu'ils prononcent avec un certain mépris.

Quel est son sens véritable ?

Le dictionnaire de l'Académie dit :

« *Récit populaire plus ou moins fabuleux, qui s'est transmis par la tradition.* »

Larousse dit :

« *Récit à caractère merveilleux, où les faits historiques sont déformés par l'imagination populaire.* »

Quillet dit :

« *Récit historique déformé peu à peu par la tradition.* »

Il faut donc du temps pour qu'un fait historique se transforme en légende.

Or, la « légende » du Masque de Fer « commence » par des faits historiques, dès l'arrivée de Dauger à Pignerol, et peut-être même avant son arrivée.

La première lettre de Saint-Mars (31 août 1669) est un fait historique, et le minutieux geôlier n'est pas un personnage légendaire.

On peut se demander comment les curieux ont pu connaître immédiatement l'arrivée du prisonnier. Il est pourtant certain que Saint-Mars, prévenu plus d'un mois à l'avance, et M. de Vauroy, qui a reçu, en passant par Paris, les instructions de Louvois, ont dû prendre leurs précautions, comme on le fera chaque fois que Dauger entrera dans une prison ou en sortira.

On l'a certainement amené dans une litière fermée ; on a réglé la dernière étape de façon à n'arriver à Pignerol que dans la nuit ; on l'a introduit dans le donjon par la petite porte, celle qui sera utilisée onze ans plus tard lors du départ pour le fort d'Exiles. Il est possible que par hasard quelqu'un ait vu cette arrivée clandestine, ou qu'une sentinelle ait parlé ; mais cela n'eût pas suffi à créer la légende : à Pignerol, Matthioli, Catinat, et sans doute bien d'autres prisonniers d'État furent introduits de la sorte.

Il est donc très probable que son entrée n'a eu qu'un petit nombre de témoins, mais une rumeur courait déjà la ville, à cause de l'importance des travaux entrepris dans la prison ; ils avaient excité la curiosité du personnel, des maçons, des charpentiers, des menuisiers, des fournisseurs ; ils en ont parlé à voix basse en ville, d'autant plus intéressés qu'il s'agissait de travaux anormaux : la construction d'une chambre de sûreté à trois portes successives – dans une prison où cinq cachots étaient inoccupés – et d'autre part, M. de Saint-Mars commandait des meubles pour le nouvel hôte inconnu, et les vendeurs en savaient les prix.

Enfin, M. de Pienne avait reçu l'ordre de réquisition. Il en avait certainement parlé au geôlier et peut-être avait-il averti quelques officiers d'avoir à se tenir prêts pour des manœuvres, ou pour faire face à un danger venant de Savoie ou d'Italie. Ces messieurs avaient des épouses, des domestiques, des plantons ; un mot surpris par hasard, la durée d'un entretien toutes portes fermées, le rajustement de la discipline dans le donjon, l'oreille d'un valet au trou d'une serrure, il n'en fallait pas plus pour faire naître de vraisemblables hypothèses.

C'est dans cette atmosphère, dont le centre était un cachot tout neuf, que Pignerol attendit tout naturellement non pas un valet, mais d'abord un maréchal de France ou un président ; plus tard à Sainte-Marguerite, les Provençaux, voyant construire un petit château au bord de la mer pour y loger un prisonnier qui arriva dans une boîte de toile cirée sans ouverture, parleront aussitôt du duc de Beaufort ou du fils de Cromwell.

Il ne s'agit donc pas d'une légende inventée par quelque poète du siècle précédent, puis colorée, brodée, dramatisée par une tradition populaire et enrichie par des complaintes de mendiants ; il s'agit de conclusions, non pas exactement vraies, mais plausibles, tirées de faits certains que les contemporains avaient sous les yeux, et qu'ils interprétaient en toute bonne foi.

La seconde lettre est une lettre de Louvois, datée du 10 septembre 1669 :

« Vous pouvez donner à votre prisonnier un livre de prières et s'il vous en demande quelque autre, le lui donner aussi. »

À mon avis « *quelque autre* » ne signifie pas « *quelque autre livre religieux* », mais « *quelque autre livre* ». Ceci a une grande importance : il est autorisé à lire ce qui lui plaira.

Ce sera confirmé plus tard par la Palatine :

« *Il était très dévot, et lisait continuellement.* »

Il est certain que la princesse n'a jamais eu connaissance du courrier de Louvois-Saint-Mars.

*

La troisième lettre est encore signée par le ministre, le 24 septembre 1669, un mois après l'incarcération.

Saint-Mars lui a écrit (sans doute vers le 17 ou le 18 septembre) que le prisonnier a été sérieusement malade. Il s'agit certainement d'une violente crise de désespoir qui a provoqué « un coup de sang », ou une fièvre cérébrale. Le geôlier dit au ministre qu'il a pris l'initiative de le faire saigner. Louvois répond :

« *Lorsque le prisonnier sera malade, vous pourrez le faire traiter et médicamenter selon qu'il en aura besoin, sans attendre d'ordre pour cela.* »

Or, Saint-Mars n'a pas d'autre prisonnier que Fouquet et Dauger. Fouquet est toujours nommé dans la correspondance : il s'agit évidemment de Dauger, qui est « le prisonnier ». Mais Topin, en citant cette lettre, en arrange le texte. Il dit :

Un prisonnier ayant été malade, Louvois déclara :

« *Lorsque de pareilles choses arriveront, vous pourrez faire traiter et médicamenter selon qu'il en aura besoin.* »

C'est-à-dire qu'il étend cette générosité à tous les prisonniers, en supprimant « le prisonnier ».

Pourquoi ? Parce que Matthioli, son candidat, n'étant pas encore arrêté, il ne veut pas nous signaler qu'il y a déjà dans la prison un captif qui jouit d'un régime spécial et qui aura toujours un médecin à sa disposition.

Cette lettre de Louvois est à rapprocher de celle du 22 mai 1679, à propos d'une maladie de Matthioli :

« *Il faut tenir le sieur Lestang dans la dure prison que je vous ai marquée par mes lettres précédentes, sans souffrir qu'il voie de médecin que lorsque vous connaîtrez qu'il en aura absolument besoin.* »

Plus tard, pour le traitement de la folie de Matthioli, il conseillera la bastonnade.

Pour Dauger, au contraire, Louvois demande sans cesse de ses nouvelles, et Saint-Mars ne manque jamais de lui signaler l'état de santé du captif :

« *Mon prisonnier a une petite fièvre...* »
« *Mon prisonnier a été malade, et il s'est plaint de n'avoir pas eu assez d'air dans la chaise recouverte de toile cirée...* »
« *Mes prisonniers* [*Dauger et La Rivière*] *sont dans les remèdes...* »

Il est probable que si nous avions tous les rapports de Saint-Mars, le nombre de ces citations serait bien plus grand.

D'autre part, chaque fois que Dauger changera de prison, le geôlier cherchera immédiatement le meilleur médecin du voisinage, et il soignera lui-même le malade, au point d'en être parfois « épuisé ».

Ce continuel souci de la santé d'un prisonnier, dont la mort libérerait Louvois – et peut-être le roi – d'une grande inquiétude, me fait penser à une très ancienne tradition, qui existe encore aujourd'hui.

Elle dit que lorsque l'un des jumeaux est malade, l'autre ne tarde pas à dépérir – et que si l'un des deux meurt, le survivant meurt à son tour à bref délai ; nous avons même lu récemment dans une revue américaine des plus estimées que deux jumeaux ne vivant pas dans la même ville, et chacun ignorant l'existence de l'autre, étaient morts le même jour, à l'âge de trente ans.

Je ne prétends pas ici que c'est là une loi de la nature, mais je constate l'existence de cette tradition, qui devait avoir plus d'autorité au XVIIe siècle qu'aujourd'hui, et que les médecins du roi, et le roi lui-même, connaissaient très certainement ; donc, la santé de Dauger était aussi précieuse que celle du roi.

La quatrième lettre est datée du 26 mars 1670. Elle est encore de Louvois ; nous l'avons citée au début du chapitre 14.

Enfin, le 12 avril 1670, Saint-Mars écrit à Louvois :

« Il y a des personnes qui sont quelquefois si curieuses de me demander des nouvelles de mon prisonnier, ou le sujet pourquoi je fais faire tant de retranchements pour sa sûreté, que je suis obligé de leur dire des contes jaunes pour me moquer d'eux. »

Les travaux ont été si importants que le geôlier emploie le mot « retranchements » dans son sens militaire. Quant aux « contes jaunes », il en parlera plusieurs fois : il veut dire qu'il répond gravement aux curieux que le prisonnier est le Grand Turc, ou l'empereur de Chine.

Voilà tout ce que nous savons du captif sur la période qui va du début de juin 1669 jusqu'au 12 avril 1670, c'est-à-dire environ dix mois.

Puis, pas une seule lettre pendant deux ans. Il est évident que la correspondance Louvois-Saint-Mars qui le concernait a été détruite, car nous verrons par la suite que Louvois n'a jamais manqué de demander des nouvelles du prisonnier, et surtout de sa santé.

Une lettre du ministre dira plus tard au geôlier : « Vous pouvez m'écrire deux fois par semaine. » Il est certain que pendant les deux premières années de la captivité il a dû s'informer très souvent du comportement, de l'état d'esprit, et des réactions du prisonnier.

Nous sommes fort déçus par ce silence ; mais à partir du 30 juin 1670, commence une étrange aventure qui va nous ramener en Angleterre.

13

VOYAGE DE LOUVOIS

Voici un épisode qui est particulièrement intéressant, et dont je n'avais pas compris l'importance dans la première édition de ce livre.

Au mois de mai 1670, c'est-à-dire un an après l'enlèvement de Roux, et neuf mois à peine après l'incarcération de Dauger, Louis XIV envoie sa belle-sœur, Henriette d'Angleterre, en mission auprès de son frère Charles II, pour négocier un important traité secret, le traité de Douvres.

Elle obtient tout ce que demandait la France, et revient à Paris le 16 juin.

Louis XIV lui fait grand accueil.

Le 30 juin, elle meurt subitement, Vallot fait l'autopsie et conclut à une mort naturelle, ce qui n'est pas l'avis de tout le monde, et d'autant moins que ce Vallot, qui a donné les derniers soins à la mère de la princesse, passe pour l'avoir empoisonnée.

Le 6 juillet 1670, Montaigu, l'ambassadeur anglais qui assista à la mort de Madame, écrit au Premier ministre Arlington :

« Je suppose qu'en ce moment vous avez près de vous le maréchal de Bellefonds, qui, outre ses condoléances, va essayer à mon avis de détromper notre Cour de ce que la Cour et le peuple d'ici croient fermement, c'est-à-dire que Madame a été empoisonnée ; et

d'autant plus que cette opinion est solidement fondée sur les propres déclarations de la Princesse, qui l'a dit plusieurs fois dans les souffrances de l'agonie... Pour moi personnellement, lorsque je lui ai demandé plusieurs fois si elle se croyait empoisonnée, elle ne m'a rien répondu ; je crois qu'elle a voulu épargner un chagrin supplémentaire au roi notre maître ; c'est pourquoi dans ma dernière lettre, je n'en ai pas parlé, et je ne suis pas assez savant en médecine pour dire si elle a été empoisonnée ou non.

« *De tous les récits de sa mort, celui qui a le plus de crédit, c'est l'empoisonnement : les ministres, aussi bien que le roi, en sont affolés.* »

15 juillet, lettre de Montaigu à Charles II :

[...]

« *Je lui demandai alors en anglais si elle se croyait empoisonnée. Son confesseur, qui était près d'elle, comprit le mot "poison", et lui dit : "Madame, vous ne devez accuser personne, mais offrir à Dieu le sacrifice de votre mort."*

« *C'est pourquoi lorsque je lui posai cette question à plusieurs reprises, elle ne répondit qu'en haussant les épaules.* »

[...]

Dès qu'il apprit la terrible nouvelle, Charles II envoya au roi de France un « express », pour lui demander de saisir immédiatement toutes les lettres qu'il avait écrites à sa sœur, et de les mettre en sûreté ; voici le post-scriptum que Ralph Montaigu ajouta à sa lettre du 6 juillet :

[...]

P.-S. – « *Après vous avoir écrit cette lettre je viens d'apprendre – et de bonne source, car c'est de quelqu'un qui a la confiance de Monsieur – que le roi lui ayant réclamé tous les papiers de Madame, il ne les lui a pas envoyés immédiatement, mais il a d'abord appelé Monseigneur l'abbé Montaigu pour qu'il les lui traduise, mais comme il ne se fiait pas entièrement à lui, il a fait venir d'autres personnes qui comprennent notre langue, dont Mme de Fiennes, si bien que les plus intimes pensées de notre Roi et de Madame seront connues de tout le monde. Certaines de ces lettres étaient chiffrées, ce qui l'a beaucoup intrigué, mais il prétend qu'il a tout deviné. Monseigneur l'abbé Montaigu vous renseignera sur cette affaire mieux que je ne puis le faire... »*

Il y a cependant une lettre qui échappa à la curiosité de Monsieur ; en effet, Colbert de Croissy, à la demande d'Arlington, envoya d'urgence un courrier, pour intercepter la dernière lettre de Charles II à Madame. Ce courrier fit tant et si bien qu'il arriva avant Sir Henry Jones, qui était le porteur du message, et qui le remit à l'ambassadeur ; Sir Ralph Montaigu put renvoyer la mystérieuse lettre sans que Monsieur eût connu son existence ; mais il fallut un ordre formel de Louis XIV pour que Monsieur se décidât à lui remettre la cassette qui contenait les lettres de Charles à sa sœur.

Cette cassette devait être fort grande, et bien remplie ; selon l'historien Cyril Hartmann, qui fut le spécialiste de cette correspondance, le roi et la princesse s'écrivaient deux fois par semaine depuis le mariage d'Henriette. S'il arrivait à Charles de manquer un courrier, il s'en excusait par le suivant.

Louis XIV examine ces lettres, le 6 ou le 7 juillet, puis M. de Lionne expédie à Colbert de Croissy plusieurs paquets, scellés du sceau personnel de Louis XIV, et l'ambassadeur, de toute urgence, les remet à Charles II.

On a retrouvé un grand nombre de ces lettres. Cyril Hartmann puis Julia Cartwright ont publié le courrier du frère et de la sœur, dans *The King my Brother*, et *Charles II and Madame*. Ces deux ouvrages sont extrêmement intéressants, mais la correspondance que nous possédons s'arrête à la lettre de Charles du 24 juin (5 juillet 1669), celle qui annonçait une autre lettre confiée à l'abbé Pregnani, et cette précieuse lettre est précisément la première de celles qui nous manquent : il ne nous en reste pas une seule, du 5 juillet 1669 au 30 juin 1670, date de la mort de Madame.

Les Anglais disent que c'est Louis XIV qui les a détruites, parce qu'elles contenaient des secrets, et surtout celui de la conversion de Charles II au catholicisme : cette explication ne vaut pas, car toutes les autres lettres parlaient de cette grande affaire, et Louis XIV les a renvoyées en plusieurs paquets scellés. Pourquoi n'a-t-il détruit que les lettres *postérieures à l'exécution de Roux de Marcilly, à l'arrestation de Dauger et à la mort d'Henriette de France, mère de Charles II et de Madame* ?

Combien de lettres nous manque-t-il donc ?

Cette correspondance n'a jamais été interrompue. Du 6 juillet au 30 juin, il y a 51 semaines. À deux lettres par semaine, Henriette a théoriquement reçu 102 lettres ; en admettant que son frère ait quelque peu négligé la correspondance à cette époque, il nous manque au moins quatre-vingts lettres de Charles II.

Pourquoi Louis XIV les a-t-il détruites ?

C'est qu'elles devaient contenir des secrets qui n'étaient pas ceux du roi d'Angleterre.

*

C'est vers le 6 ou le 7 juillet que Louis XIV a terminé son examen de ce courrier, et qu'il a détruit les dernières lettres. Ensuite, que fait-il ?

Immédiatement, il ordonne à Louvois de se préparer à partir pour Pignerol, où Dauger est captif depuis près d'un an.

Cet ordre imprévu est vraiment bien étrange.

Nous sommes en juillet 1670. Le traité de Douvres vient d'être signé : on ne sait pas encore quelles en seront les conséquences, ni si la mort d'Henriette ne va pas compromettre nos bons rapports avec l'Angleterre. La Triple Alliance, formée deux ans plus tôt, cause de grands soucis au ministre qui travaille, dit-on, douze heures par jour. Il est ministre de la Guerre, ministre d'État, et nous a laissé cinq cents volumes de correspondance ! C'est un homme qui n'a pas une minute à perdre. Mais on ne discute pas un ordre du roi.

Louvois écrit donc le 9 juillet à Loyauté, commissaire des guerres à Pignerol, pour annoncer qu'il arrivera le 20 septembre ; il prévient également le lieutenant de roi et le gouverneur de la citadelle : aucun honneur ne devra lui être rendu. Puis il écrit au directeur de la poste de Lyon, et commande qu'on lui fasse d'urgence trois selles d'un modèle particulier, avec des sièges de velours « sans or ni argent, toutes simples. Dès qu'elles seront faites, vous les enverrez au Pont de Beauvoisin, chez le Sieur de La Porte, qui me les fournira au passage ».

Le lendemain, il change d'idée : il annonce à Vauban qu'il partira avec lui le 15 août. Trois jours après, il décide de prendre la route « le samedi 3 août, pour être à Pignerol dans la soirée du 8 ».

Il est tout à fait certain que ces changements de dates sont dus à des ordres du roi, qui considérait donc que cette affaire était extrêmement urgente.

Le samedi 3 août 1670, Louvois prend donc la route en malle-poste particulière avec l'illustre Vauban, son adjoint Mesgrigny, et Nallot qui mérite qu'on le présente ici.

*

Ce Nallot a la confiance du redoutable Le Tellier, père de Louvois, et il est l'ami de La Reynie, lieutenant général de la police : il sera l'un des juges d'instruction de l'Affaire des Poisons. Louvois avait une si grande confiance en lui que, lorsqu'il quittait Paris pour aller aux armées, c'est Nallot qui remplaçait le ministre pour l'expédition des affaires courantes.

C'est pendant qu'il instruisait l'Affaire des Poisons qu'il mourut subitement, en quelques heures, le 16 juillet 1673, et il fut généralement admis qu'on l'avait empoisonné lui-même.

Sa sœur, Mme d'Aubray, écrivit aussitôt à Louvois, qui se trouvait à Maestricht :

« Je prends la liberté de vous donner avis que mon frère est mort, et qu'il m'a chargée en mourant de vous donner avis de sa mort, et qu'il m'a mis entre les mains tout ce qui vous regarde. Faites-moi l'honneur de m'écrire là-dessus. Il m'a fort recommandé de n'en parler à personne, *et d'hériter de son respect et de son zèle, et de* son silence.

« M. Chauvelin et M. de Carpatry sont venus pour me demander si mon frère n'avoit rien à vous, je n'ai pas répondu.

« J'attends vos ordres. »

Tout aussitôt Louvois écrivait à Duclos :

« Vous me ferez plaisir de garder jusqu'à mon retour la cassette *qui vous sera remise chez feu Nallot, et Carpatry vous fera encore porter* un lit *dont je vous prie de faire de même et de prendre soin qu'il ne se gâte. »*

Le 27, Carpatry répondait :

« Je vis hier Mme d'Aubray, je lui ai parlé du lit qui vous appartient, lequel étoit en la possession de son frère. Elle m'a dit qu'elle ne l'avoit point vu, mais qu'elle croyait qu'il étoit dans une armoire ; mais qu'à cause d'une consignation elle ne pouvoit faire cette recherche, et que ce seroit pour aujourd'hui. Je me suis rendu au temps marqué. Elle m'a fait dire qu'elle avoit trouvé le lit. Je le retirerai dès demain

et le donnerai dans le même instant à M. Duclos et je retirerai un récépissé de lui tant de ce lit que de la cassette. Mme d'Aubray m'est venue trouver pour aller prendre votre lit chez elle. J'y ai été et je l'ai rapporté chez moi, où il est dans mon cabinet. Nous l'avons déployé, et nous y avons trouvé les pièces mentionnées dans le mémoire ci-joint. Cela s'est fait fort honnêtement de la part de Mme d'Aubray. »

Le 20 août, Mme d'Aubray ajoutait :

« *Monseigneur, je prends la liberté de vous remercier de l'honneur que vous m'avez fait de m'écrire avec tant de bonté. Je vous assure qu'il n'y a point de personne qui en soit plus reconnaissante... J'ai rendu, suivant vos ordres, à M. de Carpatry quatre billets de 750 livres chacun de M. de Séjournant. Si j'avois su, Monseigneur, qu'ils étoient à vous, je me serois donné l'honneur de vous mander que je les avois. Je crois que M. de Carpatry vous aura assuré que je lui ai mis entre les mains* votre lit blanc. *Je payerai Mme Foucault lorsqu'elle me demandera de l'argent. Mon frère, avant de mourir, m'a informée de* l'affaire, sachant bien que je sais me taire quand il le faut. »

Iung, qui a trouvé cette lettre dans les manuscrits du dépôt de la Guerre, se demande « quelle pouvait être cette affaire si secrète confiée au lit de mort ? » et ne propose aucune explication, aucune hypothèse. Nous n'en savons pas plus que lui, mais il nous semble que ce document mérite un examen plus sérieux.

En ce qui concerne la cassette, il est évident qu'elle contient des documents ou des lettres qui « regardent » le ministre, et qu'il n'a pas voulu garder chez lui : un ministre de Louis XIV est toujours exposé à une disgrâce, suivie de perquisitions, et il peut craindre la curiosité de son personnel domestique ; c'est pourquoi les documents ou la correspondance qu'il a confiés à Nallot concernaient sans doute de mystérieuses affaires dont nous ne saurons jamais rien, sinon que Nallot était le fidèle complice de l'homme d'État.

Ce qui est beaucoup plus étrange, c'est ce « lit blanc » qui appartient à Louvois et qui se trouve chez Nallot.

Il n'est guère possible d'admettre que le ministre ait prêté un lit au Trésorier général de l'Ordre de Saint-Lazare, qui avait certainement les moyens d'acheter un mobilier complet. D'autre part, personne ne dormait dans ce lit, puisqu'il était « dans une armoire » – une bien grande armoire, ou un bien petit lit – et de plus, c'est un lit que l'on peut « déployer », et dans lequel on trouve « des pièces » dont on fait un inventaire !

C'est Carpatry, secrétaire de Louvois, qui court réclamer ce lit, qui le « déploie », et qui écrit aussitôt à son maître pour le rassurer, en lui envoyant « l'inventaire des pièces », que malheureusement nous n'avons pas.

Il est donc certain que ce Nallot est un personnage d'une grande habileté, toujours mêlé à de mystérieuses affaires.

Sa présence à côté de Louvois, dans ce « raid » sur Pignerol, accroît et précise l'intérêt de ce voyage : il est évident que le ministre n'a jamais eu de secret pour Nallot, et c'est sans doute pour cette raison qu'ils mourront tous les deux empoisonnés.

Mais nous n'en sommes pas encore là. Pour le moment, ils bavardent ou ils dorment dans un carrosse sur la route de Paris à Lyon. Que Louvois soit parti avec Vauban, pour inspecter Pignerol, place forte des frontières, c'est assez naturel. Mais pourquoi Nallot, juge d'instruction, et gardien des coupables secrets du ministre ?

Ce voyage n'est pas une simple promenade. De Paris à Briançon, il y a aujourd'hui 691 kilomètres, et sans doute trente à quarante de plus à cette époque. Briançon est déjà à l'altitude 1 300 ; à partir de cette ville, il reste à parcourir soixante à quatre-vingts kilomètres sur des routes de montagne sans bitume, c'est-à-dire dévastées et ravinées chaque année par le gel et par les orages ; on comprend pourquoi Louvois a commandé des selles que Iung trouve un peu singulières : elles étaient certainement destinées à des mulets.

Pour franchir ces derniers kilomètres, il a certainement fallu chevaucher pendant toute la dernière journée. Ils ont fait le voyage Paris-Briançon en cinq jours et cinq nuits, c'est-à-dire que la malle-poste a roulé jour et nuit, car ils arrivent à Pignerol le 8 août au soir, comme il était prévu.

Cette remarque n'a pas pour but de mettre en valeur un exploit sportif, mais elle souligne l'importance et l'urgence de la mission que le roi a confiée à son Premier ministre, qui l'exécute personnellement.

En arrivant à Pignerol, Louvois va passer la nuit chez un vieil ami de son père, le comte de Falcombel, dont nous ne savons rien d'autre, sinon qu'il habite Pignerol depuis longtemps, et qu'il sait sans doute tout ce qui s'y passe. Le ministre, à notre avis, aurait dû s'installer chez le gouverneur de la ville, M. de la Bretonnière, ou chez celui de la citadelle, M. de Saint-Jacques. Un ministre de notre temps qui passe par Lyon ou Marseille descend obligatoirement à la Préfecture. Si Louvois a choisi la maison Falcombel, ce n'est pas seulement pour serrer sur son cœur le « vieil ami de son père », c'est d'abord pour obtenir de lui des renseignements précis et sincères sur la situation à Pignerol. Nallot, juge d'instruction, est certainement avec lui, car ils sont venus, sur l'ordre du roi, *faire une enquête*, dont nous verrons plus tard le résultat.

Le lendemain, selon Iung, le ministre passe la journée chez Saint-Mars, et il a une entrevue avec le prisonnier.

Iung ne donne pas ses sources ; mais nous savons que jusqu'à la mort de Louvois, c'est-à-dire pendant plus de vingt ans, « le prisonnier de M. de Vauroy » a été le grand souci du ministre, et que dans la correspondance Louvois-Saint-Mars il est toujours au premier plan.

Il serait donc tout à fait anormal qu'il fût passé si près de lui sans le voir.

Je crois donc, avec Iung, que Louvois a rendu visite au prisonnier, et lui a longuement parlé. Nallot était-il avec eux ? Ce n'est pas impossible : c'est probablement Nallot qui l'avait déjà interrogé avec Louvois lors de son arrestation.

On peut imaginer l'effet produit par cette visite sur le personnel de la prison, et sur les habitants de Pignerol.

Un an plus tôt, deux ordres du roi mettaient à la disposition de Saint-Mars toute la garnison pour assurer l'incarcération de Dauger. Pendant six mois on avait aménagé pour lui une chambre forte. Nous sommes au début d'août, et ces travaux n'ont été terminés qu'au début de mai.

On murmure déjà qu'il s'agit d'un maréchal de France ou d'un président. La visite de Louvois, venu tout exprès de Paris, confirme définitivement l'importance extraordinaire du prisonnier. Lorsque Voltaire nous dit : « Le marquis de Louvois lui parla debout, et avec une considération qui tenait du respect », il ne répétait qu'un écho venu de Pignerol. Il est certain que l'entrée du ministre dans la prison n'a pu passer inaperçue, et que sa rencontre avec le prisonnier a dû vivement intéresser les sentinelles qui le surveillaient jour et nuit : on a dû écouter aux portes, et risquer un œil au passage à travers les barreaux des « jours ».

Iung pense que le ministre a vu également Fouquet. C'est possible, mais sans intérêt.

Le dimanche 10, Louvois va faire une visite à M. de Servient, notre ambassadeur à Turin. Il n'y reste que le temps d'un déjeuner. Ils ont certainement parlé de ce qui se passe à la Cour de Turin, de l'état des esprits à la frontière, des rumeurs. Puis, Louvois est allé saluer Son Altesse Royale, et il est retourné coucher à Pignerol. Qu'a-t-il fait le lundi 11 ?

Il a probablement été reçu par M. de Saint-Jacques, gouverneur de la citadelle, et M. de La Bretonnière, gouverneur de la ville ; peut-être aussi a-t-il passé l'après-midi avec Saint-Mars.

Iung nous dit que le 26, il est à Paris. Qu'a-t-il donc fait, entre le 11 et le 26 ? On peut admettre que le voyage de retour, mission accomplie, prit plus de temps que l'aller. Peut-être six jours au lieu de cinq. Du 11 au 26, il y a quatorze jours. Serait-il resté une semaine de plus à Pignerol ? C'est bien peu probable. Je crois que Iung s'est trompé, ou, qu'avant de rentrer au ministère, Louvois a fait une inspection ailleurs, ce qui lui arrivait souvent.

Quoi qu'il en soit, le 26 août, il trouve sur son bureau de Paris une lettre de Loyauté, le commissaire des guerres qu'il a vu à Pignerol. Nous n'avons malheureusement pas ce texte, mais nous avons la réponse de Louvois qui nous renseigne sur son contenu :

« *La quantité d'affaires que j'ai eues depuis mon retour de Pignerol m'avait empêché de rendre compte au roi de tout ce que j'avais vu, et c'est pour cela que je ne vous avais rien mandé sur ce que vous m'aviez écrit des contes qui s'y faisaient.* »

Quels pouvaient être les « contes » signalés par Loyauté ? Évidemment les rumeurs de Pignerol, et les interprétations de la visite de Louvois.

Dès le lendemain, le ministre envoie à Loyauté des ordres surprenants :

« *Présentement Sa Majesté a pris la résolution de faire finir les contes tout d'un coup et de faire mettre son service sur tout ce bon pied que l'on peut désirer ; je vous en donne avis par cette lettre, qui vous apprendra que le roi a résolu d'en ôter MM. de La Bretonnière, Saint-Jacques, Lestang et de La Moransane.* »

M. de La Bretonnière, gouverneur de la ville, qui a reçu Louvois, est remplacé par M. de Saint-Léon, qui vient de Dunkerque ; M. de Saint-Jacques, gouverneur de la Citadelle, est remplacé par M. de Rissan, et le commandant du fort de la Pérouse est changé :

« *Il faut que vous ne parliez à quiconque de ce que Sa Majesté a résolu là-dessus parce que son intention est que cela s'exécute sans que l'on en sache rien.* »

Voilà une singulière prétention, et d'autant plus que le régiment « Lyonnais » est renvoyé à l'intérieur du pays, avec tous ses officiers, et remplacé par un autre.
Pourquoi cette révolution ?
Les historiens disent que c'était pour préparer l'attaque de la ville de Casal. Cette opération eut lieu en effet, mais dix ans plus tard.

Et d'autre part, si le ministre avait renforcé la garnison en lui ajoutant un régiment, on pourrait croire que c'était là une préparation à une campagne offensive ; il n'en est rien. Il remplace un régiment par un autre, trente ou quarante officiers par d'autres, et trois gouverneurs par trois autres. Ce n'est pas un renforcement, c'est une épuration : le roi n'a plus confiance en cette garnison. De plus, les ouvrages entrepris par Vauban n'annoncent nullement une offensive, mais la crainte d'une attaque.

En effet, Vauban a dirigé des travaux si importants qu'il ne reviendra qu'un mois plus tard, ce qui ne prouve pas que ces travaux soient terminés, car le général en chef du Génie dresse des plans, choisit les matériaux, assiste à la mise en place qu'il dirige, mais ne surveille pas le travail des maçons : le commissaire des guerres, officier qui est sous ses ordres, est spécialement chargé de l'exécution.

J'en conclus que si Louis XIV l'a envoyé à Pignerol, pendant plus d'un mois, ce n'était pas pour prendre l'air, mais pour en renforcer les défenses.

Finalement, il me semble que toute cette étrange

affaire a pour centre le prisonnier, et pour cause les lettres de Charles II à sa sœur, les lettres détruites par Louis XIV.

Ce n'est là qu'une hypothèse, mais elle vient tout naturellement à l'esprit.

Duvivier nous dit :

« On s'est demandé si ce voyage, entrepris quelques semaines après la mort de Madame, ne visait pas aussi à obtenir du prisonnier de la tour des éclaircissements sur certains faits révélés par les papiers de la défunte. Quoi qu'il en soit, le public ne douta point que le haut personnage ne se fût dérangé à seule fin de voir le prisonnier inconnu. »

Si Duvivier avait connu l'épisode des lettres détruites cinq ou six jours après la mort de Madame, et la date de la décision du roi (7 juillet), il eût certainement partagé cette conviction, qui est la nôtre.

Dans ces lettres, Louis XIV a trouvé de nouveaux détails sur la conspiration, et il a envoyé Louvois demander des éclaircissements au Masque.

Charles II a peut-être dit que la conspiration des protestants continuait ; qu'ils savaient que le prisonnier était à Pignerol, qu'ils avaient acheté des complicités dans la garnison, et peut-être même qu'ils préparaient une attaque surprise pour le délivrer. L'enquête de Nallot n'ayant pu découvrir les coupables, le roi, avec sa brutalité habituelle, a ordonné le remplacement de toutes les troupes, et chargé Louvois et Nallot de reprendre et de compléter les interrogatoires de l'année précédente, pour obtenir du prisonnier de nouvelles précisions.

Topin ne parle pas de ce voyage : son cher Matthioli ne viendra à Pignerol que neuf ans plus tard.

Iung n'y voit qu'une opération militaire, mais il pense que Louvois a passé deux jours dans la prison avec Saint-Mars, et qu'il a vu longuement le prisonnier.

Pour Mongrédien, il présente le voyage de Louvois à sa façon. Il dit :

« Au mois d'août 1670, Louvois se rendant en mission à Turin passa trois jours à Pignerol, et put ainsi se rendre compte par lui-même des mesures prises par son geôlier. Toujours méfiant, il fit cependant changer complètement la garnison. »

Il me semble que ceci n'est pas tout à fait exact. Louvois a écrit à Loyauté, commissaire des guerres à Pignerol, à M. de Saint-Jacques, lieutenant du roi à Pignerol, à M. de La Bretonnière, gouverneur de Pignerol, pour leur annoncer son arrivée à Pignerol. Il a invité Vauban à l'accompagner à Pignerol. Il y arrive en effet, et y passe trois jours. Il est exact que le dimanche 10 août, il est allé à Turin faire visite à notre ambassadeur, M. de Servient, ce qui est tout à fait naturel, et ils sont allés tous les deux saluer le prince.

Ainsi donc, ce n'est pas au cours d'une importante mission à Turin que le ministre, au passage, s'est arrêté à Pignerol. C'est pendant son séjour à Pignerol, où il faisait une enquête qui a duré trois jours, qu'il a rendu visite, le dimanche, à notre ambassadeur.

Enfin, Mongrédien dit : « Toujours méfiant, il fit cependant changer toute la garnison. »

Si Dauger n'était qu'un « valet », de quoi donc se méfiait-il ? Quel « danger » peut représenter un valet prisonnier ? Changer toute une garnison, ce n'est pas rien. Renvoyer sept cents hommes, avec leurs officiers, remplacer trois gouverneurs, c'est une décision tout à fait extraordinaire, dont je ne connais pas d'autre exemple. J'y vois une preuve éclatante de l'importance du « valet ».

D'ailleurs, ce n'est pas Louvois qui prit cette décision : ce fut Louis XIV lui-même, lorsqu'il connut le rapport de Nallot et de Louvois.

C'est que l'historien soutient toujours que Dauger n'est qu'un valet. Il ne peut donc pas admettre qu'un ministre ait traversé toute la France, en compagnie de Nallot et de Vauban, pour aller rendre visite à un valet dans sa prison.

Quant à la visite de Louvois à notre ambassadeur de Turin, elle fait partie de son enquête, car si un danger quelconque menace Pignerol, il est indispensable de se renseigner sur l'attitude du redoutable voisin, le duc de Savoie.

Je pense qu'un jour viendra où la découverte d'une lettre d'Henriette à son frère nous apportera la certitude que Dauger, c'était le valet Martin, et peut-être même nous dira-t-elle qui était le valet Martin.

En tout état de cause, je crois que cet épisode nous a permis de faire un grand pas sur le chemin de la vérité.

14

CAPTIVITÉ DE DAUGER

Depuis son incarcération, 24 août 1669, la première lettre qui parle de Dauger est celle du 26 mars 1670, elle est de Louvois :

« *L'on m'a donné avis que le sieur Honneste, ou un des valets de M. Fouquet, a parlé au prisonnier qui vous a été amené par le major de Dunkerque, et lui a entre autre chose demandé s'il n'avait rien de conséquence à lui dire, à quoi il a répondu qu'on le laissât en paix : il en a usé ainsi croyant probablement que c'était quelqu'un de votre part qui l'interrogeait pour l'éprouver, et voir s'il dirait quelque chose... Comme il est très important au service de Sa Majesté qu'il n'ait aucune communication, je vous prie de visiter soigneusement le dedans et le dehors du lieu où il est enfermé, et de le mettre en état que le prisonnier ne puisse voir ni être vu de personne, et ne puisse parler à qui que ce soit, ni entendre ceux qui voudraient lui dire quelque chose.* »

Cette lettre est surprenante. Elle prouve d'abord que, malgré sa confiance en Saint-Mars, Louvois a un informateur dans la prison, et qu'il le dit clairement au geôlier : « On m'a donné avis que... »

D'autre part, il était bien entendu dès le premier jour qu'« il est de la dernière importance au service du roi » que le prisonnier ne puisse voir ni entendre personne, et que personne ne puisse le voir ni l'entendre. Or, le sieur Honneste a pu lui parler et entendre sa réponse.

Une seule explication est possible. Le sieur Honneste, en sa qualité de valet, peut aller et venir dans la prison, pour le service de son maître.

Il va chercher les repas à la cuisine, y rapporte la vaisselle, remet le linge à Saint-Mars (qui l'examine de fort près), etc. Il est donc probable qu'en passant devant la cellule du Masque, il lui ait parlé à travers la porte, ce qui prouve que le prisonnier n'est pas encore dans le cachot à plusieurs portes fermées les unes sur les autres, dont « l'aménagement » n'est pas achevé.

En effet, le 12 avril 1670, Saint-Mars écrit à Louvois :

« Il y a des personnes qui sont quelquefois si curieuses de me demander des nouvelles de mon prisonnier, ou le sujet pourquoi je fais faire tant de retranchements pour sa sûreté, que je suis obligé de leur dire des contes jaunes pour me moquer d'eux. »

Jusqu'au 20 février 1672, c'est-à-dire pendant près de deux ans, nous ne savons rien de la vie du captif ; il est évident que la correspondance Saint-Mars-Louvois qui le concernait a été détruite, car nous verrons par la suite que Louvois n'a jamais manqué de demander de ses nouvelles tous les deux ou trois mois. Il a dû, au contraire, s'en informer beaucoup plus souvent pendant les trente premiers mois de sa captivité, pour être tenu au courant du comportement et de l'état d'esprit et des réactions du prisonnier.

Le 7 août 1671, une lettre parle enfin de Dauger.
Saint-Mars à Louvois :

« M. Fouquet a une petite fièvre qui ne l'incommode pas beaucoup, mais l'un de ses valets est

très mal, comme aussi le prisonnier qui m'a été envoyé. »

Ce ne devait pas être bien grave, puisque Dauger vivra encore trente-deux ans en captivité.

Enfin, le 20 février 1672, une lettre très importante de Saint-Mars qui me paraît assez suspecte.

Lauzun a été interné à Pignerol le 25 novembre 1671. C'est un prisonnier enragé. Il a des crises de colère, puis de mysticisme, puis refuse de se laver, fait la grève de la faim, bref il rend la vie difficile à Saint-Mars ; on ne peut trouver de valet qui consente à le servir.

Le geôlier écrit à Louvois :

« Je pourrais faire l'impossible que je ne trouverais personne ici pour lui donner. Tous mes valets n'y entreraient pas pour un million. Ils ont vu que ceux que j'ai mis auprès de M. Fouquet n'en sont jamais sortis. »

Il est faux que les valets de Fouquet ne soient jamais sortis de prison. L'un d'eux, sur sa demande, a été libéré en 1665 (Archives nationales K 120 A, 336).

D'autre part, « tous mes valets » signifie qu'il y en a un certain nombre dans la prison. Ils n'y mourront certainement pas tous. De plus, nous savons que Saint-Mars en trouvera deux, qui seront libérés avec leur maître.

Il me semble donc que cette lettre n'a d'autre but que de préparer la suivante :

Saint-Mars à Louvois, le 20 février 1672

« Il est si malaisé de pouvoir trouver ici des valets qui se veuillent enfermer avec mes prisonniers que je prendrai la liberté de vous en proposer un ; ce prisonnier, qui est dans la tour, et que vous m'avez envoyé par M. le Major de Dunkerque serait, ce me semble,

un bon valet. Je ne pense pas qu'il dit à M. de Lauzun d'où il sort après que je lui aurais défendu ; je suis sûr qu'il ne lui dirait pas aussi aucune nouvelle, ni ne me demanderait point de sortir de sa vie, comme font tous les autres. »

Cette dernière phrase est une gracieuse plaisanterie de geôlier, qui termine agréablement une proposition tout à fait extraordinaire, car elle est en contradiction avec tout ce que l'on nous a dit précédemment.

Le lecteur a vu avec quelle sévérité Dauger est tenu au secret depuis près de trois années. Il lui est même interdit, sous peine de mort, de se confier à Saint-Mars, qui doit le servir lui-même ; tout à coup le geôlier propose de le mettre en contact quotidien avec Lauzun, dont on sait qu'il sortira un jour de prison : s'il apprenait le secret de Dauger, il se ferait certainement un plaisir de le raconter partout, dès sa mise en liberté.

Je suis donc persuadé que la proposition du geôlier lui a été dictée par Louvois, afin de confirmer que Dauger n'est qu'un valet, et d'enrichir le dossier de la thèse officielle.

Nous n'avons pas la réponse du ministre, qui n'a peut-être pas jugé utile de répondre, mais nous savons que la proposition n'a eu aucune suite.

Un an et demi plus tard, en décembre 1673, Saint-Mars nous dit :

« Pour le prisonnier de la tour que m'a amené M. de Vauroy, il ne dit rien. Il vit content comme un homme tout à fait résigné à la volonté de Dieu et du roi. »

On peut se demander si « content » est le mot qui convient.

*

En 1674, l'un des deux valets de Fouquet, Champagne, meurt ; une fois de plus, Saint-Mars propose à Louvois, dans une lettre que nous n'avons pas retrouvée, de mettre Dauger au service de Fouquet. Le roi accepte et, le 30 janvier 1675, Louvois en informe le geôlier :

« *30 janvier 1675,*
« *Sa Majesté approuve que vous donniez pour valet à M. Fouquet le prisonnier que le sieur de Vauroy vous a conduit, mais, quelque chose qui puisse arriver, vous devez vous abstenir de le mettre avec M. de Lauzun, ni avec qui que ce soit autre que M. Fouquet, c'est-à-dire que vous pouvez donner ledit prisonnier à M. Fouquet, si son valet venait à lui manquer, et non autrement.* »

On voit que Louvois fait des réserves : « Sa Majesté approuve », mais lui-même n'approuve pas, et il dit « si son valet venait à lui manquer ». Il n'est donc pas question de donner à Dauger la place du second valet qui est mort. Fouquet se contentera d'un seul valet, qui est La Rivière. On ne lui donnera Dauger que dans le cas où La Rivière viendrait à lui manquer. Et dans ce cas, défense expresse de le mettre en présence de Lauzun ; on verra plus loin que la possibilité de cette rencontre est le grand souci du ministre.

Dauger reste donc chez lui pour le moment.

Deux mois plus tard, Saint-Mars demande, encore une fois, un valet pour Lauzun. Voilà la réponse de Louvois :

« *11 mars 1675,*
« *Si vous pouvez trouver un valet qui soit propre à servir M. de Lauzun, vous pouvez le lui donner, mais, pour quelque raison que ce puisse être, il ne faut point que vous lui donniez le prisonnier que le sieur de Vauroy vous a amené, qui ne doit servir, en cas*

de nécessité, qu'à M. Fouquet, ainsi que je vous l'ai mandé. »

C'est la seconde fois que le ministre nous révèle son inquiétude. Il y reviendra plus tard, avec des précisions minutieuses.

*

Pendant trois ans, nous ne savons plus rien de Dauger, qui reste toujours dans sa chambre forte.

Vers la fin de 1678, Saint-Mars écrit une lettre au roi, toujours sur le même sujet. Lettre infiniment précieuse, et qui nous permettrait sans doute de deviner le secret du Masque. Naturellement, elle est « perdue », mais nous avons la réponse de Louvois (27 décembre 1678). Le ministre annonce à Saint-Mars que Sa Majesté profiterait « *de l'avis qu'il lui donnoit* au sujet du prisonnier que le sieur de Vauroy lui avoit amené ».

Iung nous dit : « Quel était cet avis ? Je n'ai pu en découvrir le sens. »

Nous pouvons peut-être nous en faire une idée, par le fait qu'un mois plus tard, Dauger est mis officiellement au service de Fouquet.

On peut imaginer que Saint-Mars a affirmé, une fois de plus, son entière confiance en la discrétion de Dauger. Le captif lui a donné sa parole d'honneur, il a juré sur les livres saints de ne jamais rien révéler au surintendant. De plus, il ne couchera pas dans sa chambre, et dans la journée, leurs conversations seront toujours surveillées par un officier, ou par Saint-Mars lui-même. D'autre part, la santé du captif n'est pas très bonne. S'il reste confiné dans sa solitude, il va probablement devenir fou ou mourir.

Il est possible que Louis XIV ait cédé à un mouvement de pitié, mais une autre objection se présente. Dauger va-t-il porter le masque ? On n'a encore jamais parlé de cet accessoire, qui ne sera utilisé qu'à Sainte-Marguerite ; Fouquet serait vraiment très intrigué par cet homme masqué, et pourrait en tirer des conclusions.

Sans masque, le visage de Dauger fait partie de son secret. On craint que Lauzun ne le voie, on le cachera aux sentinelles de Sainte-Marguerite, aux passants sur les routes, on le cachera à du Junca, et au médecin de la Bastille. Si Fouquet le voit, il va le reconnaître immédiatement.

Le roi a donc consenti à cette révélation ?

On peut admettre que Fouquet ne sortira jamais de prison, non plus que le Masque, et que ce qu'ils pourraient se dire l'un de l'autre n'a aucune importance, mais cette réponse, à peu près valable pour le moment, nous paraîtra faible par la suite.

Voilà donc Dauger « valet de Fouquet ».

*

Il convient d'examiner cette situation, qui confirme si bien « ce n'est qu'un valet ».

Si Dauger est gentilhomme, pourquoi l'a-t-il acceptée ?

On peut d'abord répondre qu'un homme jeune, après neuf ans de captivité, acceptera n'importe quoi pour échapper à la solitude ; et d'autre part, Dauger ne sera pas un valet ordinaire.

Les valets couchaient dans une alcôve de la chambre de leurs maîtres ; une lettre de Louvois va nous révéler que Dauger réintégrait chaque soir sa propre chambre forte.

Le ministre vient d'apprendre, vers la fin de mars 1680, au lendemain de la mort du surintendant, que Lauzun et Fouquet avaient de longues conversations à travers un trou percé dans le plafond. Il répond le 8 avril 1680 :

« Le roi a appris par votre lettre la mort de M. Fouquet, et le jugement que vous faites que M. de

Lauzun sait la plupart des choses importantes dont M. Fouquet avait connaissance, et que le nommé La Rivière ne les ignore pas. »

Saint-Mars n'a donc pas dit que Dauger, lui non plus, ne les ignorait pas. Pourquoi ?

Parce que les conversations clandestines entre Lauzun et Fouquet avaient lieu la nuit ; La Rivière y a assisté, car il dormait dans la chambre de Fouquet. Dauger dormait dans son propre cachot, si longuement aménagé par Saint-Mars onze ans plus tôt.

Il ne faut donc pas croire que Dauger va laver la vaisselle ou balayer la chambre du surintendant : il y a déjà La Rivière, qui est un professionnel, et qui est certainement chargé des besognes serviles ; Dauger n'a été sans doute qu'un compagnon, et peut-être un secrétaire, car Fouquet composait des poèmes, écrivait des mémoires financiers ou des méditations chrétiennes.

De plus, il est probable que ces visites quotidiennes avaient lieu sous la surveillance de l'un des officiers de Saint-Mars.

Ces explications peuvent justifier l'attitude de Dauger ; mais pourquoi Saint-Mars a-t-il proposé de mettre le mystérieux captif en contact quotidien avec le surintendant ?

L'impossibilité de trouver un second valet pour Fouquet est une comédie. On comprend que les valets refusent de supporter les coups de canne de Lauzun. Fouquet, au contraire, est un homme d'une grande intelligence, d'une grande bonté, d'une grande générosité, en somme, le meilleur des maîtres, et les valets ne manquent pas dans la prison.

À mon avis, Saint-Mars s'est pris de pitié, peut-être d'amitié pour le captif qui ne lui a jamais donné aucun sujet de plainte. Il avait bien dit devant M. de Vauroy, qu'il « lui mettrait son épée dans le ventre, s'il lui parlait d'autre chose que de ses nécessités », mais je suis sûr qu'il ne l'a pas fait quand le malheureux lui a raconté son histoire.

181

D'ailleurs, il s'est porté garant de la discrétion de Dauger ; il a une entière confiance en sa parole. Comment cela serait-il possible s'il n'avait jamais eu avec lui la moindre conversation ? Je suis persuadé qu'il est allé parfois lui tenir compagnie (témoignage Blainvilliers) et c'est peut-être Dauger lui-même qui lui a demandé de faire cette proposition au ministre.

*

Quoi qu'il en soit, Dauger va voir Fouquet tous les jours. Maurice Duvivier nous dit :

« Il est douteux qu'Eustache, soumis par principe à sa consigne, se soit nommé, au moins dès le début. Fouquet, assurément, flaira un mystère, mais il était trop sage pour insister. La piété fut un lien entre les deux hommes : Fouquet, vers ce temps, composait un ouvrage mystique intitulé La Sagesse de Salomon, *dont Eustache fut, je pense, le premier lecteur, voire même le copiste. »*

Ceci n'est pas impossible.

Le 23 novembre, près d'un an après l'entrée en service de Dauger, Louvois écrit à Fouquet une lettre fort mystérieuse :

« 23 novembre 1678,

« Monsieur, c'est avec beaucoup de plaisir que je satisferais au commandement qu'il a plu au roi de me faire, de vous faire donner avis que S.M. est en disposition de donner dans peu de temps des adoucissements fort considérables à votre prison ; mais, comme elle désire auparavant être informée si le nommé Eustache que l'on vous a donné pour vous servir n'a point parlé devant l'autre valet qui vous sert de ce à quoi il a été employé avant que d'être à Pignerol, S.M. m'a commandé de vous le demander et de vous dire qu'elle s'attend que, sans aucune

considération, vous me manderez la vérité de ce que dessus, afin qu'elle puisse prendre les mesures qu'elle trouvera plus à propos sur ce qu'elle apprendra par vous que ledit Eustache aura pu dire de sa vie passée à son camarade. L'intention de S.M. est que vous fassiez réponse à cette lettre en votre particulier, sans rien témoigner de ce qu'elle contient à M. de Saint-Mars. »

Il est tout à fait incroyable que Louvois ait infligé à Saint-Mars un pareil affront.

Il écrit personnellement au prisonnier, et lui dit que Sa Majesté lui recommande de ne pas révéler au gouverneur le contenu de cette lettre, ni celui de la réponse qu'il y fera !

A-t-on dit au fidèle geôlier, entièrement responsable de ses prisonniers, que Sa Majesté lui interdisait de prendre connaissance du message ? Il en serait tombé malade de honte et de chagrin. À mon avis, il en a certainement reçu le double.

Nous avons une lettre de Louvois, à propos de Lauzun, qui nous éclaire sur l'hypocrisie de ses procédés.

Il conseille à Saint-Mars de donner à Lauzun un sceau et de la cire d'Espagne pour cacheter ses lettres, mais d'avoir un double de ce sceau, afin de pouvoir les lire et refaire ensuite le cachet.

Dans une autre lettre, il permet à Saint-Mars d'annoncer à Lauzun les victoires du roi en Hollande, mais d'ajouter qu'en lui faisant part de ces nouvelles, il trahit la confiance du ministre et du roi.

Il est donc tout à fait certain que Saint-Mars a reçu la lettre de Louvois pour Fouquet largement timbrée des sceaux du ministère, mais accompagnée d'une copie pour lui.

Ce qui est très remarquable, c'est le contenu de la missive.

Ainsi donc, neuf ans après l'incarcération de Dauger, le roi Louis XIV voudrait bien savoir si ce

« valet » a pu révéler à un valet professionnel « ce à quoi il a été employé » ainsi que « sa vie passée ».

Cette inquiétude du roi est très étrange.

Et d'abord, pourquoi poser cette question à Fouquet ? Saint-Mars est là pour y répondre, après avoir « cuisiné » les deux valets, et les avoir espionnés « à travers un trou percé au-dessus de la porte », selon son habitude.

Pourtant, le fait est là ; c'est Fouquet que l'on interroge, et on lui demande de répondre directement au roi « en votre particulier, sans rien témoigner de ce qu'elle contient à M. de Saint-Mars ». Ce sera donc un secret entre le roi et le captif, ce qui est incroyable.

Sur un ton doucereux et d'une hypocrisie évidente, Louvois promet des « adoucissements considérables » si le malheureux surintendant répond « sans aucune considération », c'est-à-dire sans tenir compte des conséquences que pourrait avoir cette réponse en ce qui concerne le sort des deux valets.

On se demande où serait le mérite de Fouquet, si Eustache n'a rien dit à La Rivière ? Où serait sa faute si Eustache a parlé ? Et d'autre part, comment Fouquet pourrait-il savoir ce que les deux hommes ont pu se dire ?

On comprendrait que le roi lui demandât : « Eustache vous a-t-il raconté sa vie ? »

En réalité, la première question n'est qu'un piège pour obtenir une réponse à la seconde.

La pensée qui vient à l'esprit, c'est qu'une ruse aussi naïve ne pouvait tromper un homme aussi fin que le surintendant ; emprisonné pour avoir su trop de secrets, on pense qu'il n'a pas avoué qu'il en connaissait un nouveau.

Cependant, dix-sept ans de captivité avaient peut-être affaibli, et comme engourdi, cette intelligence si pénétrante, et c'est un fait que les « adoucissements » promis par Louvois lui furent accordés.

Il lui fut permis de se promener sur les remparts

avec ses deux valets, sous la surveillance de Saint-Mars en personne.

Avait-il avoué ce qu'il savait de Dauger ? Et qu'en savait-il ? Ici, nous sommes dans la nuit, et sans aucune base qui puisse supporter une hypothèse.

*

C'est sans doute à cette époque que le surprenant Lauzun réussit à percer un trou dans le plafond de sa chambre et à s'entretenir avec Fouquet.

Il est peu croyable, à cause des visites quotidiennes et des perquisitions fréquentes de Saint-Mars, que ce trou ait été assez grand pour laisser passer un homme. Comme il s'ouvrait sur deux cellules, il eût été fatalement découvert chez l'un ou l'autre des prisonniers. Il était toutefois assez grand pour des conversations certainement nocturnes, auxquelles Dauger n'assistait pas.

Au début de 1679, une nouvelle lettre de Louvois ; Louis XIV a décidé que Fouquet et Lauzun pourront se rendre visite ; le ministre est affolé à l'idée que Dauger, valet de Fouquet, va rencontrer Lauzun :

« Toutes les fois que M. Foucquet descendra dans la chambre de M. de Lauzun ou que M. de Lauzun montera dans la chambre de M. Foucquet, ou quelque étranger, M. de Saint-Mars aura soin de retirer le nommé Eustache et ne le remettre dans la chambre de M. Foucquet que lorsqu'il n'y aura plus que lui et son ancien valet. Il en sera de même lorsque M. Foucquet ira se promener dans la citadelle, faisant rester ledit Eustache dans la chambre de M. Foucquet et ne souffrant point qu'il le suive à la promenade que lorsque mondit sieur Foucquet ira seul avec son ancien valet dans le lieu où Sa Majesté a trouvé bon depuis quelque temps que M. de Saint-Mars lui fait prendre l'air. »

Cette fois, notre conviction est faite. Ou bien Lauzun connaît Dauger, ou bien Dauger ressemble de façon frappante à quelqu'un que connaît Lauzun. Je ne vois pas comment sortir de ce dilemme.

À partir du 18 janvier 1679, Fouquet et Lauzun pourront se rendre visite, déjeuner ensemble, se promener ensemble. Louvois est extrêmement inquiet ; non pas à cause des deux illustres captifs, mais toujours à cause d'Eustache. Il écrit à Saint-Mars :

« *15 février 1679,*
« *Sa Majesté s'en remet à vous de régler avec M. Foucquet, comme vous le jugerez à propos, ce qui regarde la sûreté du nommé Eustache Dauger, vous recommandant surtout de faire en sorte qu'il ne parle à personne en particulier.* »

Cette recommandation nous prouve que les captifs ne sont jamais laissés sans surveillance. C'est toujours Saint-Mars qui les conduit en promenade, et leurs déjeuners sont surveillés par un officier.

Quant à « Sa Majesté s'en remet à vous », il me semble que cela veut dire « faites comme il vous plaira, et prenez-en la responsabilité, moi, je m'en lave les mains ».

Un peu plus tard, Lauzun et Fouquet sont autorisés à recevoir des visites de l'extérieur. Des notables de Pignerol viennent s'asseoir à leur table, d'autres fois ils vont dîner chez Saint-Mars, avec des officiers et des personnes de qualité.

Il est certain que les deux valets ne participent pas à ces réjouissances.

15

LE POISON

Seize ans plus tôt, au lendemain du départ pour la prison lointaine, Mme de Sévigné était déjà très inquiète. Elle connaissait la terrible parole du roi déçu : « S'ils l'avaient condamné à mort, je l'aurais laissé mourir. »

Elle craignait pour la vie de son ami, car Louis XIV avait fait enfermer à la Bastille le médecin et le valet de chambre qui avaient voulu suivre leur maître :

« *Lundi soir, 21 décembre 1664,*
« *Si vous saviez comme cette cruauté paraît à tout le monde, de lui avoir ôté ces deux hommes, Pecquet et Lavalée : c'est une chose inconcevable...* On en tire même des conséquences fâcheuses... »

« *Vendredi soir, 26 décembre 1664,*
« *Notre cher ami est par les chemins. Il a couru un bruit ici qu'il était bien malade. Tout le monde disait : "Quoi ? Déjà ?" On disait à la Cour que M. d'Artagnan avait envoyé demander ce qu'il ferait de son prisonnier malade, et qu'on lui avait répondu durement qu'il le menât toujours, en quelque état qu'il fût.* »

Guy Patin, qui fut un médecin célèbre, nous a laissé un recueil de *Lettres familières*.

Dans celle de décembre 1664, il ne cachait pas son inquiétude :

« *Le Roi a converti l'arrêt de bannissement en prison perpétuelle, et plaise aux Dieux que cela ne dégénère pas en condamnation à mort, car quand on est entre quatre murailles, on ne mange pas ce qu'on veut, et on mange parfois plus qu'on ne veut ; et de plus, Pignerol produit des truffes et des champignons : on y mêle parfois de dangereuses sauces pour nos Français, quand elles sont apprêtées par des Italiens...* »

Après cette crainte formellement exprimée, le prudent Guy Patin ajoute :

« *Ce qui est bon, c'est que le Roi n'a jamais fait empoisonner personne, mais en pouvons-nous dire autant de ceux qui gouvernent sous son autorité ?* »

En 1664, le roi, par sa Gestapo postale, sait que beaucoup de gens s'attendent à l'assassinat du condamné. Il sait que Fouquet a quitté Paris sous les acclamations de la foule. On chante des complaintes sur le Pont-Neuf, qui disent les souffrances de l'innocent, des anonymes font circuler de petits poèmes sur la lâcheté des juges. Le roi se souvient de la Fronde. Il a peur, et il attend. Il attendra seize ans, car les amis de Fouquet s'obstinent à l'aimer ; le roi sait bien que Boileau, La Fontaine, Molière, Racine, Mme de Sévigné, Pomponne espèrent le geste de pardon, et que la grandiose *Élégie aux nymphes de Vaux* (qui a valu au poète de perdre sa pension) est devenue le plus célèbre poème du siècle.

La constance, la fidélité des amis du prisonnier, au lieu de le toucher, l'irritent, et sa haine s'accroît avec le temps. Enfin, en 1674, la veuve Scarron est entrée en scène, et devient Mme de Maintenon. Elle a eu des rapports douteux avec Fouquet, qui, jadis, lui a donné une importante somme d'argent ; il est probable qu'elle lui a accordé ses faveurs ; en tout cas, tout le monde le croit. Comme elle a l'intention, si la reine meurt, d'épouser le roi, elle hait Fouquet, et son influence sur Louis XIV est la plus forte qu'il ait jamais subie. Cette femme prude et bigote ne sera pas tranquille tant que vivra cet ancien amant qu'on lui prête, à tort ou à raison. Elle a certainement fait tout ce qui lui a été possible pour le perdre.

En 1678, Louvois écrit la mystérieuse lettre dont nous avons parlé plus haut : Eustache a-t-il révélé son passé à La Rivière ? Fouquet se laisse prendre au piège. Il avoue qu'il a lui-même appris le secret de Dauger, et assure le roi de sa discrétion, de son entier dévouement, il restera, quoi qu'il arrive, muet comme une tombe.

Voilà un motif nouveau : Fouquet connaît le secret que l'on garde si sévèrement depuis dix ans, et qu'on gardera pendant trente-quatre ans. Il est donc plus dangereux que jamais, et, dans l'intérêt de l'État, il faut en finir.

Le roi n'a pas eu besoin de donner un ordre formel à Louvois ; il eût été forcé de s'en accuser en confession, car il a peur de l'enfer ; mais, entre fourbes, on se comprend à demi-mot et parfois par un regard ou une attitude.

Louvois, l'habile et tortueux Louvois, estime qu'il faut préparer longuement et habilement cette exécution, qui risque de faire grand bruit.

On va donc accorder à Fouquet tous les « adoucissements » possibles, pour faire croire à une grâce prochaine.

Dès le début de 1679, Fouquet et Lauzun sont autorisés à se rencontrer, à déjeuner ensemble, à se promener ensemble. Ils figurent souvent à la table de Saint-Mars... Louvois prend soin de le faire savoir à la Cour, puisque Mme de Sévigné écrit :

« Cette permission qu'ils ont de se voir eux-mêmes, manger et causer ensemble est une des plus sensibles joies qu'ils auront jamais... »

On apprend ensuite que la famille de Fouquet est allée lui rendre visite à Pignerol, et que sa fille a été autorisée à rester auprès de lui.

On apprend enfin que le roi a permis au prisonnier de recevoir son homme d'affaires, afin qu'il sache où il en est au moment où il sera mis en liberté. Ses amis sont en pleine euphorie et ils l'attendent d'un jour à l'autre.

C'est alors que, le 18 août 1679, Louvois écrit à Saint-Mars :

« Puisque vous avez quelque chose à me faire savoir que vous ne pouvez confier à une lettre, vous pouvez envoyer ici le sieur de Blainvilliers pour m'en rendre compte. »

Voici une lettre tout à fait extraordinaire. Le ministre et le geôlier échangent souvent des secrets, dans des lettres marquées d'une croix, qu'on ne remet qu'en mains propres au destinataire. Qu'a-t-il pu se passer dans la prison qui soit un si grand secret ?

De plus, la rédaction de cette lettre me semble étrange.

Selon ce texte, Saint-Mars aurait donc écrit :

« Comme j'ai à vous informer d'un secret que je ne puis confier à une lettre, je vous prie d'autoriser Blainvilliers à vous rendre visite à Paris, où d'ailleurs il a des affaires personnelles à régler. »

Dans ce cas, le ministre eût répondu :

« J'attends votre messager. »

Tout d'abord, Saint-Mars était bien trop prudent pour révéler, dans une lettre, l'existence d'un secret qu'on ne peut pas confier à une lettre.

De plus, Louvois n'eût pas répété cette phrase dans la réponse qu'il dicta à ses commis : un secret « qu'on ne peut pas confier à une lettre » a certainement excité leur curiosité. Pourquoi le ministre l'a-t-il fait délibérément ?

Voici une explication qui me semble satisfaisante : Saint-Mars n'a jamais écrit la lettre à laquelle Louvois est censé répondre. C'est le ministre qui a un secret qu'il ne peut confier à une lettre ; c'est pourquoi il convoque Blainvilliers.

C'est parce qu'on le verra au ministère qu'il faut justifier par avance sa venue : c'est Saint-Mars qui l'a envoyé, pour apporter au ministre un secret de Pignerol. En réalité, il vient prendre les ordres, des ordres qu'il n'est pas possible d'écrire, et qui sont un secret de Paris.

Le ministre s'est déjà servi de cette astuce pour convoquer Blainvilliers en novembre 1669, deux mois après l'incarcération de Dauger :

« *Puisque le sieur Blainvilliers a des affaires à Paris assez pressantes que vous me marquez, vous pouvez lui permettre d'y aller...* »

Il est donc visible que, lorsqu'il veut voir Blainvilliers, il dicte une lettre qui commence par le prétexte mensonger qui justifiera ce voyage.

Le fidèle lieutenant arrive donc au début de septembre. Il restera plus de quatre mois à Paris. Qu'a-t-il fait pendant ces cent vingt jours ? Peut-être a-t-il attendu la décision du roi ? Toujours est-il qu'il repart vers le 10 janvier 1680. Il rapporte à Saint-Mars une gratification de 18 millions, et les ordres secrets qu'on n'avait pas pu « confier à une lettre ».

Immédiatement, le régime de la prison change ; les visites sont étroitement surveillées et de moins en moins autorisées. La fille et l'épouse de Fouquet le quittent. Le 23 mars 1680, soixante jours après le retour de Blainvilliers, Fouquet meurt en quelques heures, au moment même où la bonté du roi allait le rendre à ses amis !

Pour prouver que l'on ne craint pas une autopsie, le roi ordonne de rendre le corps à la famille, si elle le désire, pour le transporter où elle voudra.

Cette offre est une odieuse manœuvre. Lorsque Louvois la fait au fils de Fouquet, le surintendant est mort depuis seize jours.

Pour que M. de Vaux reçoive la lettre du ministre et qu'il vienne jusqu'à Pignerol, il faudra certainement une semaine. On ne lui montrera donc qu'un cercueil, dans lequel le corps de son père achèvera de se putréfier. S'il s'agit de poisons végétaux – ceux qui étaient en usage à cette époque – l'autopsie, avec les moyens de la science en 1680, ne révélera rien. D'ailleurs, il semble bien que la famille ait suivi le conseil de Mme de Sévigné : « Puisque son âme est allée de Pignerol dans le ciel, j'y laisserais son corps après dix-neuf ans. »

Je crois que c'est ce parti qui fut pris, et que le corps du malheureux ne fut jamais remis à sa famille.

Le bibliophile Jacob l'a clairement démontré : il n'a jamais été déposé dans le caveau des Fouquet, et les recherches ultérieures ne l'ont pas retrouvé. On pense qu'il a été enseveli dans un couvent de Pignerol.

C'est sur cette mystérieuse disparition du cadavre que le bibliophile fonde sa thèse, qui voit en Fouquet le Masque de Fer.

En réalité, cette offre de Louvois, rendue publique, n'a pas d'autre but que d'annuler les soupçons. Il la renforce en faisant courir des « contre-bruits ».

C'est pourquoi nous avons plusieurs versions différentes de la mort : les uns affirment qu'il prenait les eaux à Bourbon, lorsque la joie de sa libération l'a terrassé.

D'autres vont beaucoup plus loin.

Le récit le plus remarquable, et le plus circonstancié, est celui de Picon, collaborateur de Colbert, que Challes nous relate dans ses Mémoires. Selon la tradition des faux témoignages, le mensonge y est étayé par un grand nombre de détails :

« *L'ordre de délivrer Fouquet et de le faire venir à la Cour fut envoyé à M. de Neufville de Villeroy, archevêque, comte et gouverneur de Lyon. M. Fouquet reçut cette nouvelle avec un sang-froid qui surprit celui qui en apporta l'ordre. M. de Villeroy vint un moment après l'en féliciter et l'emmena dîner à l'archevêché. Il montra, par un visage toujours égal qu'il bravait la mauvaise fortune et méprisait la bonne. Cela donna lieu à un chanoine de Lyon, qui dînait avec eux, de citer au maire, près duquel il était, ce passage d'Horace :*

> *... Etiamsi illabitur orbis
> Impavidum ferient ruinae...*

« *Il débarqua sur le soir, mais on ne sait par quelle destinée, il trouva la mort à Chalon-sur-Saône. Il avait mangé le soir, à son souper, d'une poitrine de veau en ragoût. Il en avait même beaucoup mangé et soit que son estomac ne pût pas tout digérer, soit que la joie de son rappel, qu'il avait jusque-là renfermée dans lui-même, ne pût plus se contenir sans éclater, il appela sur les deux heures du matin et mourut une heure après dans une grande tranquillité.* »

Cette explication de la mort de l'homme assassiné, qui mêle la joie et le ragoût de poitrine de veau, est véritablement ignoble.

En vérité, nous savons de source parfaitement sûre qu'il est mort dans sa prison, le 22 ou le 23 mars 1680. La marquise, souvent bien renseignée, nous dit qu'il a eu « des convulsions, et des maux de cœur sans pouvoir vomir » ; symptômes qui ne caractérisent pas une « apoplexie », mais bien plutôt un empoisonnement.

La lettre par laquelle Saint-Mars annonçait l'événement au ministre a été « perdue », c'est-à-dire détruite, car elle appartenait au dossier de Louvois. Par bonheur, il nous reste la réponse du ministre, qui est aux Archives nationales.

On l'a trouvée dans le dossier de Pignerol, et c'est pourquoi elle n'a pas été brûlée.

Elle est datée du 8 avril, c'est-à-dire quinze jours après l'événement :

« *Le roi a appris, par la lettre que vous m'avez écrite le 23 du mois passé, la mort de M. Fouquet et le jugement que vous faites que M. de Lauzun sait la plupart des choses importantes dont M. Fouquet avait connaissance* et que le nommé La Rivière ne les ignore pas : *sur quoi Sa Majesté m'a commandé de vous faire savoir qu'après que vous aurez fait reboucher le trou par lequel MM. Fouquet et de Lauzun ont communiqué à votre insu, et cela rétabli et si solidement qu'on ne puisse travailler en cet endroit, et que vous aurez aussi fait défaire le degré qui communique de la chambre de feu M. Fouquet à celle que vous aviez fait accommoder pour Mademoiselle sa fille, l'intention de Sa Majesté est que vous logiez M. de Lauzun dans la chambre de feu M. Fouquet. Que vous persuadiez à M. de Lauzun que les* nommés Eustache Dauger et le dit La Rivière ont été mis en liberté *et que vous en parliez de même à tous ceux qui pourraient vous en demander des nouvelles ; que cependant vous les renfermiez tous deux dans une chambre où vous puissiez répondre à Sa Majesté qu'ils n'auront communication avec qui que ce soit, de vive voix ou par écrit et que M. de Lauzun ne pourra point s'apercevoir qu'ils y sont renfermés.*

« *Vous avez eu tort de souffrir que M. de Vaux ait emporté les papiers et les vers de Monsieur son père, et vous devriez faire enfermer cela dans son apparte-*

ment pour en être usé ainsi que Sa Majesté en ordonnerait.

« Vous pouvez disposer des meubles appartenant à Sa Majesté, qui ont servi à M. Fouquet, comme vous l'estimerez à propos... Au reste, vous devez être persuadé que Sa Majesté vous donnera des marques de la satisfaction qu'elle a de vos services, *dans les occasions qui pourront se présenter, de quoi je prendrai soin de le faire souvenir avec beaucoup de plaisir.*

« Lorsque Sa Majesté envoya M. de Lauzun à Pignerol elle fit un fonds nouveau pour son entretiennement. Vous trouverez ci-joint celui qui sera fait à l'avenir, tant pour sa subsistance que pour l'entretiennement de votre compagnie.

« À l'égard des autres prisonniers dont vous êtes chargé, Sa Majesté vous en fera payer la subsistance à raison de quatre livres pour chacun par jour et en m'envoyant un état tous les trois mois, je prendrai les ordres de Sa Majesté pour pourvoir à votre remboursement sur ce pied-là » (Delort, *Détention des Philosophes*, t. I, p. 317).

Ainsi donc, Saint-Mars annonce la mort du prisonnier, et il avoue en même temps une faute professionnelle des plus graves.

Alors que l'on croyait que Fouquet et Lauzun étaient parfaitement reclus, et qu'il leur était tout à fait impossible d'échanger deux mots, ils faisaient la causette toutes les nuits, depuis des années. Ainsi, lorsque le roi, avec une générosité sublime, leur a, plus tard, permis de se rencontrer, son geste a été ridiculisé par ce trou, et Saint-Mars a l'air d'un cocu. De plus, « M. de Lauzun sait la plupart des choses importantes dont M. Fouquet avait connaissance et La Rivière ne les ignore pas ».

Il y a là de quoi briser la carrière du célèbre geôlier, et l'on s'attend tout au moins à un blâme sévère, et parfaitement mérité.

Or, la réponse du ministre à cet aveu ne semble accorder à ce trou qu'une minime importance. Tout ce qu'il dit, c'est qu'il faut reboucher le trou. Puis, après les étranges recommandations touchant Dauger et La Rivière, nous lisons un paragraphe inattendu. Louvois dit carrément :

« *Vous devez être persuadé que Sa Majesté vous donnera des marques de la satisfaction qu'elle a de vos services, dans les occasions qui pourront se présenter, de quoi je prendrai soin de le faire souvenir avec beaucoup de plaisir.* »

Félicitations et satisfaction du roi, qu'on lui prouvera en toute occasion en récompense de ses « services ».

Quels services ?

Ce n'est certainement pas à cause du trou, ni parce qu'il a permis à M. de Vaux d'emporter les papiers de son père...

De plus, les félicitations et la satisfaction ont été précédées et seront accompagnées de « gratifications ».

Il faut signaler que, le 9 novembre 1677, Saint-Mars avait reçu du roi une *libéralité de 30 000 livres*, 90 millions, on ne sait pourquoi (Iung).

Treize mois plus tard, le 20 janvier 1679, Blainvilliers, revenant de Paris, lui apporte une nouvelle gratification de 15 000 livres (Iung).

135 millions de gratification, en treize mois, c'est une bonne surprise pour un geôlier qui gagne 7 millions par an.

Ceci, peu de temps avant la mort de Fouquet.

Après la mort, la pluie d'or continue. On lui donne le mobilier du mort qui doit valoir 15 à 17 millions, car celui de Lauzun, qui a la même pension que Fouquet, a coûté 30 millions (Iung, p. 199).

De plus, la révision de la pension des prisonniers, portée subitement de 2 à 4 livres par jour, est pour Saint-Mars une aubaine très remarquable.

Il a sous sa garde Matthioli, Dubreuil, le moine jacobin, et le valet de Matthioli. Pour Lauzun, il n'est certainement pas compris dans cette mesure, car sa pension est de 600 livres par mois, soit 80 000 francs par jour : c'est surprenant, mais prouvé par la correspondance. Pour le Masque et La Rivière, nous savons que leur « subsistance » coûtait 35 000 francs par jour, au départ de Pignerol. Admettons que l'augmentation ne les concerne pas.

Il reste que pour les quatre prisonniers que nous avons cités, Saint-Mars encaissera 8 livres de plus chaque jour, c'est-à-dire 24 000 francs, dont il gardera certainement le quart ou le tiers.

Il en est de même pour « l'entretiennement » de la compagnie franche, c'est-à-dire de soixante-six hommes, dont une douzaine de gradés.

Si nous admettons une augmentation de 5 sous par homme, nous arrivons au total de 39 000 francs par jour, dont Saint-Mars peut disposer à son gré, c'est-à-dire qu'il s'en attribue certainement une bonne part ; s'il est généreux, il n'en gardera que le tiers.

Faisons le compte.

de novembre 1677 au 23 mars 1680, Saint-Mars a reçu en vingt-huit mois :

Appointements	37 000 000
Meubles Fouquet	17 500 000
Gratifications	135 000 000
	189 500 000

Sur la pension des prisonniers : 6 250 par jour.

Sur la nourriture des soldats : 12 500 par jour, soit au total 18 750 par jour, soit une augmentation de salaire de 6 750 000 francs par an. Rappelons qu'il est de plus logé, nourri et servi.

Il est étrange que cet enrichissement subit coïncide

avec la mort, également subite, du malheureux surintendant, et il n'est pas nécessaire d'avoir « le mauvais esprit » pour en conclure que Saint-Mars l'a empoisonné, sur l'ordre verbal de Louvois transmis par le cousin Blainvilliers. Celui-ci, en récompense de ses propres services en cette affaire, *est immédiatement promu major de la citadelle de Metz*.

Presque tous les historiens refusent d'admettre le crime, et pensent que le roi allait véritablement gracier Fouquet ; il m'est impossible d'y croire.

Louis XIV a gardé Matthioli jusqu'à la mort du malheureux, ainsi que le Masque, ainsi que La Rivière ; il a fait décapiter Fargues, il a fait rouer vif en place publique Roux de Marcilly, enlevé en Suisse, parce qu'il avait préparé à Londres un complot contre le roi, complot dont nous savons qu'il n'a jamais reçu le moindre commencement d'exécution. Il a fait... Mais il est plus court de dire ce qu'il n'a pas fait : il n'a jamais fait grâce à personne, s'il n'y avait pas un intérêt personnel.

Condé, Turenne, Longueville, Gondi sont rentrés en grâce après la Fronde ; il avait peur d'eux, et il avait besoin d'eux ; mais l'histoire du gentil Fargues prouve jusqu'à l'écœurement l'affreuse ténacité de ses rancunes. Il est tout à fait impossible qu'il ait pardonné à Fouquet, et surtout parce qu'il était innocent.

Le danger qu'il représentait après dix-neuf ans de captivité était plus grand que jamais, s'il avait pu fuir à l'étranger. Ni Colbert ni Mme de Maintenon ne pouvaient accepter sa grâce, et de plus, il savait désormais les secrets de Dauger.

Enfin, nous avons, dans la lettre de Louvois, d'autres preuves.

Pour quelle raison Dauger et La Rivière sont-ils mis au secret ensemble pendant que l'on annonce leur libération ?

C'est parce qu'ils savent que Fouquet a été empoisonné.

Qui a fait le coup ? C'est Saint-Mars, à qui Blainvilliers a rapporté les ordres de Paris. Il n'a pas eu à se procurer le poison : il en avait un sac dans son armoire.

En effet, en 1673, Saint-Mars avait écrit à Louvois :

« J'ai prié M. de Saint-Léon de faire mettre en prison un homme qui tient cabaret en ville pour ne m'être pas venu donner avis d'une valise qu'il tenait entre ses mains, du nommé Plassot, laquelle était remplie de poisons bien connus et avérés. »

Le commissaire des guerres, Loyauté, avait écrit à son tour :

« M. de Saint-Mars a envoyé quérir ledit sac dont il vous informe, où il s'est trouvé des poudres vénéneuses dedans. »

Saint-Mars a très probablement gardé ce sac, à tout hasard, mais il n'a pas su mesurer l'effet de ses poudres. Au lieu de tomber foudroyé, ou de mourir sans bruit pendant son sommeil, le malheureux Fouquet a souffert quelques heures. Il a compris qu'il était empoisonné, il l'a crié devant ses valets. C'est pourquoi ils ont été ensevelis dans un éternel silence. Jamais plus leurs noms ne seront mentionnés dans une lettre : ils auront été définitivement supprimés par l'annonce de leur mise en liberté.

Si la mort de Fouquet avait été naturelle, on eût conservé ces précieux témoins. Leur disparition prouve le crime.

*

Cette fausse annonce de leur libération est un coup de génie.

1° Cette libération prouve que Dauger n'était qu'un véritable valet, libéré à la mort de son maître, selon l'usage.

2° Si Fouquet a parlé de Dauger à Lauzun, à travers

le trou du plafond, et s'il lui a révélé son secret, Lauzun sera convaincu que ce secret n'était que l'invention d'un valet mégalomane, c'est pourquoi Louvois recommande tout spécialement d'annoncer la libération d'abord à Lauzun, puis à tout le monde.

3° Nous verrons un peu plus loin une autre raison de ce mensonge, raison qui est sans doute la principale.

Dès la réception de cette lettre, Dauger et La Rivière sont enfermés dans un vrai cachot de « la tour d'en bas ».

La chambre de Dauger reste vide, et peut-être grande ouverte, pour prouver sa libération. C'est sans doute Saint-Mars lui-même qui leur portera, chaque nuit, la nourriture de la journée. Ils resteront ainsi confinés de la fin avril 1680 au 10 octobre 1681.

Quel sera désormais le sort de La Rivière, qui n'a jamais été jugé ni condamné ? Je suis persuadé qu'il devient, dès le premier jour de leur escamotage, le valet de Dauger. Il continuera à toucher ses gages, cinquante livres par mois ; en effet, en 1687, au moment de quitter Exiles, et à la veille de sa mort, il demandera à faire son testament.

Nous en reparlerons assez longuement plus loin.

*

Deux mois après cet escamotage, nous avons un très étrange épisode, qui semblait justifier la thèse de Maurice Duvivier ; il soutenait, en effet, qu'Eustache Dauger de Cavoye, son candidat, avait été un empoisonneur de profession.

Or, le 16 mai 1680, M. de Saint-Pouenges, parent de Louvois qu'il remplace pendant ses absences, répond à une lettre de Saint-Mars, lettre qui est « perdue » :

« En l'absence de M. de Louvois, j'ai ouvert la lettre que vous lui avez écrite le 4 de ce mois, dont j'ai

rendu compte au roi. Sa Majesté m'a commandé de vous faire savoir qu'elle désire que vous lui adressiez les papiers que vous avez trouvés dans les poches des habits de M. Fouquet, aussi bien que ceux que vous demande M. de Vaux, si vous les avez. »

Maurice Duvivier s'étonne de cette lettre, et il dit (Duvivier, p. 237) :

« Pourquoi, d'abord, cette communication venait-elle si tard ? On ne saurait croire que le gouverneur eût mis six semaines à découvrir des papiers qui n'étaient nullement cachés, puisqu'ils se trouvaient dans les poches du défunt. Dès le jour du décès, Saint-Mars avait appris la communication clandestine ; cela devait le mettre en humeur de perquisition, et l'on se rappelle combien il était enclin à inspecter les vêtements, jusqu'en leurs plus intimes doublures. Tout au moins, il aurait dû faire cette inspection après s'être entendu reprocher d'avoir remis au fils de Fouquet des écritures insignifiantes, les œuvres poétiques du pauvre surintendant. Pourquoi enfin ne pas envoyer les papiers annoncés ? Si importants qu'ils fussent, il pouvait toujours les adresser à Louvois personnellement, comme, d'ailleurs, il finit par le faire. À ces questions, il n'y a qu'une réponse aussi évidente que troublante : le gouverneur avait sur le cœur quelque chose qu'il n'osait écrire. Il avait supposé que Louvois profiterait de son séjour dans le Midi pour faire une visite des places fortes, et qu'il viendrait à Pignerol, où l'on pourrait causer. C'était cette conviction seule qui l'avait décidé à faire sa communication. Mais qu'avait-il donc à raconter... ou à confesser ?

« La suite est plus étrange : à la lettre de Saint-Pouenges, le gouverneur ne répondit pas et il n'envoya rien. Lui, l'homme de l'obéissance, il fit celui qui n'a pas entendu ! »

À notre avis, cette lettre n'a rien d'extraordinaire. Saint-Mars a trouvé « des papiers dans les poches des habits de M. Fouquet » où il n'est nullement question de poisons, et il n'est absolument pas étonnant que Fouquet, qui avait la permission d'écrire et de recevoir des lettres, en ait eu quelques-unes dans les poches de ses habits.

Ce n'étaient sans doute pas des papiers compromettants, car Saint-Mars avait coutume de fouiller ses prisonniers à l'improviste, et Fouquet ne se fût pas exposé à déplaire au roi alors qu'il en attendait sa grâce.

À la réflexion, il n'est pas impossible que le malheureux, se sentant perdu, ait écrit à son fils une courte lettre pour lui dire qu'il mourait empoisonné et l'informer, à la hâte, de ses dernières volontés. Il avait caché cette lettre dans l'un de ses habits, en espérant que son fils emporterait pieusement ses objets personnels et ses derniers costumes.

M. de Vaux est venu, il a pris des papiers (lettre du 8 avril), il n'a pas emporté les habits, il n'a pas pensé à les fouiller. Saint-Mars lui-même ne l'a fait que quarante-deux jours plus tard, ce qui est surprenant ; mais de toute façon, cette lettre ne concerne pas Dauger.

Saint-Mars n'a pas répondu à M. de Saint-Pouenges, qui n'est qu'un suppléant. Le 29 mai, Louvois qui était à Barèges pour prendre les eaux le rappelle à l'ordre, et réclame les papiers de toute urgence. Saint-Mars lui répond le 8, et sa lettre évidemment ne nous est pas parvenue.

Il a sans doute envoyé les fameux papiers.

Louvois lui répond le 22 juin :

« *Vos lettres du 22 du mois passé et du 8 courant m'ont été rendues. Vous pouvez mettre en liberté le valet qui a été à M. de Lauzun, lui faisant appréhender que, s'il approchait de dix lieues de Pignerol, il pourrait être envoyé aux galères.*

« Sa Majesté pourvoira incessamment au paiement du mémoire que vous m'avez envoyé.

« À l'égard de la feuille volante qui accompagnait votre lettre du 8, vous avez eu tort de ne pas me mander ce qu'elle contient dès le premier jour que vous en avez été informé. Au surplus, je vous prie de m'envoyer dans un paquet ce que vous avez trouvé dans les poches de M. Fouquet, afin que je puisse le présenter à Sa Majesté. »

Cette seconde lettre est déjà plus mystérieuse que la première. Elle nous révèle que Saint-Mars a envoyé au ministre une lettre accompagnée d'une feuille volante, comme il le faisait chaque fois qu'il s'agissait d'un secret. Quelle en était la teneur ? Rien ne nous permet la moindre certitude. Nous savons seulement qu'il s'agit de faits qui semblent remonter à la mort de Fouquet, c'est-à-dire à deux mois plus tôt (23 mars). Quant au mot *paquet*, il semble que Duvivier ait raison, et que ce paquet devait contenir un objet plutôt qu'une lettre ; cet objet n'est pas nécessairement un flacon de pilules empoisonnées, mais il doit avoir une certaine importance, puisque Louvois veut le présenter au roi.

Saint-Mars ne répond que le 4 juillet (lettre perdue), et le 10, voici une étrange lettre de Louvois :

« *Saint-Germain, 10 juillet 1680,*

« *J'ai reçu, avec votre lettre du 4 de ce mois, ce qui y était joint, dont je ferai l'usage que je dois. Il suffira de faire confesser une fois l'année les prisonniers de la tour d'en bas.*

« *À l'égard du sieur de Lestang* [Matthioli] *j'admire votre patience et que vous attendiez un ordre pour traiter un fripon comme il le mérite quand il vous manque de respect.*

« *Mandez-moi comment il est possible que le nommé Eustache ait fait ce que vous m'avez envoyé, et où il a pris les drogues nécessaires pour le faire, ne pouvant croire que vous les lui ayez fournies.* »

Le paragraphe intercalaire sur Matthioli n'a aucune importance. Il semble avoir été mis là pour donner à la lettre le caractère d'une lettre de routine, qui traite de sujets divers, mais le dernier paragraphe est un post-scriptum, de la main de Louvois lui-même, qui n'a pas voulu le dicter à son secrétaire.

De cette lettre, Maurice Duvivier conclut que Fouquet a été empoisonné par Dauger, qui a fabriqué lui-même le poison avec des drogues, à l'instigation de Lauzun, devenu l'ennemi de Fouquet, ou de Colbert, qui craignait son retour aux Finances. L'un ou l'autre aurait promis à Dauger sa libération.

Sa démonstration longue, détaillée, subtile, n'est pourtant pas convaincante.

Tout d'abord, on ne voit pas comment Colbert aurait pu entrer en communication avec Dauger. D'autre part, la libération de Fouquet ne l'eût nullement gêné, car même si le roi l'avait gracié, il n'eût jamais remis aux Finances celui qu'il avait fait condamner pour péculat, car il eût ainsi reconnu sa parfaite innocence.

Quant à Lauzun, ce n'était pas un si méchant homme : capable, peut-être, de tuer quelqu'un à la main, mais non par le poison. De plus, il n'était guère en état de promettre sa liberté à Dauger. Enfin, nous savons que Saint-Mars a toujours pris grand soin d'empêcher une rencontre Lauzun-Dauger, et il est certain qu'ils ne se sont jamais rencontrés.

Enfin, nous poserons la même question que Louvois : comment Dauger aurait-il pu se procurer des drogues pour fabriquer le poison ? Le malheureux n'est jamais seul, et ne fréquente personne qui ait l'autorisation de sortir de la prison, sauf Saint-Mars.

J'en conclus qu'il est faux que Dauger ait tué Fouquet.

Mais alors, que signifient ces lettres ? Elles signifient ce que Maurice Duvivier a cru, mais il s'agit certainement d'une machination.

La mort subite du captif faisait grand bruit à Paris.

*

Nous avons vu que Louvois avait lancé des contre-bruits. Il a fait mieux.

Craignant qu'un jour la vérité ne fût connue, il a préparé son explication ; quelque temps après la mort de M. Fouquet, on a découvert qu'il avait été empoisonné par ses deux valets si imprudemment remis en liberté, et qui se sont probablement réfugiés à l'étranger. Lauzun est témoin de leur libération.

On pourrait refuser d'admettre l'ignominie de cette fausse accusation contre deux innocents.

En réalité, Louvois sait bien qu'elle n'aura jamais la moindre conséquence pour eux, car on va les cacher jusqu'à la fin de leur vie, et que jamais plus, dans aucune lettre, leur nom ne sera prononcé.

De plus, le fait que Dauger aurait empoisonné son maître prouve, une fois de plus, que ce n'était qu'un valet criminel.

Finalement, l'autopsie n'ayant pas eu lieu, l'empoisonnement du surintendant n'a pas été prouvé, et l'accusation, devenue inutile, n'a pas été formulée publiquement, mais on a pris soin de la laisser à notre usage, dans le dossier.

16

EXILES ET SAINTE-MARGUERITE

LE 12 mai 1681, M. de Saint-Mars est nommé gouverneur du fort d'Exiles, qui n'a jamais été une prison.

Louvois annonce cette nomination par deux lettres. La première, à M. de Chaunoy, commissaire des guerres qui a remplacé le sieur Poupart, et qui est chargé des approvisionnements et des bâtiments de l'armée. La seconde à Saint-Mars, c'est-à-dire qu'il reprend ses procédés de 1669, douze ans plus tard.

Voici la lettre à M. du Chaunoy, qui précède celle adressée à Saint-Mars, comme celle au sieur Poupart avait précédé la première, qui annonçait l'arrivée d'Eustache.

Lettre de Louvois à du Chaunoy, 11 mai 1681 :

« La mort de M. le duc de Lesdiguières ayant fait vaquer le gouvernement d'Exiles, le roi l'a donné à M. de Saint-Mars, et comme Sa Majesté désire que deux des prisonniers qui sont à sa garde y soient transférés pour y être avec autant de sûreté qu'à Pignerol, l'intention de Sa Majesté est qu'avec mondit sieur de Saint-Mars vous alliez à Exiles, pour examiner l'état des lieux où ils pourront être enfermés, et les réparations qu'il y a à faire, pour y rétablir une entière sûreté, de la dépense desquelles vous m'envoyerez un mémoire, observant que ce n'est

que du logement de ces deux prisonniers dont il doit faire mention, et que vous ne devez parler en aucune manière dans ledit mémoire de l'état présent du logement du gouverneur d'Exiles, ou des réparations qu'il pourra y avoir à faire. »

Pour ces « réparations » Saint-Mars recevra en deux fois 6 000 livres (Iung) soit 18 000 000 de francs.

Voici maintenant la lettre à Saint-Mars :

Louvois à Saint-Mars, Versailles, 12 mai 1681 :

« J'ai lu votre lettre du 3 de ce mois, par laquelle Sa Majesté ayant connu l'extrême répugnance que vous avez à accepter le commandement de la citadelle de Pignerol, a trouvé bon de vous accorder le gouvernement d'Exiles, vacant par la mort de M. le duc de Lesdiguières, où elle fera transporter ceux des prisonniers qui sont à votre garde, qu'elle croira assez de conséquence pour ne pas les mettre en d'autres mains que les vôtres. J'aurai soin de faire solliciter chez M. de Croissy les expéditions dudit gouvernement, dont les approvisionnements ne passant pas quatre mille livres, Sa Majesté vous continuera les mêmes cinq cents livres par mois qu'elle vous donnait à Pignerol, moyennant quoi vos appointements seront aussi forts que ceux des gouvernements des grandes places de Flandre.

« Je demande au sieur du Chaunoy d'aller visiter avec vous les bâtiments d'Exiles, et d'y faire un mémoire des réparations absolument nécessaires pour le logement des deux prisonniers de la tour d'en bas qui sont, je crois, les seuls que Sa Majesté fera transférer à Exiles.

« Envoyez-moi un mémoire de tous les prisonniers dont vous êtes chargé, et marquez-moi, à côté, ce que vous savez des raisons pour lesquelles ils sont arrêtés.

« À l'égard des deux de la tour d'en bas, vous n'avez qu'à les marquer de ce nom, sans y mettre autre chose.

« *Le roi s'attend que, pendant le peu de temps que vous serez absent de la citadelle de Pignerol pour aller avec le sieur du Chaunoy à Exiles, vous mettrez un tel ordre à la garde de vos prisonniers qu'il n'en puisse mésarriver d'aucun, et qu'ils n'auront pas plus de commerce avec qui que ce soit, qu'ils n'en ont eu depuis que vous en êtes chargé.* »

Il est prouvé que ces deux prisonniers de « plus de conséquence » sont Dauger et La Rivière.

Ces deux lettres méritent un examen.

Dans celle à du Chaunoy, le 11 mai :

« *Sa Majesté désire que deux des prisonniers qui sont à la garde de M. de Saint-Mars y soient transférés pour y être avec autant de sûreté qu'à Pignerol.* »

Notons « deux des prisonniers ». Ce n'est pas un nombre donné au hasard. Il est répété trois lignes plus loin :

« *Observant que ce n'est que du logement de ces deux prisonniers que ce mémoire doit faire mention...* »

Le lendemain, 12 mai 1681 :

« *Sa Majesté fera transporter ceux des prisonniers qui sont à votre garde qu'elle croira assez de conséquence pour ne pas les mettre en d'autres mains que les vôtres.* »

Ici, le ministre ne précise pas le nombre de ces prisonniers, et quelques lignes plus loin :

« *Le logement des deux de la tour d'en bas, qui sont – je crois – les seuls que Sa Majesté fera transférer à Exiles.* »

Répétons-nous encore une fois.

Le roi et Louvois ont décidé de faire annoncer à Lauzun et à tous les curieux que les deux valets ont été mis en liberté, comme il est d'usage après la mort de leur maître.

On va les cacher à Exiles.

Est-il possible que l'on emmène avec eux d'autres prisonniers qui les verront ?

Certainement non. C'est pourquoi ce « je crois » n'est qu'une malice assez naïve. Il signifie qu'il y en aura peut-être d'autres, peut-être Matthioli ? Il s'agit de ne pas préciser que les deux hommes que l'on va cacher sont les deux témoins de la mort de Fouquet.

Nous allons maintenant relever un mensonge évident de Louvois.

Le 9 juin, il donne à Saint-Mars l'ordre de partir pour Exiles le plus tôt possible, avec les deux prisonniers de la tour d'en bas.

À la fin de sa lettre, il ajoute :

« *À l'égard des hardes que vous avez au sieur Matthioly, vous n'avez qu'à les faire porter à Exiles pour les lui pouvoir rendre, si jamais Sa Majesté ordonnait qu'il fût mis en liberté.* »

Ces trois lignes prouvent que Matthioli doit partir pour Exiles, puisqu'on « emporte ses hardes », pour éventuellement les lui rendre, en cas de libération.

On ne peut pas supposer qu'il va rester à Pignerol, et que si le roi lui pardonne, il lui faudra aller jusqu'à Exiles (96 kilomètres) pour y reprendre sa valise.

Ce fut, pendant longtemps, un très fort argument des historiens matthiolistes. Ils en ont conclu que Matthioli était l'un des « deux prisonniers de la tour d'en bas », dont Louvois avait dit : « les prisonniers que Sa Majesté croit assez de conséquence pour ne pas les mettre en d'autres mains que les vôtres ». Par conséquent, Matthioli était bien allé à Exiles, puis à

Sainte-Marguerite, puis à la Bastille, et Saint-Mars ne l'avait jamais quitté.

Il eût été assez difficile de percer à jour le mensonge du ministre, si Marius Topin n'avait pas retrouvé une lettre de Saint-Mars qui dit clairement :

À *Monsieur l'Abbé d'Estrades, 25 juin 1681* (16 jours après la lettre de Louvois)

« *J'ai reçu hier seulement mes provisions de gouverneur d'Exiles avec deux mille livres d'appointements, l'on m'y conserve ma compagnie franche, et deux de mes lieutenants, et j'aurai en garde deux merles que j'ai ici, lesquels n'ont point d'autre nom que Messieurs de la tour d'en bas. Matthioli restera ici avec deux autres prisonniers.* »

Marius Topin eut la loyauté de citer ce texte, qui affaiblissait grandement sa thèse, à laquelle d'ailleurs il ne renonça pas pour autant.

Pourquoi cette lettre révélatrice n'a-t-elle pas été détruite ? Parce qu'elle était adressée à d'Estrades, et qu'elle ne figurait pas dans le dossier du ministère de la Guerre. Louvois, Barbezieux et les rois en ont ignoré l'existence et Topin l'a trouvée parmi les manuscrits de l'abbé d'Estrades à la Bibliothèque impériale.

C'est un document capital, qui nous prouve la machination de Louvois, composée de deux actions parallèles. L'une est négative : Dauger, qui n'est qu'un valet, ne peut être le Masque de Fer.

La seconde est positive : le Masque, c'est Matthioli.

Quatorze historiens l'ont cru, en toute bonne foi, et il reste peut-être encore aujourd'hui quelques matthiolistes.

Le mensonge de Louvois me paraît parfaitement démontré. Nous verrons plus tard que son fils Barbezieux, qui l'a remplacé, et qui a reçu la consigne, essaiera, lui aussi, de nous faire croire que le Masque, c'est Matthioli.

Notons au passage que, dans la lettre à d'Estrades, Saint-Mars dit, sur un ton désinvolte, qu'il emmène avec lui « deux merles ». On a beaucoup discuté sur ce terme. On a dit : « Il n'est pas possible que ce soient là deux prisonniers importants. » C'est bien ce que voulait le geôlier. Il a traité le Masque de « merle » comme Louvois l'avait traité de « valet ».

Nous trouverons plus loin d'autres mensonges, mais on remarquera que les phrases qui les contiennent sont toujours gauches, inattendues, et comme surajoutées.

Dans le cas qui nous occupe, le post-scriptum de Louvois est ridicule. Pourquoi le ministre penserait-il avec tant de sollicitude aux hardes de Matthioli ? Il est bien évident que si le prisonnier part pour Exiles, il emportera « ses hardes » : c'est tout ce qu'il possède au monde.

Quant à l'idée que Sa Majesté pourrait tout à coup « le mettre en liberté », elle est absurde, si le roi vient précisément d'expédier ce malheureux, en grand secret, dans une forteresse des montagnes.

Pour les « merles » de Saint-Mars, on pourrait lui demander pourquoi Louvois a dit que ces deux prisonniers étaient « de plus de conséquence » que ceux de Pignerol, et pourquoi le roi va immobiliser pendant des années une compagnie de quarante-cinq hommes, deux lieutenants et un gouverneur, pour garder, dans un cachot remis à neuf au prix de 18 000 000 de francs, deux « merles » sans importance.

*

Dès le début de juin, Saint-Mars part avec du Chesnoy pour Exiles.

Comme il y a toujours eu une garnison dans la forteresse, on y trouve certainement des cachots, et un appartement en bon état, puisqu'il était occupé jusque-là par un riche et puissant seigneur, le duc de Lesdiguières.

Pourtant, du Chesnoy et Saint-Mars entreprennent

des travaux qui vont durer plus de trois mois pour la construction d'une seule chambre, car La rivière et Dauger y vivront ensemble.

En octobre, tout est prêt. Saint-Mars, ses prisonniers et sa compagnie (réduite à quarante-cinq hommes) partent pour Exiles, où ils vont cacher Dauger et La Rivière, dont on a annoncé six mois plus tôt la libération. Iung, qui n'avance jamais rien sans documents, nous décrit ainsi le départ de l'expédition :

« Par une nuit sombre du mois d'octobre 1681, toute une compagnie d'hommes d'armes, mousquet ou pique sur l'épaule, quittait silencieusement le donjon et gagnait la campagne par la fausse porte et les fossés qui faisaient directement communiquer le donjon avec l'extérieur. À l'embranchement des routes, une litière attendait : on y fit monter deux prisonniers masqués et garrottés qui sortaient de la tour d'en bas, et la petite troupe s'engagea immédiatement dans la montagne. »

Il est bien regrettable que Iung ne nous donne pas ses sources, car ce départ est assez révélateur : l'escamotage nocturne des deux prisonniers (ou plutôt celui de Dauger) met en valeur leur importance.

Ce départ clandestin a lieu sur l'ordre de Louvois.

Ainsi, le gouverneur de Pignerol, M. d'Harleville, ne doit rien savoir de cette expédition, ni de son but : Saint-Mars ne l'a même pas prévenu.

Les deux prisonniers ne sont pas transférés dans une autre prison, où leur arrivée pourrait éveiller la curiosité du personnel, mais dans une forteresse, et personne ne songera qu'elle enferme deux condamnés à la détention perpétuelle ; ils ne figureront plus sur un registre d'écrou, ni dans une comptabilité pénitentiaire.

Pendant cinq années, les deux captifs resteront sous la garde de Saint-Mars, du major Rosarges, de Guillaume de Formanoir, et du porte-clefs Antoine

Rû. Blainvilliers n'y est plus ; nous savons qu'en récompense de ses services le roi l'a nommé major de la citadelle de Metz ; il n'y restera que quelques années, car nous le retrouverons à Sainte-Marguerite ; la Lorraine est un très beau pays, mais il a préféré revenir sur la Côte d'Azur, auprès de son oncle, de ses deux cousins, et du Masque.

De la vie à Exiles, nous ne savons pas grand-chose, si ce n'est que la nouvelle installation des prisonniers paraît tout à fait réussie à Saint-Mars, qui s'y connaît. Il écrit à Louvois, le 11 mars 1682 :

« Les prisonniers peuvent entendre parler le monde qui passe au chemin qui est au bas de la tour où ils sont, mais eux, quand ils voudraient, ne sauraient se faire entendre ; ils peuvent voir les personnes qui seraient sur la montagne qui est devant leurs fenêtres, mais on ne saurait les voir à cause des grilles qui sont au-devant de leur chambre. J'ai deux sentinelles de ma compagnie nuit et jour, des deux côtés de la tour, d'une distance raisonnable, qui voient obliquement la fenêtre des prisonniers ; il leur est consigné d'entendre si personne ne leur parle, et si ils ne crient point par les fenêtres, et de faire marcher les passants qui s'arrêteraient dans le chemin ou sur le penchant de la montagne. Ma chambre étant jointe à la tour, qui n'a d'autre vue que du côté de ce chemin, fait que j'entends et vois tout, et même mes deux sentinelles qui sont toujours alertées par ce moyen-là.

« Pour le dedans de la tour, je l'ai fait séparer d'une manière où le prêtre qui leur dit la messe ne peut les voir, à cause d'un tambour que j'ai fait faire, qui couvre leurs doubles portes. »

Il est évident que l'on a refait à Exiles le cachot type Dauger, inauguré à Pignerol. Il est fermé par deux portes et un tambour.

Nous avons d'ailleurs une lettre de Louvois qui avait conseillé à Saint-Mars de faire faire des portes à

Exiles, car le prudent geôlier avait voulu faire venir de Pignerol celles du premier cachot.

Il est certain, d'après la description de Saint-Mars, que cette chambre forte est habitable ; elle est bien éclairée, et les prisonniers peuvent voir la montagne.

D'autre part, la pension payée pour leur nourriture est très importante. Voici ce que Iung nous en dit :

« Saint-Mars nommé à Exiles, il y eut dès lors deux sortes de prisonniers : ceux de Pignerol, et ceux d'Exiles. Pour les deux de la tour d'en bas, Saint-Mars reçut deux écus par jour pour chacun (9 juin 1681), 2 190 livres par an pour chacun. Pour ceux du donjon, Villebois n'eut que 2 livres. Ce n'est qu'en avril 94 que La Prade obtint un écu par jour, attendu la cherté des vivres », Vol. 1244, p. 22 (Iung).

Il me semble bien étonnant que le valet La Rivière entretenu depuis des années sur le pied de 3 500 francs par jour, passe tout à coup à 18 000 francs. Je crois qu'en réalité ces deux pensions de 2 190 livres par an n'en font qu'une, de 4 380 livres (plus de 13 millions) pour le Masque et son valet : Louvois l'a divisée en deux pour cacher l'importance du prisonnier aux comptables de son ministère.

Nous trouvons dans Iung une autre pension de 12 livres par jour ; c'est ce que Saint-Mars reçoit, à l'arrivée de Lauzun, « pour la subsistance de trente hommes », 10 février 1672 (Archives nationales, 120).

Aujourd'hui, une compagnie d'infanterie reçoit 900 francs par homme et par jour, soit, pour trente hommes, 27 160 francs par jour.

Certes, on peut dire que nos soldats sont mieux traités que ceux de Saint-Mars ; on peut dire que les prix n'ont pas gardé la même valeur relative ; il reste certain que la nourriture de Dauger et de son valet était payée au prix de celle de trente soldats.

*

On ne nous a jamais révélé le montant et la nature des dépenses faites pour le Masque en sus de sa pension.

Nous avons à ce sujet une très intéressante note de Saint-Mars à Louvois (8 janvier 1688) :

« Voisy sy joint un petit mémoire de la dépance que j'ai faite pour lui l'année dernière. Je ne le met pas en détail, pour que personne par qui il passe puisse pénétrer autre chose que ce qu'ils croyent. »

Il ne s'agit certainement pas de la pension mais de *« dépances »* particulières dont il veut cacher la nature.

Il a peut-être acheté des romans, une guitare (car la tradition des îles dit qu'il en jouait fort bien) ou des pinces à épiler : Lagrange Chancel dit que Louis de Formanoir lui en a montré une, trouvée dans cette chambre après le départ pour la Bastille ; on peut penser aussi à du linge fin, bref à bien des choses que l'on n'accorde pas à un prisonnier ordinaire, ce qui expliquerait pourquoi « dans toute cette province, on dit que mon prisonnier est M. de Beaufort, ou le fils de feu Cromwell ».

Je suis donc persuadé que La Rivière a été le valet de Dauger. D'abord à cause de cette pension exorbitante et ensuite parce qu'il couche dans sa chambre, sans doute dans une alcôve, comme il faisait quand il était au service de Fouquet.

Je rappelle que ce malheureux n'a jamais été accusé, ni jugé, ni condamné. C'était un valet de profession, un homme libre, venu librement et qui aurait dû être libéré à la mort de son maître, comme le furent les valets de Lauzun ; mais il a vu mourir Fouquet, et il sait le secret du Masque : le voilà condamné à la détention perpétuelle. Cet innocent désespéré n'y résistera pas longtemps. Il devient

« hydropique », nous dit Saint-Mars, et il demande la permission de faire son testament (1685). Nous ne savons pas s'il a rédigé ses dernières volontés, mais nous savons qu'en 1687, le 4 janvier, il meurt, au moment même où Saint-Mars allait conduire ses prisonniers à Sainte-Marguerite.

Avant de quitter Exiles, il faut signaler une lettre de Louvois, arrivée six ans plus tôt, que nous n'avons pas citée en son temps, parce que le lecteur n'aurait pu en saisir le comique.

Le ministre dit à Saint-Mars qu'il faut habiller de neuf les deux prisonniers, sans doute à cause des rigueurs du climat d'Exiles, où ils viennent d'arriver. Puis il craint que cette recommandation ne révèle l'intérêt qu'il accorde à leur santé, et il ajoute :

« *Il faut que les habits durent trois ou quatre ans à ces sortes de gens* » (14 décembre 1681).

Quelle serait donc la différence de prix entre un habit qui dure deux ans, et un habit qui dure quatre ans ? L'économie serait de moitié : 15 à 20 000 francs tous les deux ans. Soit de 8 à 10 000 francs par an.

Or, on nous a dit que ces prisonniers sont « de plus de conséquence que les autres ». Leur pension est de 35 000 francs par jour. On a fait, pour les recevoir, 9 000 000 de francs de travaux, et le ministre voudrait économiser vingt-cinq francs par jour sur le prix d'un costume ? Je pense que ce pitoyable mensonge a pour but de répondre à la rumeur qui dit que Dauger est un grand seigneur, et Louvois dicte à ses commis, avec un faux mépris hautain, « ces sortes de gens », en mettant Dauger et La Rivière sur le même pied.

Nous verrons tout à l'heure Saint-Mars employer le même procédé à propos du « lit si vieux et si rompu ». On se demande si ces malices ont jamais pu tromper quelqu'un !

*

Après la mort du pauvre La Rivière, Saint-Mars n'a plus qu'un prisonnier, sous la garde de quarante-cinq hommes, six sous-officiers, et deux lieutenants.

Depuis de longs mois, dans ses lettres à Louvois, il se plaint de la dureté du climat des montagnes, et de sa solitude. Il finit par tomber malade.

Le ministre, qui a une très grande estime pour lui, a plaidé sa cause auprès du roi et, le 13 janvier, Saint-Mars reçoit une fort plaisante lettre :

« Le Roi ayant bien voulu vous accorder le gouvernement des îles Sainte-Marguerite, je vous en donne avis avec plaisir, afin que vous vous teniez prêts à vous transporter auxdites îles lorsque vous en recevrez les ordres de Sa Majesté, de laquelle l'intention est que, aussitôt que vous en aurez reçu vos provisions, vous alliez faire un tour auxdites îles, pour voir ce qu'il y a à faire pour accommoder un lieu propre à garder sûrement les prisonniers qui sont à votre charge, dont vous m'enverrez un plan et mémoire, afin que je puisse prendre l'avis de Sa Majesté pour y faire travailler. Cependant, vous retournerez à Exiles, pour attendre les ordres de Sa Majesté nécessaires pour les y conduire ainsi que votre compagnie. Je crois qu'il est inutile que je vous recommande de prendre de telles mesures que, pendant le temps que vous serez à aller aux îles Sainte-Marguerite et à en revenir, lesdits prisonniers soient gardés de manière qu'il n'en puisse mésarriver, et qu'ils n'aient commerce avec personne. »

Louvois parle de « prisonniers », car il ignore encore que La Rivière est mort, ce qui ne lui fera d'ailleurs ni chaud ni froid.

Selon les instructions du ministre, Saint-Mars part seul pour Sainte-Marguerite, où il arrive le 19 février 1687.

C'est une forteresse, et une prison très importante où il y a déjà des captifs ; pourtant Saint-Mars va faire construire, pour la troisième fois, un cachot type Dauger, que l'on ne trouve donc dans aucune autre prison. Ces travaux, pour lesquels il avait un crédit de 5 300 livres, exigeront un dépassement de 1 900 livres.

C'est-à-dire que pour un seul prisonnier, et pour son propre logement, à côté du cachot, il aura dépensé 7 200 livres, soit plus de 21 000 000 de francs.

Le 6 avril, il est de retour à Exiles. Les travaux de Sainte-Marguerite ne sont pas encore terminés, mais le 16 mars, Louvois lui avait écrit :

« J'ai reçu avec votre lettre du 2 de ce mois le plan et le mémoire qui y étaient joints, et ce qu'il y a faire pour bâtir la prison et le logement que vous demandez (pour rendre sûre la personne de votre prisonnier) dans l'île Sainte-Marguerite, montant à 5 026 livres que je donne ordre au trésorier de l'extraordinaire d'envoyer aux vôtres, afin que vous puissiez faire vous-même ce bâtiment de la manière que vous le désirez. »

Il me semble intéressant de souligner cette phrase :

« bâtir la prison et le logement que vous demandez pour rendre sûre la personne de votre prisonnier »...

J'en conclus que la prison de Dauger et le logement de Saint-Mars doivent être dans le même bâtiment neuf alors qu'il y a déjà dans l'île une dizaine de cachots et une bâtisse importante pour loger la compagnie franche.

Le 17 avril, Saint-Mars quitte le fort d'Exiles avec toute sa compagnie, sa famille, ses bagages, et son unique prisonnier.

Celui-ci voyage dans un étrange véhicule, que le geôlier a fait fabriquer à Turin.

« Si je le mène aux îles, je crois que la plus sûre

voiture seroit une chaise, couverte de toile cirée, de manière qu'il auroit assez d'air, sans que personne le pût voir ni lui parler pendant la route, pas même les soldats que je choisirai pour être proches de la chaise, qui seroit moins embarrassante qu'une litière qui peut souvent se rompre. »

De plus, on a fait venir de Turin huit porteurs italiens.

Pourquoi des porteurs italiens, qui auront donc à faire le voyage Turin-Exiles-Sainte-Marguerite, aller-retour ?

N'y a-t-il pas assez de soldats dans la compagnie pour assurer le transport de la chaise ?

C'est que les porteurs seront tout près du prisonnier. À travers la toile cirée, en douze jours de voyage, il pourrait leur parler. On a donc fait venir à grands frais des gens qui ne comprennent pas le français, mais qui comprennent certainement l'italien.

Il est donc évident que le Masque ne sait pas l'italien ; ce n'est donc pas Matthioli.

Dès l'arrivée aux îles, Saint-Mars fait son rapport à Louvois :

« Je suis arrivé ici le 30 du mois passé. Je n'ai resté que douze jours en chemin, à cause que mon prisonnier étoit malade, à ce qu'il disoit n'avoir pas autant d'air qu'il l'aurait souhaité ; je puis vous assurer, Monseigneur, que personne au monde ne l'a vu, et que la manière dont je l'ai gardé et conduit pendant toute ma route fait que chacun cherche à deviner qui peut être mon prisonnier. Le lit de mon prisonnier étoit si vieux, si rompu, que tout ce dont il se servoit, tant linge de table que meubles, qu'il ne valoit pas la peine d'apporter ici, l'on n'en a eu treize écus. J'ai donné à huit porteurs qui m'ont apporté une chaise de Turin et mon prisonnier jusqu'ici, comptant ladite chaise 203 livres que j'ai déboursées. »

L'histoire des treize écus vaut la peine qu'on s'y arrête, car elle est singulière.

*

Ainsi on a dépensé 600 000 francs pour la chaise et les porteurs. Pour la nourriture des deux prisonniers, en cinq ans, le geôlier a reçu 21 800 livres, soit près de 65 millions. On a payé, pour leur garde, une compagnie de 45 hommes, 10 sous-officiers, 2 lieutenants, et un gouverneur. Grâce à la comptabilité minutieuse de Saint-Mars, nous savons que l'entretien de cette compagnie revient à 30 000 livres par an, soit 150 000 livres pour cinq ans, c'est-à-dire 450 millions augmentés de 30 000 livres, soit 90 millions pour les appointements de Saint-Mars ; on a dépensé 20 millions pour le bâtiment de Sainte-Marguerite, soit au total 560 millions, et Saint-Mars juge indispensable de signaler que tout le mobilier du cachot neuf d'Exiles ne valait que treize écus, c'est-à-dire 87 500 francs ? Même si c'est vrai, pourquoi informerait-il Louvois d'un détail d'aussi peu d'importance ? Et pourquoi le geôlier aurait-il vendu ces meubles en ruine ? A-t-il également vendu le lit de La Rivière ? Et les cinquante lits de la compagnie franche ?

D'autre part, d'où venaient donc ce lit et ces meubles, « si vieux et si rompus » ?

On ne nous a jamais parlé d'un déménagement de Pignerol à Exiles, et Louvois a même refusé de faire transporter les précieuses portes réclamées par le gardien.

En réalité, Saint-Mars applique la consigne : il faut de temps à autre rappeler que Dauger n'est qu'un valet.

*

Quoi qu'il en soit, toute la troupe arrive à Sainte-Marguerite et, un peu plus tard, le Masque est installé dans son nouveau cachot, qui est, encore une fois, tout neuf.

Celui-là, nous le connaissons, car il existe encore, et il est possible de le visiter.

Voici ses dimensions : 6,30 x 4,87 = 30 m².
Hauteur de plafond : 4,50 m.
Volume : 135 m³.
Fenêtre : 2,05 x 1,15 = 2,35 m².

Nous sommes bien loin des cachots de la Bastille, et une fenêtre de plus de deux mètres carrés, donnant sur la mer et la baie de Cannes, n'est pas un soupirail. Il me semble évident que le mobilier, sans être luxueux, était certainement assez confortable.

Une chambre de cette dimension dans un hôtel de la Croisette coûte au moins 15 000 francs par jour. Rappelons que le Masque n'a pas été logé par hasard dans cette pièce : elle a été spécialement construite pour lui, avant son arrivée.

*

C'est pendant l'épisode de Sainte-Marguerite que Louvois meurt, en 1691. Son fils Barbezieux lui succède, et sa première lettre à Saint-Mars parle du mystérieux prisonnier :

« 13 Août 1691,
« Votre lettre du 26 du mois passé m'a été rendue. Lorsque vous aurez quelque chose à me mander du prisonnier qui est sous votre garde depuis vingt ans, je vous prie d'user des mêmes précautions que vous faisiez quand vous écriviez à M. de Louvois. »

Or, Matthioli n'est resté que deux ans à Pignerol, sous la garde de Saint-Mars, et il en est séparé depuis dix ans, tandis que Dauger n'a pas quitté le geôlier depuis vingt-deux ans. De plus, comment Saint-Mars pourrait-il *« mander quelque chose »* de Matthioli, qui est resté à Pignerol depuis 1681 ?

Nous allons d'ailleurs le retrouver trois ans plus tard.

En effet, en 1694, un petit événement se produit. Le roi décide de faire transporter aux îles les trois prisonniers laissés à Pignerol depuis 1681, c'est-à-dire depuis treize ans.

Ce transfert a pour cause le bombardement de la place par le duc de Savoie, et l'on craint une attaque générale.

L'un des trois prisonniers est certainement Matthioli.

Barbezieux écrit à Saint-Mars :

« Comme ces prisonniers sont plus de conséquence, au moins un, que ceux qui sont présentement aux îles, vous devez préférablement à eux les mettre dans les prisons les plus sûres. »

« Au moins un » désigne certainement Matthioli, qui a toujours son valet. Or, Barbezieux sait bien que le Masque est aux îles. Donc, lorsqu'il nous dit qu'« *au moins un* » est plus important que « *ceux qui sont aux îles* », il veut nous faire croire que Matthioli est beaucoup plus important que Dauger, comme Louvois a voulu nous faire croire que Matthioli était à Exiles avec Saint-Mars ; mais le jeune Barbezieux manque de suite dans les idées, car la fin de sa lettre dément la grande importance de ce prisonnier. Il dit en effet :

« Je crois qu'il est inutile que vous alliez au-devant d'eux jusqu'aux confins du Dauphiné. »

C'est-à-dire que Saint-Mars ne doit pas quitter Sainte-Marguerite, où se trouve le véritable *« prisonnier de conséquence »*, tandis que des « sergents » suffiront pour convoyer Matthioli, sans masque ni chaise couverte de toile cirée, et ses cinquante sous de pension. Nous verrons plus loin qu'il est très probablement mort dans le mois qui suivit son arrivée.

De 1687 à 1698, le Masque est resté à Sainte-Marguerite pendant onze ans.

Il a l'autorisation, sans doute à certaines heures, de se promener dans l'île, mais avec un masque sur le visage. C'est Blainvilliers, l'un des gardiens, qui l'a dit à son petit cousin Formanoir.

C'est la première fois qu'on nous parle de cet accessoire, que nous reverrons à la Bastille.

Chaque jour, le captif reçoit la visite de Saint-Mars, de deux officiers et d'un sergent. Cette délégation vient lui apporter sa nourriture.

Dans sa lettre du 6 janvier 1696, le gouverneur décrit pour Barbezieux la petite cérémonie :

« Mes deux lieutenants servent à manger aux heures réglées, ainsi qu'ils me l'ont vu pratiquer, et que je fais encore très souvent lorsque je me porte bien, et voici comment, monseigneur. Le premier venu de mes lieutenants prend les clefs de la prison de mon ancien prisonnier par où l'on commence, il ouvre les trois portes et entre dans la chambre du prisonnier, qui lui remet honnêtement les plats et les assiettes qu'il a mis lui-même sur les autres, pour les donner entre les mains du lieutenant qui ne fait que de sortir deux portes pour les remettre à un de mes sergents, qui les reçoit pour les porter sur une table à deux pas de là, où est le second lieutenant qui visite tout ce qui entre et sort de la prison et voit s'il n'y a rien d'écrit sur les vaisselles ; et après que l'on lui a tout donné le nécessaire, l'on fait la visite dedans et dessous son lit, et de là aux grilles des fenêtres de sa chambre, et aux lieux, ainsi que par toute sa chambre, et fort souvent sur lui ; après lui avoir demandé fort civilement s'il n'a pas besoin d'autre chose, l'on ferme les portes pour aller en faire tout autant aux autres prisonniers...

« Deux fois la semaine, l'on leur fait changer de linge de table, ainsi que de chemises et linges dont ils se servent, que l'on leur donne et retire par compte après les avoir tous bien visités. »

Il y a dans la prison six pasteurs protestants à quinze sols par jour, que Saint-Mars va rosser lui-même quand ils s'obstinent à chanter des psaumes, et dont la pension est de 15 sous par jour (1 800 francs 1960).

Il y a les trois venus de Pignerol (à cinquante sous) et le chevalier de Chézut, dont nous ignorons tout, mais qui ne m'a pas l'air d'être « de conséquence ».

Comme la petite cérémonie, suivie de la fouille, dure certainement vingt minutes, je refuse de croire que le gouverneur, deux officiers, un sergent et le porte-clefs consacrent quatre ou cinq heures par jour à ce service, qui doit être en réalité assuré par un ou deux valets et un caporal.

Quant à changer le linge de table, la chemise et le linge deux fois par semaine, pour *tous les prisonniers*, ceci me paraît exorbitant, car je me demande si les malheureux pasteurs avaient une seule chemise de rechange.

À mon avis, la lettre de Saint-Mars concerne uniquement le régime du Masque ; mais comme il était convenu avec Louvois qu'il ne fallait jamais révéler qu'il avait un traitement spécial, il a ajouté quelques lignes qui attribuent ce traitement à tous les autres.

*

Enfin, finissons-en ici, et définitivement, avec « l'ancien prisonnier », dont l'amphibologie inquiète encore Mongrédien, et dont les Matthiolistes veulent tirer un argument majeur.

Nous en avons déjà parlé à propos de la note de du Junca, à l'arrivée du Masque à la Bastille. Ici, le doute n'est plus permis, car c'est Saint-Mars qui a employé ce terme pour la première fois dans la lettre du 6 janvier 1696 que nous venons de citer :

« Le premier venu de mes lieutenants prend les clefs de la prison de mon ancien prisonnier, *par où l'on commence et il ouvre les* trois portes. »

Or, le cachot à trois portes, c'est celui de Dauger, commandé par Louvois à Pignerol, reconstruit à Exiles par Saint-Mars (qui voulait transporter les précieuses portes de Pignerol à Exiles), reconstruit enfin à Sainte-Marguerite sept ans avant l'arrivée de Matthioli.

« *L'ancien prisonnier* », c'est Dauger, et c'est bien lui qui est mort à la Bastille, sous le masque de velours noir.

17

CRAINTES D'UNE ATTAQUE

Il est évident que, dès l'arrestation de Dauger, le roi et Louvois ont craint une attaque de ses amis ou complices pour le délivrer. Cette affirmation est définitivement prouvée par la mobilisation, sous les ordres de Saint-Mars, de toute la garnison (700 hommes) de Pignerol.

Cela est déjà révélateur. Ce qui l'est encore davantage, c'est que cette crainte restera visible jusqu'au départ – vingt-neuf ans plus tard – pour la Bastille.

C'est un fait que dans les recommandations du ministre au geôlier, il est répété vingt fois que Dauger ne doit parler à personne ; c'est aussi un fait que le ministre a toujours craint qu'on ne lui adressât la parole.

« Je vous prie de visiter soigneusement le dedans et le dehors du lieu où il est enfermé et de le mettre en état que le prisonnier ne puisse voir ou être vu de personne, et ne puisse parler à qui que ce soit, ni entendre ceux qui voudraient lui dire quelque chose » (Louvois à Saint-Mars, avril 1669).

Pour le conduire à Exiles, on l'installa avec La Rivière dans une litière fermée, entourée par une cinquantaine de soldats en armes, et l'on part bien avant le lever du jour.

À Exiles, qui est une forteresse, deux sentinelles sont au pied de la tour. Leur consigne est :

« *d'entendre si personne ne leur parle, et si ils ne crient point par les fenêtres, et de faire marcher les passants qui s'arrêteraient dans le chemin ou sur le penchant de la montagne...* »

Il est évident que ce ne sont pas les paysans ou les bûcherons de la montagne qui sont ainsi surveillés ; on craint que de mystérieux complices ne soient à la recherche du Masque pour préparer son évasion.

Nous avons ensuite, à Sainte-Marguerite, des sentinelles qui surveillent la mer jour et nuit, et qui ont ordre de tirer sur les bateaux qui s'approcheraient de la côte, comme si l'on craignait un débarquement.

En effet, au cours de l'histoire, les îles avaient été plusieurs fois attaquées, et les Espagnols avaient pu s'en emparer provisoirement, en 1635.

Or, en 1695, vers la fin du séjour du Masque, l'arsenal de Toulon envoie un « état de l'artillerie nécessaire », et ordonne de mettre Cannes et le Gourjean en état de défense contre une attaque possible (Archives de Cannes).

C'est peut-être cette menace qui a décidé le roi à faire transférer le prisonnier à la Bastille.

Voici maintenant une lettre révélatrice que Saint-Mars envoya à Barbezieux de l'île Sainte-Marguerite :

« *Aux Îles, 6 Janvier 1969,*

« *Monseigneur*

« *... L'on peut être fort attrapé sur le linge qui sort et entre pour le service des prisonniers qui sont en considération, comme j'en ai eu qui ont voulu corrompre par argent les blanchisseuses qui m'ont avoué qu'elles n'avaient pu faire ce qu'on leur avait dit, attendu que je faisais mouiller tout leur linge en sortant de leurs chambres, et lorsqu'il était blanc à demi sec, la blanchisseuse venait le passer et détirer* *chez moi en présence d'un de mes lieutenants qui enfermait les paniers dans un coffre jusqu'à ce qu'on les remît aux valets de messieurs les prisonniers. Dans des bougies, il y a beaucoup à se méfier : j'en ai trouvé où il y avait du papier au lieu de mèche en la rompant ou quand l'on s'en sert. J'en envoyais acheter à Turin à des boutiques non affectées. Il est aussi très dangereux de sortir du ruban de chez un prisonnier, sur lequel il écrit comme sur du linge sans qu'on s'en aperçoive. Feu M. Foucquet faisait de beau et bon papier sur lequel je lui laissais écrire et après j'allais le prendre la nuit dans un petit sachet qu'il avait cousu au fond de son haut de chausses que j'envoyais à feu Monseigneur votre père.*

[...Ici le papier est coupé].

*L'hon
qui
il y a
qui a leurs
des prisons dont je ne veux pas qu'on entende une voix.*

« *Pour dernière précaution, l'on visite de temps à autre les prisonniers de jour et de nuit à des heures non réglées, où souvent l'on leur trouve qu'ils ont écrit sur de mauvais linge qu'il n'y a qu'eux qui sauraient lire, comme vous avez vu par ceux que j'ai eu l'honneur de vous adresser.* »

*

La première moitié de ce texte parle des messages que « les prisonniers de considération » essaient d'envoyer à l'extérieur.

La seconde partie, la plus importante à mon avis, parle des messages que des gens de l'extérieur essaient d'envoyer aux prisonniers. Parlons-en d'abord, parce que l'histoire des bougies truquées mérite d'être examinée de fort près.

*

Naturellement, le geôlier ne nous donne pas la date que nous pouvons peut-être préciser.

Disons d'abord que les bougies étaient un éclairage de luxe. Grâce aux précieuses tables de M. d'Avenel nous savons que les bougies, faites de cire, coûtaient de sept à huit fois plus cher que les chandelles, faites de suif.

Toute la forteresse n'était éclairée qu'avec des chandelles. Pour qui donc Saint-Mars achetait-il des bougies ? Était-ce pour lui-même ? Certainement non, car il empochait toutes les économies qu'il pouvait faire sur le budget de la prison. Il ne se fût pas éclairé aux bougies, à ses frais.

Pour Fouquet et Lauzun, la question est tranchée par deux petits bordereaux de la comptabilité de Saint-Mars. C'est Iung qui les a retrouvés :

« *Bois et chandelles tant pour la chambre de M. de Lauzun que pour le corps de garde* » (p. 185).
« *Bois et chandelles tant pour la chambre de M. Fouquet que pour le corps de garde* » (p. 199).

Ainsi, ni Fouquet ni Lauzun n'avaient droit à des bougies. Je crois pouvoir en conclure que, si l'affaire date des années de Pignerol, les bougies étaient réservées au seul Dauger, et c'est à lui que s'adressaient les messages.

Je préfère croire que l'affaire eut lieu à Exiles, pour deux raisons ; tout d'abord, il n'y avait à Exiles que deux prisonniers vivant dans la même chambre, et le message ne pouvait pas tomber en d'autres mains ; et d'autre part, c'est lorsque Saint-Mars vivait à Exiles qu'il faisait venir de Turin ce qu'il ne trouvait pas au village : c'est à Turin qu'il fit construire la chaise entièrement close qui devait transporter Dauger aux îles, et qu'il recruta huit porteurs, c'est à Turin qu'il acheta les bougies dans des boutiques « *non affectées* ».

Cet étrange adjectif est très important.

Il signifie évidemment « des boutiques dont les patrons n'avaient pas été corrompus par de l'argent, pour truquer ces bougies ».

Il y avait donc des boutiques « affectées », mais où ?

Peut-être à Pignerol, peut-être à Turin ?

Quoi qu'il en soit, nous pouvons constater qu'il y avait, hors de la prison, une ou plusieurs personnes qui essayaient d'entrer en contact avec le prisonnier, avec la complicité d'un fabricant ou d'un marchand de bougies, qu'ils avaient dû payer bien cher, car leur entreprise aurait pu leur valoir les galères, sinon la corde.

Qui étaient donc ces conspirateurs ? Que disaient leurs messages ? Nous n'en savons rien, mais leur but était sans doute d'organiser l'évasion du prisonnier.

Quelle suite Saint-Mars a-t-il donnée à cette affaire ? Il ne nous le dit pas. Il me semble pourtant qu'il eût été facile de répondre aux messages, et d'organiser une fausse évasion, qui eût permis la découverte et sans doute la capture du ou des expéditeurs.

Il est possible qu'il l'ait fait, mais il n'en reste aucune trace.

J'ajoute qu'à mon avis, c'est à cause de ces mystérieux messages que le prisonnier fut transféré aux îles, et que, plus tard, la menace d'un débarquement décida le roi à transférer le prisonnier à la Bastille.

Peu avant le départ pour Paris, nous avons encore un épisode intéressant.

Saint-Mars demande au ministre de *« faire préparer des étapes sur la route, pour la sûreté du prisonnier »*.

J'en avais conclu que le prudent geôlier avait encore quelque crainte d'une intervention extérieure : je fus très déçu lorsque je découvris ensuite un ordre du roi transmis par Barbezieux le 4 août 1698 :

« Sa Majesté n'a pas jugé nécessaire de faire expédier l'ordre que vous demandez pour avoir des logements sur votre route jusqu'à Paris, et il suffira que vous logiez, en payant, le plus commodément et le plus sûrement possible, dans les lieux où vous jugerez à propos de rester. »

J'avais donc pensé que le prisonnier avait perdu de son importance, puisque le roi jugeait inutile de préparer les étapes de ce long voyage. À la réflexion, c'est certainement la preuve d'une inquiétude.

De Sainte-Marguerite à Paris, il y aura au moins une vingtaine d'étapes, à raison de cinquante kilomètres par jour. Si l'on annonce le passage du prisonnier, et son séjour d'une nuit, au personnel qui va préparer ces étapes, il y aura cent personnes qui se demanderont qui est ce prisonnier, et qui en parleront – en confidence – à deux ou trois cents amis...

S'il y a encore des gens qui veulent délivrer le captif, ils auront le temps de préparer un coup de main. Il ne faut donc rien annoncer : Saint-Mars s'arrêtera où il voudra.

D'autre part, pendant ce voyage vers Paris, lors de l'arrêt au Palteau, Saint-Mars, pendant le déjeuner, assis en face du Masque, avait un pistolet de part et d'autre de son assiette. Ce n'était certainement pas pour se défendre contre une révolte du prisonnier. De plus, le valet qui les servait (sans doute Antoine Rû), refermait à clef la porte, chaque fois qu'il sortait. Enfin, Saint-Mars fit dresser son lit à côté de celui du Masque, et il avait très probablement ses pistolets sous son oreiller...

Voyons maintenant la première partie de la lettre, celle qui parle des messages envoyés par les prisonniers.

Il faut maintenant parler de l'assiette d'argent.

Plusieurs historiens affirment, sans le moindre commencement de preuve, que c'était une assiette d'étain lancée à la mer par un pasteur prisonnier ;

c'est même aujourd'hui la thèse officielle à Sainte-Marguerite. Je n'en crois rien.

Je crois que le prisonnier, après vingt-sept ans de captivité, s'est révolté, et qu'il a essayé de faire connaître qu'il était toujours vivant, et toujours captif.

Une lettre de Barbezieux à Saint-Mars me semble le prouver. Lettre banale, mais dont voici la fin :

« *Continuez à veiller à leur sûreté, sans vouloir expliquer, à qui que ce soit, ce qu'a fait votre ancien prisonnier.* »

Certains commentateurs croient qu'il s'agit du crime de Dauger, ce crime mystérieux qui justifie sa détention.

Cette interprétation est d'une absurdité évidente.

Ainsi, Saint-Mars garde ce prisonnier depuis vingt-huit ans. Depuis vingt-huit ans toutes les précautions, tous les mensonges possibles sont utilisés pour cacher son identité. Saint-Mars doit sa fortune et sa noblesse à sa fameuse discrétion ; et tout à coup, Barbezieux lui dirait :

« *Je vous prie de ne révéler à personne le secret que nous gardons si sévèrement depuis vingt-huit ans.* »

Saint-Mars lui eût répondu :

« *Si Monseigneur me croit totalement gâteux, il est urgent de me remplacer.* »

À notre avis, l'incident auquel le ministre fait allusion est de date récente, et sans grande importance puisque Barbezieux croit que le prudent Saint-Mars pourrait éventuellement en parler ; c'est pourquoi je pense qu'il s'agit de l'assiette d'argent.

Il faut maintenant opposer à notre thèse une assez grave objection.

Si vraiment ses anciens complices recherchaient le prisonnier, si longtemps après son incarcération, c'est qu'ils savaient qu'il était le jumeau de Louis XIV. Dans ce cas, il me semble certain que les ennemis du roi à l'étranger n'eussent pas manqué de proclamer dans leurs gazettes que Louis XIV était un usurpateur, bourreau de son frère.

Or, ils ne l'ont pas fait. Pourquoi ? Une bonne réponse à cette question : s'ils avaient pu publier leur conviction, le prince captif eût été supprimé, ou enfoui dans une basse fosse, où il serait mort en six mois.

Autre question : pourquoi n'ont-ils pas parlé après la mort du prisonnier ? Ceux qui savaient étaient peut-être morts eux-mêmes ? Ce sont peut-être leurs confidences qui ont fait naître la thèse du jumeau ? D'autre part, six ans après la Révocation, et l'exode massif des protestants, un complot contre le roi n'avait plus aucune chance de succès... C'est tout ce que je trouve à dire, et ce n'est pas très convaincant.

18

LA BASTILLE

En mai 1698, après plus de dix ans passés à Sainte-Marguerite, on offre à Saint-Mars ce que Duvivier appelle « le maréchalat des geôliers », c'est-à-dire le gouvernement de la Bastille.

Une lettre de Barbezieux nous apprend que les appointements du gouverneur dépassaient vingt mille livres par an, et que « ses profits » atteignaient la même somme : en tout, 40 000 livres. Iung traduit cette somme en francs de 1873, et il en estime la valeur à 200 000 francs de son époque, ce qui me paraît exorbitant, car ces 200 000 francs de 1873 valent au moins 80 millions de 1960. Il est vrai que le gouverneur avait à payer les gardes du château et ses sergents, ce qui lui laissait un bénéfice d'environ 40 millions par an.

L'auteur de *La Bastille dévoilée* va beaucoup plus loin : il affirme que *« le gouverneur, outre ses appointements, tirait de sa place plus de 300 000 livres par an en profit sur la nourriture et l'ameublement des prisonniers ».*

Il aurait donc reçu 340 000 livres par an, c'est-à-dire un peu plus d'un milliard de nos francs, logé, nourri et servi.

Cela me paraît incroyable. Pourtant, Constantin de Renneville, qui passa plusieurs années à la Bastille, fait des calculs assez précis et détaillés, et affirme que le successeur de Saint-Mars, Bernaville, a gagné en six ans, deux millions de livres, soit près de six milliards de 1960.

Ce n'est pas possible, et il s'agit certainement de commérages entre prisonniers. Dans les collèges d'avant 1914, le principal nourrissait les pensionnaires, et le bruit courait parmi les élèves qu'il gagnait des centaines de mille francs, alors que dans les bonnes années, son bénéfice n'atteignait pas vingt mille francs. Tenons-nous-en donc aux chiffres de Barbezieux, que nous avons cités (environ quatre milliards de francs 1960).

Pourtant, malgré l'offre somptueuse de Barbezieux, Saint-Mars hésita longtemps. Il avait 72 ans ; il vivait en paix au soleil de la côte d'Azur, car ses deux fils étaient morts. Il fallut cinq mois et deux lettres de Barbezieux pour le décider.

Il est difficile d'expliquer l'insistance du ministre, car les candidats à ce poste ne manquaient pas ; je n'y trouve qu'une seule raison : on voulait qu'il amenât le prisonnier à Paris. Pourquoi ?

Nous essaierons plus loin de timides conjectures. Finalement, Saint-Mars accepte, et au début d'août 1698, il prend la route de Paris.

*

Cette nomination de Saint-Mars prouve l'importance des « services » qu'il a rendus depuis l'arrestation de Fouquet en 1661, trente-sept ans plus tôt ; et la promotion de Rosarges est encore plus surprenante : un petit major de province soudainement nommé major de la Bastille, la première prison de France ; on a dû en parler chez les majors de province ! Mais enfin, il est admissible qu'un nouveau gouverneur obtienne la nomination de son adjoint, en qui il a toute confiance.

L'installation de Guillaume de Formanoir au

poste d'administrateur de la grande prison est très inattendue. On nous dit qu'il partagera ces fonctions avec l'abbé Giraud.

Ainsi les comptes des dépenses faites pour le prisonnier ne seront pas connus par des indiscrets, ni ses confessions.

Enfin, la promotion la plus significative est celle du porte-clefs Antoine Rû. Il y en avait des douzaines à la Bastille. Ce Rû, qui s'appelait Larue, était certainement né sur la Côte d'Azur. Il avait son emploi à Sainte-Marguerite : on l'emmène à Paris ; mille kilomètres sur des routes défoncées, voyage d'un mois, et on l'installe sous un climat qui n'est pas le sien, pour ouvrir et fermer les portes du cachot de Dauger, ce « valet » selon Louvois...

Il faut bien reconnaître que ce fait a une très grande importance.

Si le gouverneur militaire de Marseille était promu gouverneur de Paris, il serait naturel qu'il vînt avec le colonel qui est son adjoint ; mais on serait bien étonné s'il arrivait avec ce colonel, un capitaine, deux lieutenants et son planton marseillais.

*

Un matin d'août 1698, le cortège débarque à Cannes et prend la route de Paris.

Trois cavaliers précèdent la litière de Saint-Mars. Dans une seconde litière, aux rideaux fermés, le prisonnier.

Il est suivi d'une escorte de cavaliers, commandée par le major Rosarges, et Guillaume de Formanoir ferme la marche avec l'abbé Giraud.

L'abbé, Saint-Mars, Rosarges, Formanoir et Antoine Rû marchent vers la Bastille. Aucun d'eux n'a jamais espéré que sa carrière le conduirait jusqu'à la plus célèbre prison de France, la prison du Roi. Cet honneur, ils le doivent au prisonnier masqué, celui qui ne s'est jamais plaint, et qui sommeille sans doute au balancement de sa litière. On en arrive à se demander si c'est lui qui les suit, ou eux qui le suivent. Son chapelain l'accompagne à Paris, et il me semble que c'est un seigneur qui voyage avec ses gens.

On a déjà lu le récit de la halte de deux ou trois jours au manoir du Palteau, récit que nous devons au fils de Guillaume.

On a lu également le récit de l'arrivée à la Bastille par du Junca. Il faut maintenant souligner une petite phrase qui a son importance.

Formanoir du Palteau nous a dit, à l'arrivée au Palteau :

« *L'Homme au Masque arriva dans une litière qui précédait celle de M. de Saint-Mars.* »

Du Junca dit, à la Bastille :

« M. de Saint-Mars *est arrivé... ayant mené avec lui* dans sa litière... »

Ainsi donc, en province, le prisonnier voyage dans sa propre litière, mais en arrivant à Paris, Saint-Mars l'a pris dans la sienne, parce que l'arrivée de deux litières eût prouvé la présence de deux personnages importants.

C'est pourquoi il l'a pris avec lui, et lui a fait mettre son masque, car du Junca le voit arriver masqué, et « on attend la nuit » pour le conduire, toujours masqué, à la troisième Bertaudière.

Nous savons qu'il ne resta que quatre ou cinq mois au plus dans cette chambre préparée pour le recevoir, car les registres d'écrou de la Bastille nous apprennent qu'au début de mai elle était occupée par un protestant. Où était donc le Masque ? Dans le dernier cachot qu'on avait aménagé pour lui, près de l'appartement du gouverneur. Du Junca nous l'avait dit : il sera soigné par le major Rosarges, et le gouverneur le nourrira...

Comment a-t-il passé les cinq dernières années de sa vie ? Nous n'en savons rien : il n'y avait plus de correspondance, et Saint-Mars devait faire ses rapports oralement à M. de Pontchartrain, car la Bastille ne dépendait pas du ministère de la Guerre ni de Barbezieux. De plus, à la Révolution, la foule des émeutiers à qui M. de Launay eut le tort d'ouvrir les portes a fait des feux de joie avec les précieux registres que pleurent encore nos historiens.

Tout ce que nous savons, c'est que le prisonnier de Provence est mort presque subitement « en sortant de la messe ».

Rosarges l'a soigné jusqu'à la fin, et c'est sans doute lui qui a enveloppé le corps *« dans un drap blanc neuf qu'a donné le gouverneur »*, et qui a signé l'acte de décès. Puis l'abbé Giraud a célébré la dernière messe, et ils ont suivi le discret convoi funèbre le mardi 20 novembre 1703, à quatre heures de l'après-midi, jusqu'au cimetière Saint-Paul. Antoine Rû les accompagnait certainement, mais Saint-Mars n'était pas là. Sa présence eût prouvé l'importance du mort.

Il était sans doute à la Bastille, surveillant les maçons qui piquetaient jusqu'au vif les murs du dernier cachot, et qui remplaçaient les carreaux du sol ; des geôliers fondaient les vaisselles d'étain, d'autres brûlaient le bois du lit brisé, et les croisillons des fenêtres. On avait des ordres : service du roi.

19

TOPIN-MATTHIOLI

La candidature de Matthioli a été défendue par de nombreux historiens : Roux, Fazillac, Delort, etc. L'un des plus importants est certainement le livre de Marius Topin, et il a longtemps été considéré comme définitif.

L'ouvrage de Topin est fort intéressant.

On ne peut dire que ce soit un chef-d'œuvre de notre littérature, mais c'est un beau livre, vivement écrit, et qui a versé au dossier de l'affaire un grand nombre de dépêches inédites et du plus grand intérêt.

Pour lui, le Masque, c'est Matthioli, sans aucun doute possible, et, pour nous imposer sa conviction, cet homme remarquablement intelligent et sincère en arrive à des raisonnements non seulement absurdes, mais parfaitement ridicules.

Sa conviction est fondée sur la phrase de du Junca : « *avec un ancien prisonnier qu'il avait à Pignerol* », dont il donne une explication tout à fait extraordinaire.

Il faut dire d'abord que Topin a fait une très importante découverte : il a trouvé, dans les papiers de l'abbé d'Estrades, la lettre de Saint-Mars qui prouve que Matthioli n'a pas été interné à Exiles, et qu'il restera séparé de Saint-Mars pendant treize ans. On pense alors que l'historien, consterné, va renoncer à son cher Matthioli. Tout au contraire, il en est aux anges. « Voilà, dit-il, l'explication de la parole de du Junca : "Un ancien prisonnier qu'il avait à Pignerol." » Il en conclut que c'est donc bien Matthioli qui est mort à la Bastille.

À première vue, ce raisonnement est incompréhensible, mais Topin s'explique, et nous donne une leçon de grammaire. Il écrit : les mots « votre ancien prisonnier » n'ont grammaticalement qu'un sens, à savoir « le prisonnier que vous aviez autrefois sous votre garde, et qui de nouveau vous a été confié ».

On peut d'abord répondre qu'en bon français « votre ancien prisonnier » signifie « qui fut sous votre garde, et qui n'y est plus ».

Ce n'est pas dans ce sens que du Junca a employé le mot « ancien » puisque le prisonnier est encore sous la garde de Saint-Mars. Nous allons retrouver « ancien » dans une lettre de Louvois. Il s'agit de Fouquet, et de son valet La Rivière, qui est à son service depuis dix ans, et qui ne l'a jamais quitté.

« *Lorsque M. Fouquet ira prendre l'air avec son ancien valet...* »

Il est donc évident que, dans la langue de cette époque, « ancien » signifie que Saint-Mars garde ce prisonnier depuis longtemps... Quant à la leçon de grammaire du cher Topin, elle nous révèle à quelles acrobaties dans l'absurde un parti pris peut réduire un homme intelligent.

Pour l'expression employée par du Junca, il est facile d'en trouver l'origine.

En arrivant à la Bastille, le prisonnier a été conduit à la tour de la Bertaudière, où il est resté sous la garde de Rosarges et d'Antoine Rû, « en attendant la nuit ». Il est logique de penser que Saint-Mars, nouveau gouverneur, et Guillaume de Formanoir, nouvel administrateur, sont allés avec du Junca visiter les appartements préparés pour eux. Ils ont certainement causé. Il est évident que du Junca, lieutenant de roi, qui tient les registres d'écrou, a demandé « sous quel nom faut-il inscrire le prisonnier ? »

Il est non moins évident que Saint-Mars ne pouvait répondre « Eustache Dauger ». Après la mort de Fouquet, il a reçu l'ordre d'annoncer à tout le monde que Dauger et La Rivière avaient été remis en liberté. Leur nom ne sera jamais plus prononcé dans la prison, ni dans la correspondance, et l'on ne parlera jamais plus du prisonnier de M. de Vauroy. On nommera Dauger « votre prisonnier », « le prisonnier », et Saint-Mars l'appelle *mon ancien prisonnier*. Ceci est définitivement prouvé par la lettre du 6 janvier 1696.

Saint-Mars a donc répondu :

« Son nom ne se dit pas. Nous l'appelons "l'ancien prisonnier" *parce que c'est le plus ancien de tous. Nous l'avions déjà à Pignerol. »*

C'est ce qu'a noté du Junca : « Un ancien prisonnier qu'il avait à Pignerol, et dont le nom ne se dit pas. »

Nous avons d'ailleurs la preuve définitive que Matthioli n'est pas l'ancien prisonnier. Elle nous est fournie par quelques lignes de la longue lettre de Saint-Mars, du 6 janvier 1696 :

« Le premier venu de mes lieutenants prend les clefs de la prison de mon ancien prisonnier, par où l'on commence et il ouvre les trois portes. »

Or, le cachot à trois portes, c'est celui de Dauger, commandé par Louvois à Pignerol, reconstruit à Exiles par Saint-Mars (qui voulait transporter les précieuses portes de Pignerol à Exiles), reconstruit enfin à Sainte-Marguerite sept ans avant l'arrivée de Matthioli.

« L'ancien prisonnier », c'est Dauger, et c'est bien lui qui est mort à la Bastille, sous le masque de velours noir.

C'est donc par une interprétation extravagante que Topin commence l'exposé de sa thèse.

Il fait ensuite un portrait tout à fait remarquable de Matthioli.

Il nous le présente comme un très important diplomate, un grand personnage de l'illustre Cour du duc de Mantoue, et dont la trahison fut peut-être l'acte d'un patriote :

« *En considérant le péril auquel la cession de Casal exposait l'Italie, Matthioly a peut-être entrevu l'intérêt de son pays plus que le sien propre* » et « *sous les apparences déshonorantes de la trahison, il a cru accomplir un acte honorable.* »

Après cette réhabilitation, Topin déclare que l'enlèvement du diplomate fut une « violation particulièrement odieuse du droit des gens, un acte exorbitant », que Louis XIV avait le plus grand intérêt à tenir secret, sous peine d'être déshonoré devant l'Europe et devant l'histoire. Funck Brentano, autre Matthioliste, qui continua l'œuvre de Topin, pense également que ce fut un abus de pouvoir d'une exceptionnelle gravité.

J'avoue que ce ton solennel me paraît un peu forcé, et je ne suis pas « exorbité » parce que le roi de France a fait arrêter, en France, un escroc italien, ministricule d'un principicule, qui l'avait dupé, volé, et ridiculisé, en même temps qu'il volait, dupait et ridiculisait son propre maître, lequel, d'ailleurs, ne prit même pas la peine de demander de ses nouvelles.

Cette indifférence, qui prouvait l'insignifiance du personnage, ne fut pas du goût de Topin ; il la transforma en « peur », et il nous apprit que, si Louis XIV n'avait pas emprisonné Matthioli, le duc de Mantoue l'eût fait lui-même ; ceci donnait un peu plus d'envergure au captif qui devenait ainsi un homme dangereux, et digne du Masque de Fer.

*

Cette question du masque était évidemment gênante pour la candidature de Matthioli. Pourquoi cacherait-on le visage parfaitement inconnu de cet Italien ? L'explication de Topin est remarquable.

Selon lui, le masque n'a jamais été imposé au prisonnier. C'est lui qui a voulu porter un masque !

Il a même fourni cet appareil, car il en avait un dans ses bagages. Pourquoi ? Parce qu'il est Italien !

Iung, qui pourtant n'est pas un plaisantin, estime que l'on pourrait dire aussi raisonnablement :

« Ce monsieur est espagnol, il a donc certainement des castagnettes dans sa poche. »

La question du masque étant ainsi réglée, Topin doit résoudre une autre difficulté.

Il est évident que le Masque a toujours été le principal souci du ministre du geôlier. Or, Louvois, dans la correspondance, appelle Matthioli « fripon » et conseille la bastonnade. Blainvilliers lui montre un gourdin en lui disant *« que c'est le meilleur moyen de calmer les extravagants »*.

Voilà qui diminue considérablement le « standing » du candidat. Topin n'est pas ébranlé pour si peu, et affirme que Louvois parlait sur ce ton-là à tout le monde. C'était son caractère, il était comme ça.

Cette justification paraît nettement insuffisante.

En réalité, le malheureux escroc, après quinze ans de captivité à Pignerol, où il fut grandement maltraité, fut transféré aux îles en 1694. Il avait cinquante-quatre ans et, selon la correspondance, il commençait à perdre la raison.

Au moment du départ, il fallut le tirer de son lit, car il était sérieusement malade.

De Pignerol aux îles, il y a cent kilomètres, et il faut traverser les Alpes, dont les cols, à la fin mars, sont encore obstrués par les neiges.

D'après la correspondance, il ne fut pas question d'acheter une chaise, ni une litière, pour le transport du malheureux ; comme le voyage dura six jours, il est à peu près certain qu'il fit tout le trajet à pied, à raison de 15 à 20 kilomètres par jour, sur des routes verglacées, ou couvertes de neige. C'est pourquoi, dix jours après son arrivée aux îles, il mourut d'épuisement.

*

En fin de compte toute la gloire et tout le malheur de Matthioli sont dus à l'imagination de Louvois.

Son escroquerie méritait sans doute cinq ou six ans de prison, après quoi on l'eût reconduit à la frontière à coups de pied au derrière. Mais Louvois, inquiété par les bruits qui couraient sur le prisonnier mystérieux, avait besoin d'un Masque de Fer.

C'est pourquoi à partir du 26 octobre 1680, on cesse de l'appeler Lestang, pour l'appeler clairement Matthioli.

J'avais cru – avec plusieurs historiens – que le fait de révéler son nom prouvait qu'il avait perdu toute importance. C'était au contraire pour lui en donner.

C'est dans ce but qu'au moment du départ pour Exiles, Louvois a voulu nous faire croire – et faire croire à ses bureaux – que Matthioli était l'un des deux prisonniers. C'est dans ce but que Barbezieux nous a dit que Matthioli était « de plus de conséquence que tous les prisonniers des îles » ; c'est aussi dans ce but qu'on lui a laissé un valet. Il est en effet surprenant que l'on paie un valet pour un prisonnier que le ministre veut faire souffrir, et qu'il conseille de traiter par la bastonnade.

C'est aussi pourquoi on nous a caché sa mort aux îles, et qu'on n'a pas remis en liberté son valet, parce qu'il eût peut-être révélé la mort de son maître, que d'ailleurs sa libération eût prouvée. Cette mort était devenue un secret d'État, parce qu'on avait décidé d'inscrire un jour son nom sur l'acte de décès du Masque de Fer...

Il convient, à la fin de ce chapitre, de résumer et de réunir tous les arguments qui anéantissent la thèse de Topin, et la candidature de Matthioli.

I. – C'est en 1669 que l'on a construit à Pignerol le premier cachot du prisonnier masqué, et qu'on a alerté la garnison pour assurer son incarcération. Matthioli n'a été incarcéré que dix ans plus tard, avec quatre soldats et un abbé.

II. – Il ne va pas à Exiles, et restera éloigné de Saint-Mars pendant treize ans.

Ce n'est donc pas *« le prisonnier que vous gardez depuis vingt ans »*.

Cette lettre de Barbezieux est de 1691. À cette date, Saint-Mars n'a gardé Matthioli que deux ans et six mois, et l'Italien est encore à Pignerol.

III. – On l'a mis dans le même cachot que le moine Jacobin.

Lettre de Saint-Mars à Louvois :

« Depuis que Monseigneur m'a permis de mettre Matthioli dans le même cachot de la tour d'en bas que le moine Jacobin... »

Il n'a donc pas de secret.

IV. – Antoine Rû dit à la Bastille, en 1698, que l'homme masqué est prisonnier depuis trente ans. S'il s'agissait de Matthioli, arrêté en 79, il aurait fait une erreur de 19 ans.

V. – Il est évident que l'homme enfermé dans la litière de toile cirée, c'est l'homme qui sera masqué. Le choix de porteurs italiens prouve qu'il ne sait pas l'italien.

VI. – Pendant que Dauger et son valet La Rivière, à Exiles, ont une pension de 12 livres par jour, Matthioli reste à Pignerol avec une pension de 2 livres.

VII. – Sans litière, sans porteurs italiens, à demi fou et grelottant de fièvre, il a fait à pied une centaine de kilomètres, et il en est mort.

VIII. – Après trente-quatre ans de secret rigoureux, pourquoi aurait-on mis son nom sur l'acte de décès ?

Pour toutes ces raisons, la thèse Matthioli me semble définitivement inacceptable. Non, Matthioli ne fut pas le Masque de Fer. Cette certitude est d'une très grande importance : si nous le savons, Louis XV et Louis XVI le savaient aussi.

20

LE MASQUE

CE qui est étrange, et parfois un peu agaçant pour le lecteur de bonne foi, c'est que le masque noir, qui fait le grand intérêt de cette histoire, semble avoir gêné les historiens tout autant que le prisonnier.

On nous démontre d'abord – par de simples haussements d'épaules – que ce masque ne pouvait pas être en fer, ce qui prouve que toute l'histoire repose sur une absurdité. C'est triompher à bon compte, car aucun des témoins n'a prétendu que le masque était en fer. C'est le prisonnier que l'on a nommé « Le Masque de Fer » par une extension dramatique des petits ressorts de la mentonnière dont Voltaire a parlé le premier.

On nous dit alors que de nombreux prisonniers portaient un masque à la Bastille et on cite le cas de plusieurs jeunes gens de bonne famille.

Cependant, on n'affirme pas que le masque leur avait été imposé ; il nous semble probable que ces jeunes nobles, qui ne devaient rester à la Bastille que pendant quelques mois, avaient demandé l'autorisation de cacher leur visage, afin de n'être pas reconnus plus tard par leurs gardiens ou leurs codétenus.

Dans le cas de notre prisonnier, le précieux du Junca dit : « Lequel il fait tenir toujours masqué. »

Or, le captif vient d'arriver, et du Junca doit tenir ce renseignement de quelqu'un de l'escorte : Rosarges, ou Formanoir, ou le porte-clefs, et tous trois savent très bien de quoi ils parlent.

Cinq ans plus tard, en annonçant la mort du prisonnier, du Junca dit encore :

« Ce prisonnier inconnu, toujours masqué d'un masque de velours noir que M. de Saint Mars, gouverneur, avait amené avec lui des îles Sainte-Marguerite. »

Le masque lui est donc imposé, tout au moins dès qu'il sort de son cachot.

Parce que du Junca dit qu'il était de velours noir, plusieurs historiens ont transformé le masque en « loup », qui ne cache que le haut du visage. Les partisans de Matthioli sont tous d'accord sur ce point, parce que (disent-ils) les Italiens portent souvent des loups, et que Matthioli en avait probablement un dans ses bagages.

Or, aucun des témoins n'a parlé d'un loup, mais bien d'un masque ; Voltaire nous dit : « Un masque dont la mentonnière avait des ressorts d'acier, qui lui laissaient la liberté de manger avec le masque sur son visage » (1751).

En 1768, les paysans du Palteau ont dit à leur maître :

« Lorsque le prisonnier traversait la cour, il avait toujours un masque noir sur son visage. »

« Les paysans remarquèrent qu'on lui voyait les dents et les lèvres, qu'il était grand, et qu'il avait les cheveux blancs. »

Il est donc exact qu'on ne voyait pas son menton, c'est-à-dire que ce masque avait la mentonnière que Voltaire a si clairement décrite, et cette mentonnière s'explique par le fait que Louis XIV avait au milieu du menton une fossette très visible sur plusieurs de ses portraits, quoique le peintre ait certainement pris soin, selon l'usage, d'en atténuer la profondeur.

Ce masque est d'ailleurs complété par d'autres mesures de sécurité : la chaise couverte de toile cirée dans laquelle le prisonnier fut à demi suffoqué, le tambour construit à Exiles pour que le prêtre ne puisse pas le voir pendant la messe, les triples grilles aux fenêtres...

Ainsi, non seulement personne ne doit lui parler, mais encore personne ne doit le voir. La correspondance insiste sur ce point qui semble être d'une grande importance.

Louvois à Saint-Mars, 21 avril 1670 :

« Je vous prie de visiter soigneusement le dedans et le dehors du lieu où il est enfermé et de le mettre en état que le prisonnier ne puisse voir ou être vu de personne, et ne puisse parler à qui que ce soit ni entendre ceux qui voudraient lui dire quelque chose. »

12 juillet 1681 :

« Pour qu'on ne voie point mes deux prisonniers, ils ne sortiront point de leur chambre pour entendre la messe. »

11 mars 1682 à Exiles :

« Ils peuvent voir les personnes qui sont sur la montagne, mais on ne saurait les voir à cause des grilles qui sont au-devant de leur chambre. »

11 mars 1682 :

« Le prêtre qui leur dit la messe ne peut les voir à cause d'un tambour que j'ai fait mettre. »

20 janvier 1687 :

« Si je le mène aux îles, je crois que la plus sûre voiture serait une chaise, couverte de toile cirée, de manière qu'il aurait assez d'air sans que personne pût le voir ni lui parler pendant la route, pas même les soldats que je choisirai pour être proches de la chaise. »

23 mars 1687 :

« *Je me remettrai en marche avec mon prisonnier que je vous promets de conduire ici en toute sûreté sans que personne le voie ni ne puisse lui parler.* »

3 mai 1687 :

« *Je puis vous assurer, Monseigneur, que personne ne l'a vu.* »

27 décembre 1693 :

« *Lettre Barbezieux prouve que Matthioli était à Pignerol en décembre 1693.* »

20 mars 1694 :

Transfert des prisonniers de Pignerol. Il n'est pas question de les cacher.

19 juillet 1698 :

« *Le Roi trouve bon que vous passiez des îles à la Bastille avec votre ancien prisonnier, prenant vos précautions pour empêcher qu'il ne soit vu ni connu de personne.* »

Il s'agit donc d'un visage connu et il y a, dans les lettres citées plus haut, une phrase très remarquable.

À la veille du départ pour la Bastille, le ministre écrit :

« En prenant vos précautions pour qu'il ne soit vu ni *connu* de personne. »

Est-ce que « connu » n'a pas ici le sens de « reconnu » ?

Les manuels de philosophie, au lycée, nous ont dit :

« Connaître, c'est reconnaître. »

De plus, lorsque je dis que cet homme est connu, ce n'est peut-être pas assez dire.

Que l'on cache ce visage sous le masque et dans une litière aux approches de Paris, qu'on le cache à Lauzun, à du Junca, au médecin de la Bastille, cela prouve qu'il doit être connu à Paris. Qu'on le cache avec tant de précautions au vieux curé d'Exiles, aux sentinelles, aux soldats de l'escorte, aux paysans provençaux que l'on pourrait rencontrer sur la route, entre Exiles et Sainte-Marguerite, qu'on le cache aux paysans du Palteau, c'est la preuve que ce visage est célèbre.

À une époque sans photographies, sans journaux illustrés, sans cinéma et sans télévision, le seul visage reconnaissable partout, c'était celui du roi, que tout le monde avait dans sa poche, sur les pièces de monnaie.

21
LES ÉGARDS

La question des « égards » est l'une des plus importantes, et des plus discutées, surtout par Georges Mongrédien, qui affirme :

« *Nulle part on ne voit trace, dans les dépêches ministérielles, des légendaires égards dus au prisonnier qu'il est bien plutôt question de corriger quand il fait le fol* » (p. 226).

Constatons d'abord que l'historien est vraiment trop exigeant. Pour croire aux égards, il voudrait qu'ils fussent ordonnés par le ministre, qui a commencé par nous dire : « *Ce n'est qu'un valet.* »
D'autre part, la dernière phrase (p. 226) qui affirme : « *il est bien plutôt question de le corriger quand il fait trop le fol* », nous a grandement surpris, et nous avons aussitôt cherché la référence ; contrairement à son habitude, le scrupuleux Mongrédien ne la donne pas.
J'ai donc relu toute la correspondance, pour y chercher une note du ministre ou du geôlier qui confirmât cette affirmation.
Jamais, dans les lettres que nous connaissons, Saint-Mars ne s'est plaint de Dauger. Il dit au contraire :

« qu'il vit content, comme un homme résigné à la volonté de Dieu et du Roi », ou qu'il est *« dans une grande quiétude »*.

Laloy dit :

« Ajoutons que le caractère doux et pieux du prisonnier masqué est bien en accord avec ce que nous savons de Dauger. »

Iung dit :

« Cet Eustache était doux et facile à conduire » (p. 162).

Marsollan, chirurgien de la Bastille, et qui a souvent soigné le Masque, a dit :

« Il ne se plaignait jamais de son état. »

Il nous semble donc que rien ne justifie, à notre connaissance, l'affirmation de Georges Mongrédien ; mais d'autre part, en haut de la même page 226 de son ouvrage, nous avons découvert une lettre de Louvois, à la date du 24 mai 1682, adressée au lieutenant de Villebois, à Pignerol :

« J'ai reçu votre lettre du 10 de ce mois par laquelle je vois la peine que vous fait le sieur Dubreuil. S'il continue à faire le fol, vous n'avez qu'à le traiter comme l'on fait avec les gens qui ont perdu l'esprit, c'est-à-dire le bien étriller, et vous verrez que cela le fera revenir dans son bon sens. »

Je crois donc que, pour une fois, sa mémoire a trahi l'historien, et qu'il a confondu Dauger et Dubreuil, qu'il venait de citer.

*

Le premier, le plus grand, et le moins discutable des égards, c'est, à notre connaissance, la construction de trois cachots, à Pignerol, Exiles, et Sainte-Marguerite.

Nous n'en connaissons qu'un, celui des Îles, que l'on peut encore visiter.

Ce n'est pas un cachot que l'on a construit : c'est un bâtiment réservé au gouverneur et au prisonnier.

Relisons la lettre de Louvois :

26 mars 1687

« J'ai reçu votre lettre du 2 de ce mois avec le plan et le mémoire qui y étaient joints, et ce qu'il y a à faire pour bâtir la prison et le logement que vous demandez (pour rendre sûre la personne de votre prisonnier) dans l'île Sainte-Marguerite, montant à 5 025 livres, que je donne l'ordre au trésorier de l'extraordinaire de vous envoyer, afin que vous puissiez faire vous-même ce bâtiment de la manière que vous le désirez. »

D'après plusieurs lettres du ministre et du geôlier, nous savons que Louvois avait accordé un crédit de 5 500 livres, mais qu'il y eut un « dépassement » de 1 900 livres, accordé sans la moindre discussion : en tout plus de vingt millions de francs. Il me sembla que cette somme était énorme pour assurer la sécurité d'un seul prisonnier ; j'étais pourtant bien loin de compte.

Un architecte et un entrepreneur eurent l'amabilité de m'accompagner dans une visite du bâtiment ; comme je parlais de ces vingt millions, l'entrepreneur sourit, et dit :

« Vingt millions anciens de 1959 ?

– C'est ce que Louvois a donné à Saint-Mars.

– C'est peut-être le prix des matériaux, comme la chaux, le ciment, le plâtre, le bois. Quant à la main-d'œuvre, n'oubliez pas que cette bâtisse a été construite gratuitement par le commissaire des guerres, M. du Chesnoy, c'est-à-dire par deux ou trois compagnies du Génie, qui ont certainement travaillé plus de six mois. Si vous me demandiez aujourd'hui de construire cette forteresse, je pense que mon devis dépasserait quatre cents millions pour la seule maçonnerie ! »

*

L'appartement de Saint-Mars, au premier étage, a été détruit plus tard par un bombardement. Le Masque était logé au rez-de-chaussée, qui se trouve d'ailleurs à trente ou quarante mètres au-dessus de la mer, car le bâtiment est au bord d'une falaise.

Il y a là deux chambres voûtées : la hauteur de la voûte est à 4,50 m du sol. Pour y pénétrer, on ouvre d'abord une lourde porte de prison, et l'on découvre un couloir d'une douzaine de mètres.

À gauche, en entrant, une double porte donne accès à la première chambre. Six mètres plus loin, une autre double porte s'ouvre sur la seconde.

La première chambre est toute simple : on n'y trouve que les quatre murs, la porte et la fenêtre.

Dans la seconde chambre, se trouvent les « commodités » dans une sorte de niche assez large, à droite de la fenêtre. À gauche, une belle cheminée provençale à grand manteau, comme on en voit dans les salons de villas de la Côte d'Azur.

On s'est souvent demandé pourquoi Saint-Mars avait fait construire deux chambres fortes ; c'est qu'il pensait y installer, avec Dauger, le pauvre La Rivière, qui mourut à la veille du départ d'Exiles... La chambre sans cheminée et sans « commodités » était certainement pour lui.

Elle n'a probablement pas été occupée par un autre prisonnier, car Saint-Mars n'eût jamais donné à Dauger un voisin avec lequel il eût pu communiquer par des coups frappés contre le mur, comme il est d'usage dans les prisons ; on peut imaginer que le porte-clefs Antoine Rû, qui faisait le ménage du Masque, y fut logé ; mais ceci n'est qu'une hypothèse.

Pour les dimensions de cette chambre, nous en avons parlé plus haut.

Pour le cachot d'Exiles, nous savons que son « aménagement » coûta *18 millions de francs* et que, là encore, les travaux importants furent faits gratuitement par les hommes de M. du Chesnoy, commissaire des guerres.

Quant au premier cachot de Pignerol, dont la construction dura six mois, il exigea sans doute également une dépense très considérable.

Rappelons enfin qu'à la Bastille, après un séjour dans une chambre de la Tour Bertaudière, meublée « de toutes choses » en prévision de son arrivée, il fut certainement logé dans une autre chambre, à côté des appartements du gouverneur.

Je crois pouvoir affirmer que, dans toute l'histoire des prisons du monde entier, on n'a jamais fait d'aussi fabuleuses dépenses pour le logement d'un prisonnier.

ATTITUDE DES GARDIENS

I. – Première lettre de Louvois à Saint-Mars après l'incarcération :

« Vous n'avez pas besoin de me demander la permission d'appeler un médecin quand il en aura besoin. »

Le prisonnier aura donc toute sa vie un médecin à sa disposition. Ceci est à rapprocher d'une autre lettre de Louvois, qui ordonne de n'appeler un médecin pour Matthioli que s'il est en danger de mort.

II. – Hillairet, qui a longuement étudié le régime des prisons (*Gibets, Piloris et Cachots*, Éditions de Minuit, 1956), nous dit :

« *Les draps étaient changés l'hiver tous les mois, l'été toutes les trois semaines.* »

Or, à Sainte-Marguerite, tout le linge du prisonnier est changé deux fois par semaine (lettre Saint-Mars du 6 janvier 1696).

III. – Pour la nourriture du Masque et de son valet, Saint-Mars reçoit 360 livres par mois : valeur de sept gros bœufs, ou de mille quatre cents poulets. Nous savons par la lettre du 8 janvier 1688 qu'il a un crédit supplémentaire pour d'autres « *dépances* » qu'il a faites pour le prisonnier, et dont il ne veut pas donner le détail.

IV. – On a commencé la distribution de la nourriture par « *l'ancien prisonnier* » (lettre du 6 janvier 1696), puis Saint-Mars et ses deux officiers se retirent « *après lui avoir demandé fort civilement s'il a besoin d'autre chose* », ce qui signifie qu'on ne lui refuserait pas « *autre chose* ». Peut-on imaginer que Saint-Mars qui rossait les pasteurs, et donnait l'ordre de parler à Matthioli avec un gourdin à la main, eût demandé « *fort civilement* » à un valet « *s'il avait besoin d'autre chose* » ?

Louvois et Saint-Mars sont des témoins irrécusables.

V. – En 1711, témoignage de la Palatine :

« *On l'a d'ailleurs très bien traité, bien logé, et on lui a donné tout ce qu'il désirait.* »

VI. – Le major Chevalier (1749) :

« *Il était traité avec une grande distinction par M. le Gouverneur, et n'était vu que par M. de Rosarges, major dudit château.* »

VII. – Voltaire, 1751-1753 :

« *On ne lui refusait rien de ce qu'il demandait. Son plus grand goût était pour le linge d'une finesse extraordinaire et pour les dentelles...* »
[...]
« *On lui faisait la plus grande chère, et le gouverneur s'asseyait rarement devant lui.* »
« *Le marquis de Louvois lui parla debout, avec une considération qui tenait du respect.* »

VIII. – Lamotte-Guérin (Sainte-Marguerite).
Il a vécu avec le Masque pendant six ans, et a présidé souvent à son repas.
Témoignage de Lamotte-Guérin rapporté par Lagrange-Chancel en 1768 :

« *Le Sieur de Saint-Mars avait de grands égards pour ce prisonnier. Il le servait toujours lui-même en vaisselle d'argent, et lui fournissait souvent des habits aussi riches qu'il pouvait le désirer.* »

IX. – Témoignage de Blainvilliers, rapporté par son cousin, Formanoir du Palteau, en 1768 :

« *Le gouverneur et les officiers restaient devant lui debout et découverts jusqu'à ce qu'il les fît couvrir et s'asseoir... Ils allaient souvent lui tenir compagnie et manger avec lui...* »
« *M. de Saint-Mars mangea avec son prisonnier...* »
« *M. de Saint-Mars coucha dans un lit qu'on lui avait dressé auprès de celui de l'Homme au Masque...* »

X. – Dans ses *Essais historiques* (1777) Saint-Foix nous dit :

« Il est très certain que Mme Le Bret, mère de feu Mr Le Bret, premier président et intendant en Provence, choisissait à Paris, à la prière de Mme de Saint-Mars, son intime amie, le linge le plus fin, et les plus belles dentelles, et les lui envoyait, à l'île Sainte-Marguerite, pour ce prisonnier, ce qui confirme ce qu'a rapporté Mr de Voltaire. »

XI. – Voici maintenant des témoins muets, mais fort éloquents : ce sont les faits.

Le premier, c'est le petit bordereau de Saint-Mars pour les dépenses faites pour le prisonnier, non comprises dans sa pension, et dont il refuse de donner le détail.

Le second, qui me paraît important, c'est l'éclairage aux bougies, alors que Lauzun et Fouquet n'avaient que des chandelles. On peut en conclure que le mobilier du Masque était aussi beau que celui de Lauzun (environ 10 millions), et celui de Fouquet, dont nous ignorons la valeur, mais qui devait être voisine de ce prix, puisqu'il avait la même pension que Lauzun.

XII. – Un troisième fait : l'héritage de Saint-Mars. Trois terres seigneuriales, estimées par Iung à 10 000 000 de francs 1873, c'est-à-dire au moins quatre milliards de francs 1960. Il faut y ajouter 600 millions d'argent comptant, de la vaisselle d'argent, des meubles somptueux, des armes et des bijoux de grande valeur. Soit, grosso modo, près de cinq milliards. Telle fut la valeur du secret fidèlement gardé.

Il a coûté au prisonnier trente-quatre ans de sa vie, il a coûté au roi au moins cinq milliards.

Il est donc impossible de croire qu'il s'agissait du secret d'un valet, car la vie d'un valet coupable ne valait pas grand-chose à cette époque.

Avons-nous des témoignages qui contredisent ceux que nous venons de citer ?

Non, pas un seul, sinon les affirmations de Louvois et de Saint-Mars, affirmations détruites par leur traitement du captif.

*

Enfin, voici le dernier des égards, et peut-être le plus révélateur.

La fable du « valet » est fort injurieuse pour le prisonnier ; mais c'est lui-même, au moment de la conspiration, qui s'est déguisé en valet Martin.

Il ne peut guère se plaindre si ses geôliers, sur l'ordre du ministre et du roi, lui conservent le titre qu'il a choisi lui-même.

Il a peut-être accepté de passer pour le valet de Fouquet, afin d'avoir un compagnon aussi instruit, d'une merveilleuse intelligence, et aussi malheureux que lui-même.

Louvois a eu ainsi le moyen de confirmer sa fable, que les rumeurs des bureaux commençaient à démentir, *mais il n'est pas allé plus loin*.

Nous avons dit plus haut que la purge du dossier avait été mal faite, et qu'une vingtaine de documents révélateurs auraient dû être détruits. Nous dirons maintenant qu'il eût été facile, pour Louvois et Saint-Mars, d'ajouter ensuite au dossier quelques lettres de leur invention, dans le genre de la suivante :

Pignerol, octobre 1675, Saint-Mars à Louvois :

« *Le valet Eustache, contrefesant le fol, ayant rompu un pied de sa table, en frappait la porte de son cachot à grand bruit. Le porte-clés étant allé voir, il a voulu l'assommer. Nous l'avons descendu au cachot noir pour une semaine, avec quatre pains et une cruche d'eau.* »

Réponse de Louvois à Saint-Mars, novembre 1675 :

« *Si le valet ne se calme pas, je suis sûr qu'une bonne séance d'étrivières le remettra dans son bon sens.* »

Si nous avions trouvé dans le dossier cinq ou six lettres de ce genre, le mystère du prisonnier fût resté impénétrable.

Pourquoi Louvois, qui n'a jamais reculé devant aucun mensonge, ne l'a-t-il pas fait ?

Peut-être par respect pour un prince captif, un prince de sang royal, qu'ils n'ont pas osé maltraiter, même par des mots.

Rappelons le geste de Louis XIV : Lauzun lui ayant parlé insolemment, le roi furieux jeta sa canne par la fenêtre *« pour n'avoir pas battu un gentilhomme »*.

Tel était le respect général pour la noblesse ; on pouvait faire décapiter un prince ou un duc, il n'était pas possible de le battre.

Louis XIV et Louvois n'ont pas permis l'invention de ces fausses lettres, car si la France et l'Europe avaient appris un jour que le Roi-Soleil avait fait rosser son frère par des gardiens de prison, il en eût été déshonoré à jamais.

En résumé, les égards sont pour nous absolument indiscutables : ils sont prouvés par tous les témoins valables, et par les faits.

22

LES ROIS

Voici maintenant de très importantes constatations.
Le récit suivant de Voltaire, qui nous décrit la mort de Chamillard, a été adopté par Delort.
Chamillard, qui devait mourir en 1723, fut ministre de la Guerre sous Louis XIV, en 1701, c'est-à-dire qu'il succéda à Barbezieux. Quoique la Bastille ne dépendît pas de lui, mais de Pontchartrain, il est évident qu'il avait conservé le dossier du prisonnier masqué, dossier contenant certainement les épisodes de Pignerol, d'Exiles, de Sainte-Marguerite, et de l'entrée du prisonnier à la Bastille, où il était encore quand Chamillard devint ministre :

« M. de Chamillard fut le dernier ministre qui eut cet étrange secret. Le second maréchal de la Feuillade, son gendre, m'a dit qu'à la mort de son beau-père il le conjura à genoux de lui apprendre ce que c'était que cet homme qu'on ne connut jamais que sous le nom de l'Homme au Masque de Fer. Chamillard lui répondit que c'était le secret de l'État, et qu'il avait fait serment de ne le révéler jamais. »

Lorsque Voltaire publia ces lignes, Chamillard était mort depuis vingt-huit ans, et La Feuillade depuis vingt-cinq ans, mais leurs descendants avaient gardé leur rang, et Voltaire ne se fût pas exposé à un démenti.

Ainsi donc, Chamillard, dont la probité était célèbre, reconnaît qu'il sait la vérité, mais qu'il ne peut pas trahir le secret parce que c'est « le secret de l'État » et parce qu'il a prêté serment. Devant qui ? Devant Louis XIV.

Imagine-t-on Louis XIV, en 1701, exigeant de son ministre un serment solennel l'engageant devant Dieu et devant les hommes à ne jamais prononcer le nom de Matthioli ou celui d'un valet ?

*

C'est sous la Régence que le Masque de Fer fit son entrée dans la littérature et dans les gazettes.

En 1724, six mois après la mort de Chamillard, Constantin de Renneville annonce publiquement le grand mystère du prisonnier masqué, et révèle qu'il s'agit d'un enfant qui avait composé deux vers contre les jésuites, ce qui est évidemment absurde, mais son livre a un grand succès.

*

En 1745, paraissent les *Mémoires pour servir à l'Histoire de la Perse*.

Cet ouvrage attribue le masque au comte de Vermandois, fils du roi et de La Vallière. On en fait plusieurs éditions, en Hollande naturellement, car le roman fait de Louis XIV le bourreau de son fils.

*

En 1751, paraît *Le Siècle de Louis XIV*, et le texte fameux de Voltaire, texte qu'il remaniera et complétera par des notes et des commentaires jusqu'en 1771.

Il prête au roi un fort vilain rôle : celui de bourreau de son demi-frère. De plus, il accuse la reine d'adultère.

L'ouvrage est lu dans toute l'Europe ; la ténébreuse

affaire de l'Homme au Masque de Fer fournit le thème de plusieurs romans, et Voltaire revient à la charge à plusieurs reprises.

En 1768, des discussions s'engagent dans les gazettes, et *L'Année littéraire*, que dirige Fréron, publie le long témoignage de Formanoir du Palteau, qui confirme en grande partie le récit de Voltaire, et permet toutes les suppositions.

Naturellement, c'est à la Cour que l'affaire fait le plus grand bruit.

*

Que dit le roi ? Il ne dit rien. Le Bien-Aimé était certainement plus généreux que son aïeul, mais ce silence est surprenant.

Si le Masque n'avait été que Matthioli, ou un espion quelconque, ou un officier félon, il eût été facile de couper les ailes à cette légende diffamatoire, en publiant tout le dossier, et même en le complétant par quelques additions. Il eût été plaisant, et décisif, d'envoyer Voltaire pour quelques semaines à la Bastille, en lui imposant un masque de fer... Le roi se tait. Il a dû en parler avec ses ministres, qui lui ont conseillé le silence ; Voltaire a dit *« qu'il en savait peut-être plus que le Père Griffet »*. Il serait fâcheux qu'il complétât ses révélations.

Cependant, Louis XV est persécuté par la curiosité de ses familiers et par ses enfants.

D'après Mme de Boigne, le dauphin, poussé par sa sœur Adélaïde, aurait questionné son père, qui se serait dit lié par un serment, c'est-à-dire que le roi fit la même réponse que Chamillard.

Maurice Duvivier dit : *« Procédé commode pour se débarrasser d'importunités. »*

Il eût été beaucoup plus commode de dire publiquement la vérité, si cela avait été possible.

Un émigré, le moraliste Sénac de Meilhan, dont une rue et une avenue de Marseille portent le nom, s'est occupé de la question pendant ses loisirs forcés à Mayence :

« Je crois devoir faire précéder mon sentiment de quelques circonstances. La première est ce que me dit, en 1754, Mgr le Dauphin, père de Louis XVI. Il me parlait un jour de Voltaire, et de son amour pour le merveilleux, qui discréditait son histoire.
« L'Homme au Masque de Fer, me dit-il, lui a donné lieu de hasarder bien des conjectures.
« Je lui représentai que ce fait était bien propre à exercer l'imagination.
« – Je l'ai pensé aussi, me répondit-il, mais le roi m'a dit deux ou trois fois : "Si vous saviez ce que c'est, vous verriez que c'est bien peu intéressant." »

Le dauphin a donc interrogé son père à trois reprises, et trois fois Louis XV a refusé de lui répondre. Pourquoi garder un secret dérisoire, quand celui qui l'interroge est son fils, qui aurait dû régner après lui ?
Sénac de Meilhan dit ensuite :

« M. le duc de Choiseul m'a dit que le roi s'était expliqué à ce sujet dans les mêmes termes, et avec l'air dont on parle de choses indifférentes. »

Choiseul aurait pu lui répondre :

« Puisque c'est si peu de chose, pourquoi Votre Majesté ne le dit-elle pas publiquement ? »

D'ailleurs, selon Dutens, ce ton indifférent ne persuada pas Choiseul qui posa de nouvelles questions :

« Le duc de Choiseul, curieux de pénétrer ce mystère, pria un jour Louis XV de le lui dévoiler. Le roi ne voulut jamais lui rien dire de plus, sinon

"que de tout ce qu'on avait imprimé jusque-là sur le Masque de Fer, il n'y avait pas un mot de vrai ; et que de toutes les conjectures qu'on avait faites là-dessus, il n'y en avait pas une de vraie". »

Voilà une réponse visiblement évasive. Notons cependant que le roi avoue qu'il sait le secret.

On raconte encore ceci :

« *Lorsque le Père Griffet et Saint-Foix agitèrent dans leurs récits la question du secret, en réfutant leurs systèmes respectifs, il échappa à Louis XV de dire, en présence de plusieurs courtisans : "Laissez-les disputer ; personne n'a encore dit la vérité sur le Masque de Fer." Le roi, dans ce moment, avait à la main le livre du Père Griffet.* »

La question l'intéresse donc, et il reconnaît encore une fois qu'il sait la vérité. Il dit qu'il ne s'agit pas de Vermandois, ni du duc de Monmouth. Personne, à cette époque, n'a encore parlé de jumeau.

Le premier valet de chambre du roi, M. de la Borde, n'ose pas l'interroger, mais il doit être visible qu'il est dévoré de curiosité, car Louis XV lui dit un jour :

« *Vous voudriez que je vous dise quelque chose à ce sujet ; ce que vous saurez de plus que les autres, c'est que la prison de cet infortuné n'a fait de tort qu'à lui.* »

Voilà une bien étrange réponse. On pourrait en dire autant de la condamnation de Landru, et il est impossible de lui trouver un sens. Un mot cependant mérite d'être souligné : le roi n'a pas dit « ce criminel », ni ce « traître ».

Il a dit « cet infortuné ». Il est bien évident que s'il avait pensé à Matthioli il aurait dit « cet escroc ».

Cependant la curiosité de Choiseul devait être fortement excitée, car il fit intervenir Mme de Pompadour.

L'astucieuse marquise, selon les Mémoires du baron de Gleichen, insista longuement auprès du roi. Louis XV lui répondit un jour fort sèchement : « *Cessez de m'importuner à ce sujet. Je ne puis rien vous dire ; c'est le secret de l'État.* » Elle ne se tint pas pour battue, et attendit patiemment le moment favorable, qu'elle trouva sans doute sur l'oreiller. Le roi, excédé, finit par lui répondre : « *C'était le secrétaire d'un prince italien...* » (Dutens, *Mémoires d'un voyageur qui se repose*).

Ainsi, le roi, persécuté par son fils, par son ministre, par sa maîtresse, par son valet de chambre, et sans doute par d'autres familiers, finit, après cent dérobades, par avouer qu'il s'agit de Matthioli, mais il ne prononce pas ce nom. Des curieux pourraient faire des recherches, et découvrir qu'il est mort à Sainte-Marguerite en 1694. Mais il est évident que le roi répète la fable de Louvois et de Barbezieux, et son long mutisme prouve qu'il sait qu'il s'agit d'un mensonge.

Le cas de son petit-fils, Louis XVI, est encore plus remarquable.

Lorsqu'il monte sur le trône, il a vingt ans. Il a lu Voltaire, il a entendu parler du Masque par son père le dauphin, par *L'Année littéraire*, par les courtisans. La mystérieuse affaire a dû piquer sa curiosité, il a dû interroger son grand-père Louis XV. C'est une histoire qui intéresse la famille ; en tout cas, elle intéresse Marie-Antoinette, qui lui pose la question.

Il répond qu'il n'en sait rien, et qu'il va faire des recherches !

Voici ce qu'en dit le journal de Mme Campan, femme de chambre de la reine :

« *Louis XVI avait promis à la reine de lui communiquer ce qu'il découvrirait relativement à l'histoire de l'Homme au Masque de Fer ; il pensait, d'après ce qu'il en avait entendu dire, que ce Masque de Fer n'était devenu un sujet si inépuisable de conjectures que par l'intérêt que la plume d'un écrivain célèbre [Voltaire] avait fait naître sur la détention d'un prisonnier d'État qui n'avait que des goûts et des habitudes bizarres [???].*

« *J'étais auprès de la reine lorsque le roi ayant terminé ses recherches lui dit qu'il n'avait rien trouvé dans les papiers secrets d'analogue à l'existence de ce prisonnier ; qu'il en avait parlé à M. de Maurepas, rapproché, par son âge, du temps où cette anecdote aurait dû être connue des ministres, et que M. de Maurepas l'avait assuré que c'était simplement un prisonnier d'un caractère dangereux par son esprit d'intrigue, et sujet du duc de Mantoue. On l'attira sur la frontière, on l'y arrêta, et on le garda prisonnier d'abord à Pignerol, puis à la Bastille. Ce transfert d'une prison à l'autre eut lieu parce que le gouverneur de la première fut nommé gouverneur de la seconde. Il connaissait les ruses de son prisonnier, et le prisonnier suivit le geôlier ; et de peur que celui-ci ne profitât de l'inexpérience d'un gouverneur novice, le gouverneur de Pignerol vint à la Bastille.* »

Louis XVI était un honnête homme, il a hésité devant le mensonge, et il a chargé Maurepas de mentir pour lui ; et ce que récite Maurepas, c'est encore la fable préparée par Louvois.

Enfin, en 1790, l'abbé de Soulavie publie les Mémoires du maréchal de Richelieu ; selon le maréchal, la fille du Régent aurait appris de son père que le Masque était le frère jumeau de Louis XIV, né huit heures après lui, et par conséquent l'aîné, c'est-à-dire le véritable héritier du trône. Pour obtenir cette confidence, cette fille a dû accorder ses faveurs à son père.

C'est à cause de cette accusation ignoble que les révélations de Soulavie ne furent pas prises au sérieux. Il écrivait sous la Révolution, et il voulait faire plaisir au peuple. Louis XIV usurpateur et bourreau de son frère, le Régent amant de sa fille, c'étaient de plaisantes nouvelles, et qui pouvaient faire acheter son livre par les « patriotes », en prouvant l'ignominie des « tyrans ».

Il est bien vrai que le Régent aima les femmes, et qu'il eut un nombre incalculable de maîtresses qui se disputèrent ses faveurs.

Il serait bien étonnant que ce prince eût nourri, de plus, une passion incestueuse pour sa fille – qui d'ailleurs ne s'en serait pas vantée. De plus, ce fait n'aurait aucune importance pour notre histoire. Ce qui nous intéresse, c'est la thèse du frère jumeau de Louis XIV. Les historiens refusent de l'admettre. Nous verrons plus loin qu'elle n'est pas la plus ridicule de toutes celles qu'on nous a proposées.

*

Il faut noter que le vrai scandale du Masque n'éclata que trente ans après la mort du Régent.

Toutefois, il est certain qu'il eut accès aux dossiers secrets, et qu'à la Cour, on parlait depuis longtemps de la mystérieuse affaire. On lui a certainement posé des questions, il a dû faire des recherches. S'il avait trouvé le nom de Matthioli, il eût sans aucun doute publié toute l'histoire, en faisant valoir que l'escroc italien, qui avait dupé Louis XIV et le duc de Mantoue, n'était resté prisonnier si longtemps qu'avec le consentement de son maître. Il eût arrêté net le développement d'une légende fort déplaisante pour la royauté.

Nous arrivons enfin à Louis XVIII. Il a déclaré à son ami, le duc de La Rochefoucauld :

« Je sais le mot de cette énigme, comme mes successeurs le sauront. C'est l'honneur de notre aïeul Louis XIV que nous avons à garder » (Bibliophile Jacob, p. 175).

Marius Topin, que cette déclaration gêne beaucoup, dit que Louis XVIII s'est vanté de connaître le secret du Masque, mais qu'il n'en a jamais rien su, puisqu'il n'a pu le tenir du malheureux Louis XVI. On peut répondre qu'il n'avait qu'un an de moins que le roi, son frère, qui a pu lui confier le secret en 1791, au moment de leur séparation, car Louis XVI savait déjà que sa propre vie était en danger.

De plus, Louis XVIII, fils du dauphin, comme Louis XVI, en a sans aucun doute entendu parler par leur père, et il n'avait aucun intérêt à dire ce qu'il a dit.

Il me semble donc évident que le nom de Matthioli en cache un autre, un nom que l'on ne peut pas révéler plus de cent ans après la mort du prisonnier.

23

LES MENSONGES

TOUT au long de cette ténébreuse histoire, on a tenté de nous cacher la vérité par une série de mensonges ; il convient de rappeler ici les principaux, car leur rapprochement confirme leur fausseté.

*

Voici d'abord la preuve de l'existence d'une fausse version officielle ; c'est un aveu écrit de la main de Saint-Mars, le 8 janvier 1688, de l'île Sainte-Marguerite :

« *Voisy sy joint un petit mémoire de la dépance que j'ai faite pour lui l'année dernière. Je ne le mets pas en détail pour que personne par qui il passe puisse pénétrer autre chose que ce qu'ils croyent.* »

Ce très précieux document nous apprend d'abord qu'en dehors de la pension du Masque, Saint-Mars peut faire pour son prisonnier diverses dépenses que le ministre lui rembourse.

Il nous prouve ensuite que les personnes « par qui passera ce mémoire » (c'est-à-dire les comptables et les secrétaires de Louvois) croient, selon Saint-Mars, à la fable officielle, c'est-à-dire que Dauger est un valet.

Enfin, le détail de la « dépance » les détromperait. On peut en conclure que les achats faits pour le prisonnier sont d'une nature exceptionnelle et révélatrice.

Saint-Mars a peut-être acheté pour lui des livres, ou une guitare, ou des pinces à épiler, ou du linge fin, des dentelles, ou des boissons bien différentes de celles que l'on trouve dans une prison.

Il me semble donc que ces quelques lignes constituent un document irréfutable, et aussi important, dans l'affaire qui nous occupe, que le fut la pierre de Rosette pour Champollion.

*

Voici maintenant la série des mensonges, dans l'ordre chronologique.

I. – Le premier, c'est la dépêche du 13 juillet 1669, « *Inutile de nous envoyer le valet Martin* » alors qu'il est déjà arrêté.

II. – Le second, c'est le faux nom d'Eustache Dauger, et sa condition de valet (juillet 1669).

III. – La comédie jouée à M. d'Estrades, à propos des déserteurs espagnols (juillet 1669).

IV. – Août 1679 :

« *Puisque vous avez quelque chose à me faire savoir que vous ne pouvez confier à une lettre...* » (Voyage à Paris de Blainvilliers).

V. – 1680. Annonce de la mise en liberté de Dauger et de La Rivière.

VI. – 1680 : « *J'emmène à Exiles deux merles.* »

VII. – Nous avons ensuite (mai 1681) le mensonge de Louvois à propos des « hardes » de Matthioli, qu'il faut emporter à Exiles, alors que l'Italien va rester encore dix ans à Pignerol.

VIII. – 14 décembre 1681 :

« Il faut que les habits durent trois ou quatre ans à ces sortes de gens... »

Ceci pour répondre aux bruits qui courent à propos des riches habits du prisonnier.

IX. – Avril 1687.
Le lit si vieux et si rompu, ainsi que le linge de table et les meubles ont été vendus pour 13 écus (39 livres). Or, le mobilier de Lauzun a coûté 10 900 livres.

X. – 1694. Transfert aux îles de Matthioli :

« Ces prisonniers sont plus de conséquence, au moins "un" que ceux qui sont présentement aux Îles. »

Ceci pour faire croire que Matthioli est plus important que Dauger.

XI. – 6 janvier 1696 :
« En faire tout autant aux autres prisonniers. »
« Tout autant » signifie que la même cérémonie a lieu dans chaque cellule.
Il y a dans la prison six pasteurs protestants, les deux venus de Pignerol, et le chevalier de Chezut, dont nous ignorons tout, mais qui n'a pas l'air d'être *« de conséquence »*. Il est difficile de croire qu'après la visite de chaque cellule et la distribution des vivres, Saint-Mars demande *« fort civilement »* à l'occupant s'il n'a pas besoin d'autre chose : nous savons en effet, et par Saint-Mars lui-même, que lorsqu'il va faire une visite aux pasteurs, en fait de civilité, il les

rosse à coups de canne pour les punir d'avoir chanté des psaumes.

XII. – 1703. Le nom de Matthioli sur l'acte de décès...

XIII. – Le mensonge de Louis XIV (Matthioli).

XIV. – Le mensonge de Louis XVI.

Il y en a certainement bien d'autres, qui ne sont pas aussi évidents que ceux-là.

24

CEUX QUI SAVAIENT

Les gens qui ont connu la vérité sont de deux sortes : ceux qui en ont vécu, et ceux qui en sont morts.

Nous avons d'abord Saint-Mars, son cousin Blainvilliers, et ses deux neveux Formanoir. Leur parfaite discrétion leur rapporta environ cinq milliards et trois titres de noblesse. Quant au major Rosarges, et au porte-clefs Antoine Rû, leur nomination à la Bastille fut un beau couronnement de carrière.

Je crois pouvoir ajouter à cette liste Mme de Cavoye, qui connut sans doute le secret de la double naissance ; le roi lui accorda une pension de six mille livres (18 millions), et le marquisat de son fils Louis.

Ajoutons encore le gentil abbé Giraud, petit curé de province, confesseur du prisonnier, et nommé administrateur de la Bastille.

Enfin, Charles II, par sa mère et par sa sœur, a certainement connu la double naissance. C'est sans doute pourquoi Louis XIV lui a longuement fait une pension importante, sans aucune raison apparente.

Nous avons ensuite le Père Lachaise, confesseur de Louis XIV, qui a certainement appris le secret en confession. On s'est toujours demandé pourquoi Louis XIV a commis l'énorme faute que fut la révocation de l'Édit de Nantes, qui avait été le chef-d'œuvre de son grand-père Henri IV, le plus grand de nos rois.

C'est à cette cruelle erreur que nous avons dû les terribles guerres franco-allemandes de 1870, 1914, 1939. Ce sont les protestants français qui ont fondé la puissance de la Prusse ; non pas tout seuls, bien sûr, mais ils ont été le levain de l'industrie allemande, ils ont fourni des cadres aux armées : l'amiral allemand qui organisa la terrible guerre sous-marine en 14-18 s'appelait Arnaud de la Perrière ; Keitel, qui commanda l'offensive de 1939, avait des origines françaises, comme von Hutier, et combien d'autres...

Qui a poussé le roi à commettre une erreur aussi tragique, et que rien ne justifiait ? Il nous l'a dit sur son lit de mort : il l'a crié. *L'Église lui a forcé la main*, par l'intermédiaire du Père Lachaise.

Je n'accuse pas de chantage ce prêtre éminent, qui eut une grande influence sur le roi ; mais il a sans doute averti son pénitent qu'il aurait à répondre, devant le tribunal de Dieu, de la captivité de son frère, et que s'il ne pouvait pas, dans l'intérêt de l'État, lui rendre sa liberté, il lui était pourtant possible de faire de grandes choses dans l'intérêt de la religion, comme par exemple la Révocation, justifiée à ses yeux par le complot des protestants en 1669.

Les autres détenteurs du secret n'ont pas joui de la même faveur.

*

La personne qui a connu sans doute l'une des premières le secret de la naissance du jumeau, c'est Henriette-Marie, reine d'Angleterre et sœur de Louis XIII ; c'est elle qui a envoyé dame Perronette à Jersey, pour confier l'enfant aux Carteret. C'est très probablement pour cette raison qu'elle fut empoisonnée en septembre 1669, après l'arrestation et les aveux de Roux et peut-être du faux Dauger, arrêté le 10 ou le 12 juillet.

Voici le récit de sa mort, par son historiographe Cotolendi :

La reine va à Colombes, sa maladie, sa mort.
(En septembre 1669.)

« *Peu de temps après que toutes les cérémonies furent achevées, elle se disposa à aller passer l'automne en sa maison de Colombes pour y prendre l'air. Elle s'était proposée d'y être jusqu'à la fête suivante de la Toussaint, où elle devait revenir en son couvent pour y demeurer le reste de sa vie, sans en plus sortir que pour des raisons importantes. La maison que Sa Majesté avait à Colombes est située dans une agréable plaine, peu éloignée de la rivière. Le bâtiment et le jardin n'ont rien digne d'une reine, mais c'est un lieu paisible, où son esprit lui semblait être plus tranquille que dans ses magnifiques maisons d'Angleterre. Elle y passait les beaux jours de l'automne, sans abandonner ses exercices de piété, à quoi elle a été fidèle toute sa vie. Avant que d'y aller, elle donna quelques ordres aux religieuses pour des commodités qui manquaient à son appartement. Elle fit aussi un écrit en forme de testament, qu'elle montra à deux d'entre elles, pour certaines choses qu'elle ordonnait après sa mort comme si elle en eût le pressentiment. L'inclination qu'elle avait pour son monastère l'avait portée à y choisir sa sépulture, ce que le roi refusa, leur accordant seulement le cœur de cette princesse, pour satisfaire en quelque façon à sa volonté.*

« *Quelque temps après qu'elle fut à Colombes, elle tomba tout à coup dans une extrême faiblesse, causée par une insomnie, et par un dégoût de toute sorte de nourriture. Le roi qui avait une tendresse particulière pour elle, eut beaucoup de douleur de son indisposition, qui paraissait d'autant plus dangereuse qu'elle était avancée en âge, de complexion délicate, et peu propre à résister au mal. Il lui envoya aussitôt les médecins.* »

Ils étaient trois : Vallot, médecin du roi, M. Esprit et M. Yvelin, premiers médecins de Monsieur et Madame, pour une consultation avec le médecin de la reine. Le résultat fut que Vallot recommanda de lui donner un grain d'opium... Selon le récit du Père Cyprien, Henriette-Marie refusa d'abord, disant que son vieux docteur, M. Mayerne, lui avait toujours dit qu'elle ne devait jamais prendre un narcotique...

« *De plus*, dit-elle en souriant à ses femmes, *un astrologue m'a dit, il y a des années, qu'un grain serait la cause de ma mort, et je crains que M. Vallot ne me fasse prendre ce grain fatal.* »

Ses objections furent surmontées. Elle prit les pilules d'opium, quand elle alla se coucher pour la nuit du 9 septembre, et on la trouva mourante le matin. Le Père Cyprien se hâta de l'administrer, mais la reine ne reprit pas connaissance, et mourut paisiblement.

La Grande Mademoiselle nous dit dans ses Mémoires :

« *Elle ne pouvait pas dormir... Alors les docteurs lui donnèrent une pilule pour l'endormir, et le remède fut si efficace qu'elle ne se réveilla plus...* »

De son côté, Guy Patin ne put trouver de mots assez durs pour exprimer son mépris pour les médecins de la Cour :

« *Des charlatans de cette espèce comme ceux-là, qui se prétendent plus savants que leurs confrères, deviennent souvent des empoisonneurs. Que Dieu dans sa bonté nous préserve de leurs soins !* »

Il cite ensuite une épigramme qui venait de paraître :

> *« Le croirez-vous, race future*
> *Que la fille du grand Henri*
> *Eut en mourant même aventure*
> *Que feu son père et son mari…*
> *Tous trois sont morts par assassin :*
> *Ravaillac, Cromwell, médecin !*
> *Henri, d'un coup de bayonette,*
> *Charles périt sur le billot*
> *Et maintenant meurt Henriette*
> *Par l'ignorance de Vallot. »*

Ajoutons enfin que, quelques jours après la mort subite de la reine, le roi fit apposer les scellés sur tous ses « effets ».

Moins d'un an plus tard, le 30 juin 1670, Henriette d'Angleterre, fille d'Henriette de France, et sœur de Charles II, meurt subitement ; c'est Vallot (qui avait donné à sa mère le grain d'opium) qui est chargé d'en faire l'autopsie.

Il conclut naturellement à une mort naturelle. Les Anglais ne l'ont jamais cru, et cette mort est plus que suspecte.

Or, elle savait très probablement le secret, par sa mère et par son frère.

Le 22 août 1671, M. de Lionne, qui avait enregistré les aveux de Roux, fut atteint d'une indisposition étrange : il tomba en léthargie dans la nuit du 27 au 28, et mourut le 1er septembre, à 4 heures et demie. Il n'avait que soixante ans.

En 1673, c'est le tour de Nallot, qui avait probablement interrogé le prisonnier avec Louvois, au lendemain de son arrestation, et qui avait aussi accompagné Louvois à Pignerol, en 1670 ; il nous semble certain qu'ils ont encore une fois interrogé Dauger dans sa prison. Nallot devait mourir subitement en quelques heures, le 16 juillet 1673.

En 1680, c'est Fouquet qui est empoisonné dans sa prison, parce qu'il avait appris le secret de Dauger.

En 1687, le malheureux La Rivière meurt en prison,

sans avoir jamais été accusé ni condamné. Il savait très certainement qui était son compagnon de cellule.

En 1691, Louvois meurt empoisonné.

En 1701, Barbezieux est saigné à mort par Fagon.

Ainsi, sur seize personnes qui ont su le secret, huit ont tiré de grands avantages de leur parfaite discrétion, et huit sont peut-être mortes pour quelques bavardages, ou simplement parce que l'on ne les croyait pas capables de se taire.

25

JAMES DE LA CLOCHE

Nous allons maintenant, en examinant de fort près ce que nous savons du mystérieux Dauger, essayer de préciser son personnage, *avant son arrestation*, en le cernant de treize conditions.

Nous savons qu'il fut arrêté en juillet 1669.

Première question : quel âge avait-il ?

Nous avons un témoin valable : c'est le médecin de la Bastille.

Il est certain que ce docteur, qui devait veiller sur la santé du prisonnier pendant plusieurs années, l'a examiné dans les premiers jours de son arrivée (septembre 1698), et qu'il a commencé son examen en lui demandant son âge ; question d'autant plus importante que le masque lui cachait le visage du prisonnier, qu'il ne verra jamais.

Celui-ci répondit : « Je crois avoir soixante ans. »

Comment le sait-il ? C'est parce qu'avant son arrestation, en 1669, il savait son âge à peu de chose près, puis, pendant sa captivité, il a fait chaque année ses Pâques, on lui a servi le repas de la Noël ou du Premier de l'An.

Il sait fort bien à quelle date il a été arrêté, mais il ne sait pas exactement sa date de naissance ; or, en septembre 1698, il croit avoir 60 ans ; c'est exactement l'âge de Louis XIV, né le 5 septembre 1638.

I. – À son arrestation, en juillet 1669, il avait donc trente ans et dix mois.

II. – En France, on a rigoureusement caché son visage pendant trente-quatre ans, ce qui prouve que ce visage était reconnaissable, même sur les routes de province.

III. – Or, il a d'abord vécu trente ans sans masque, sans que personne l'ait reconnu. C'est donc qu'il a vécu jusqu'à trente ans à l'étranger.

IV. – Or, il ne parle que le français, sans accent, selon le témoignage de M. du Palteau. C'était donc un pays étranger de langue française, et il a été élevé dans une famille qui n'était pas la sienne.

V. – Dauger a été très souvent malade, Mongrédien dit : « *Ce qui est sûr, c'est que les deux prisonniers souffrent de maladies persistantes* »… et Saint-Mars écrit à Louvois :

« *Comme il y a toujours quelqu'un de mes deux prisonniers malade, ils me donnent autant d'occupation que jamais j'en ai eu autour de ceux que j'ai gardés* » (Exiles, 4 décembre 1681).
« *Mes prisonniers sont toujours malades et dans les remèdes* » (23 décembre 1685).
« *Mon prisonnier, valtudinaire à son ordinaire…* » (Lettre de Saint-Mars, citée par Iung).

Chaque fois qu'il change de prison, Saint-Mars se met en quête d'un médecin qui sera à la disposition du prisonnier ; il semble d'ailleurs que Dauger n'ait pas de grandes maladies, et il a supporté trente-quatre ans de captivité.
Cette idée que Dauger était valétudinaire m'a un peu gêné, et la thèse du frère jumeau me parut ébranlée… On dit souvent que lorsqu'un des jumeaux est malade,

l'autre fait presque toujours une maladie du même ordre, parce qu'ils ont le même tempérament.

Or, je croyais que Louis XIV était d'une forte nature, car les contemporains étaient stupéfaits de le voir dévorer cinq ou six plats à chaque repas. Pouvait-il être le jumeau du « *valtudinaire* » ?

J'étais vraiment perplexe et déconfit, lorsqu'en lisant *Éducation des Princes*, de H. Druon, je découvris deux pages des plus intéressantes :

Santé de Louis XIV

« *Le marquis de Souches dit qu'il était extrêmement délicat, et ajoute "qu'il se trouvait incommodé des moindres choses, ce qui l'obligeait à changer quelquefois d'habit, de chapeau, de souliers, de chemise, de perruque deux ou trois fois par jour".*

« *Presque tous les mois, dans ces mêmes mémoires, revient avec la régularité d'un refrain cette mention que "le roi a pris médecine, suivant son régime ordinaire".*

« *Louis XIV ne fut jamais d'une robuste santé... Fils d'un père valétudinaire, il avait apporté en naissant une constitution assez délicate...* »

Ce qui est remarquable, c'est que l'historien dit que Louis XIV était le fils d'un père « *valétudinaire* » : c'est le mot choisi par Saint-Mars pour qualifier la santé de Dauger.

« *Toute sa vie, le roi fut obligé d'user de soins et de remèdes de toute espèce. Le journal de ses médecins fidèlement tenu pendant soixante-quatre ans nous a trahi ses misères secrètes, toutes ses infirmités. Vu dans ces mémoires sincères, mais peu flatteurs, ce brillant Louis XIV, ce Roi-Soleil, qui éblouissait son siècle n'est plus qu'un personnage sujet, comme beaucoup d'autres, à de vulgaires incommodités.* »

« *Nous apprenons par le journal des médecins que dans son enfance il avait eu, suivant les expressions mêmes de Vallot, "une quantité de gales et d'érysi-*

pèles". *Il eut des dartres au visage. Vallot parle en termes assez embarrassés d'une maladie qu'il eut à dix-sept ans, et "qui le menaçait de ne pouvoir jamais avoir d'enfants".* »

« *De bonne heure, il est atteint de la goutte, un peu plus tard de la gravelle. Toute sa vie il est tourmenté par des pesanteurs de tête, des vapeurs et des vertiges.* »

Ainsi, Louis XIV et Dauger ont le même tempérament, et ce qui me paraissait infliger un démenti à notre thèse, en est au contraire une confirmation.

VI. – Il était très instruit pour l'époque, et il lisait « *continuellement* » (Princesse Palatine).

VII. – Il était très pieux, et de bons historiens, comme Barnes et Laloy, ont cru que c'était un ecclésiastique.

VIII. – Un détenu de la Bastille, l'abbé Lenglet, qui prétend lui avoir parlé, dit qu'il avait beaucoup voyagé.

IX. – Dauger avait été un ambitieux et un conspirateur. Il n'avait pas hésité à jouer le rôle du valet d'un protestant qui avait promis de livrer nos plus riches provinces à l'Angleterre.

X. – Il était à Londres au début de 1669.

XI. – Il a disparu pour toujours en juillet 1669.

XII. – Arrêté à Calais en 1669, il venait certainement d'Angleterre.

XIII. – On a très probablement annoncé, aux personnes qui le connaissaient, sa mort en pays lointain, pour justifier sa disparition.

Connaissons-nous un personnage historique qui remplisse comme Dauger ces treize conditions ?

Oui, c'est James de la Cloche, dont la vie romanesque et mystérieuse a déjà intéressé des historiens de valeur, tels que Lord Acton, Andrew Lang, Miss Carey, Mgr Barnes, et notre Laloy.

Nous allons d'abord exposer les faits connus et avérés de la première partie de son existence.

Nous examinerons ensuite les ouvrages des historiens cités plus haut, nous proposerons enfin notre thèse, et nous essaierons de démontrer que James de la Cloche qui fut Eustache Dauger, après avoir été le valet Martin, était en réalité le frère jumeau de Louis XIV, mais qu'il ne l'a su qu'en mars ou avril 1669.

*

LES FAITS CONNUS ET AVÉRÉS

En 1668, un jeune homme vit à Jersey. Il s'appelle James de la Cloche. Il a été élevé dans la famille Carteret, la plus noble, la plus ancienne et la plus riche de l'île, mais il n'en porte pas le nom.

Pendant la terrible guerre civile qui aboutit au procès puis à l'exécution du roi Charles Ier, la reine Henriette de France, sœur de Louis XIII, envoya à Jersey son fils qui avait quinze ans, et qui devait régner plus tard sous le nom de Charles II : c'est par la famille Carteret qu'il fut reçu. Toute sa vie, il leur garda une profonde reconnaissance, et vingt ans plus tard il écrivit que :

« de toutes les familles de la noblesse anglaise, les Carteret étaient la première ».

Et il les combla d'honneurs. D'ailleurs leur importance était si grande qu'aujourd'hui encore un petit cap du Cotentin, juste en face de Jersey, s'appelle « Pointe du Carteret ».

285

Après la mort de Charles Ier, c'est à Jersey, dernier bastion fidèle à la monarchie, que Charles II, en son absence, fut proclamé roi en 1649. Ce n'est que dix ans plus tard qu'il put prendre possession de son trône.

*

Il y avait, dans la famille Carteret, une très belle jeune fille, Marguerite Carteret, avec laquelle Charles eut une amourette dont nous ignorons la gravité, mais on nous dit que James naquit après le départ de Charles, et c'est pourquoi, dans l'île, le bruit courait discrètement que James, élevé par Marguerite Carteret, qui n'était pas mariée, était peut-être un bâtard du roi. De source sûre, nous savons seulement que la jeune femme, en 1657, épousa Jean de la Cloche, un prédicateur protestant ; il donna son nom au jeune homme.

Que fait James jusqu'en 1668 ?

Sans aucun doute de bonnes études, car nous verrons tout à l'heure qu'il écrit fort bien le français. Les chroniques de Jersey ne signalent rien d'extraordinaire de sa part, mais en 1668, il se déclare tout à coup bâtard de Charles II.

Il fait, ou il fait faire une démarche auprès du roi, qui vient précisément de reconnaître deux de ses bâtards dont il a fait des ducs. Le roi répond qu'il n'a jamais eu de bâtard à Jersey, et refuse tout net.

James prend alors ouvertement le titre de Prince Stuart et part pour Hambourg, où il se convertit au catholicisme.

En avril 1668, nous le retrouvons à Rome, où il se présente au Père Oliva qui dirige l'Institut des novices jésuites, et il demande à faire son noviciat sous la direction du Père Abbé.

À l'appui de sa candidature, il remet au Révérendissime Père un certificat autographe de Charles II, qui le reconnaît pour son fils naturel, Prince Stuart.

Il lui donne aussi un certificat (en latin) de Christine, reine de Suède. Elle affirme que James est le fils de Charles II, et qu'elle l'a appris de la bouche du roi lui-même.

Le Père Oliva est donc immédiatement séduit par ce fils de roi, qui pourra grandement servir la Compagnie, et il l'accueille à bras ouverts.

James commence donc ses études religieuses. De temps à autre, il reçoit par des voies mystérieuses des lettres de Charles II, adressées au Père Oliva, ou à *« notre fils bien aimé le Prince Stuart »*.

Tout va donc très bien pendant six ou sept mois, mais James apprend soudain que la reine Christine de Suède, qui a signé le certificat en latin qu'il a remis au Père Oliva, va venir à Rome, et qu'elle a l'intention de passer quelques jours à l'abbaye.

Charles II, informé de cette visite, envoie immédiatement une longue lettre au Père Abbé.

Il lui recommande de ne jamais parler de son fils à la reine ; de plus, il a besoin de la présence de James, qui doit revenir à Londres le plus tôt possible.

James, en fils obéissant, part pour Londres ; il est accompagné par un autre jésuite, car c'est la règle de la Compagnie.

À leur arrivée en France, James abandonne son surveillant, en octobre ou novembre 1668, et part pour l'Angleterre.

Y est-il arrivé ? Nous n'en savons rien pour le moment ; mais nous savons qu'en juillet 1669, un Prince Stuardo est arrivé à Naples, bien muni d'argent. Il se dit fils de Charles II, mais il épouse la fille d'un cabaretier, et dépense sans compter. Il montre tant de pièces d'or qu'il est accusé de les fabriquer lui-même. Il est jugé et condamné à être fouetté publiquement. Cependant, après expertise des pièces qui sont de véritables pistoles, il est acquitté, mais le 10 septembre 1669, un agent anglais, nommé Kent, annonce que le Prince Stuardo vient de mourir à Naples en laissant un testament extravagant.

Il se déclare fils de Charles II et de Lady Mary

Henriette Stuart, des barons de San Marzo (totalement inconnus). Il nomme exécuteur testamentaire « son cousin le roi de France ». Il demande à Charles II de donner à son fils qui va naître le titre de Prince de Galles. Il laisse à sa femme et à ses beaux-parents des sommes énormes, qui doivent leur être payées par Charles II, et lègue à son fils ses domaines – qu'il n'a pas – y compris le marquisat de Juvigny, qui rapporte 300 000 livres par an, mais qui n'existe nulle part.

Tels sont les faits connus et avérés. Avant de donner notre version de cette surprenante histoire, il convient de résumer les ouvrages des historiens qui ont étudié la vie de James de la Cloche.

*

LES HISTORIENS

Le premier en date, c'est Lingard, qui fut un important historien catholique.

À l'automne de 1842, il reçut une lettre du Père Randall Lythgoe dans laquelle ce jésuite lui proposait d'écrire l'histoire de James de la Cloche ; Lingard accepta, et le père lui envoya des copies des lettres de Charles II, à James et au Père Oliva.

Après avoir examiné les documents, Lingard affirma que c'étaient des faux, et il donna ses raisons.

Les lettres attribuées au roi parlent six fois de la reine Henriette-Marie comme si elle était près de lui à Londres en 1668, alors qu'elle avait quitté Londres en 1665, trois ans plus tôt, pour aller s'installer en France, où elle resta jusqu'à sa mort en 1669.

D'autre part, l'un des certificats du roi est daté de White Hall alors que le roi, à cause de la peste de Londres, s'était réfugié à Oxford avec toute la Cour.

L'éminent historien en conclut que toutes ces lettres sont des faux, et que James n'était qu'un imposteur.

*

Après Lingard, nous avons en 1862 Lord Acton, propriétaire de la *Home and Foreign Review*. Il admet l'authenticité des lettres de Charles II. Il affirme que James, authentique bâtard du roi, est rentré en Angleterre en 1668, mais il reconnaît que James a définitivement disparu, et qu'il a probablement été assassiné par son valet, qui lui a volé ses papiers et son argent, et c'est ce valet qui est allé à Naples, sous le nom du Prince Stuardo ; nous verrons que cette hypothèse n'était pas entièrement fausse.

*

Miss Edith Carey

L'ouvrage de Miss Carey, *The Channel Islands* (Londres, 1904), est le fruit de plusieurs années de recherches, et c'est une étude très complète de l'histoire des îles anglo-normandes.

Elle relate longuement les séjours de Charles II à Jersey, et la naissance de James de la Cloche.

Pour elle, James est indiscutablement le bâtard du roi Charles II, et le fils de Marguerite de Carteret, et elle affirme donc que James fait son noviciat, qu'il est ordonné prêtre, et qu'il repart pour Londres, où il catéchise son père.

Le 18 novembre 1668, Charles écrit à Oliva que son très cher fils va retourner à Rome, et il remettra au pape un message du roi.

« *Après cette lettre,* dit Miss Carey, *James de la Cloche disparaît définitivement.* »

Elle pense donc comme Lord Acton que le Prince Stuardo de Naples est un imposteur qui a volé à James ses papiers et ses bijoux, si du moins il a existé, car il est bien possible que ce faux prince ait été inventé par Charles II pour justifier la disparition de James.

En effet, selon Miss Carey, c'est Charles II

lui-même qui a obtenu de Louis XIV l'arrestation en France de ce bâtard encombrant, et son internement à Pignerol ; c'est ainsi que James sera le Masque de Fer.

Elle justifie cette cruauté paternelle en nous disant que Charles II était un lâche et un ignoble égoïste, capable des pires crimes quand ses intérêts étaient menacés.

Cette thèse de Miss Carey n'est pas absurde à première vue, car il est vrai que James disparut en France un mois avant que le prisonnier fût interné à Pignerol, mais nous avons à lui opposer un argument qui nous paraît décisif.

Charles II, personnage fort peu sympathique, fut cependant un bon père pour tous ses bâtards, sans exception, dont il fit des ducs. On peut donc soutenir qu'il n'eût pas admis, si James était son bâtard, qu'il fût condamné à la prison à vie.

*

Nous arrivons à Andrew Lang, brillant essayiste, et collaborateur important de l'*Encyclopédie britannique* (1903).

Voici le début de son premier essai, *The Mystery of James de la Cloche* :

« *Nous ne savons pas si James de la Cloche, renonçant à l'éclat de trois couronnes, vécut et mourut comme un saint jésuite, ou bien s'il épousa une roturière, fut jeté en prison, condamné à être fouetté en public, puis gracié, et s'il mourut à l'âge de vingt-trois ans, menteur d'une incorrigible impudence ? N'y eut-il qu'un James de la Cloche, rejeton des plus nobles familles royales ?*

« *Après avoir proclamé sa vocation religieuse et prononcé ses vœux, est-il tout à coup devenu le plus laïque des personnages, rejetant la Pauvreté et l'Obéissance pour l'amour d'une créature terrestre ? Ou bien, est-ce que la personne qui se conduisit de cette façon indigne n'était-elle qu'un vulgaire imposteur, qui avait volé l'argent, les bijoux et le noble nom de James ?*

« Dans ce cas, qu'est devenu le véritable James, le pieux jésuite ? On n'a plus jamais entendu parler de lui, soit qu'il ait pris un pseudonyme ecclésiastique, ou parce qu'il fut définitivement réduit au silence par l'individu qui lui vola son personnage, son nom, son argent et sa famille... »

C'est ainsi que l'historien anglais commence son étude sur James de la Cloche. Disons tout de suite que ce qu'il ne savait pas encore, c'est que la mort de James, à Naples, fut annoncée dix jours après l'incarcération de Dauger à Pignerol, et deux jours après la mort de la reine Henriette de France...

En ce qui concerne la vérité sur le sort de James, Lang nous dit qu'il y a deux partis :

« Le premier qui comprend Lord Acton et le Père Boero (entre autres) croit que James ne renonça pas à sa vocation religieuse ; l'autre parti prétend que James lui-même ne fut qu'un impudent imposteur. »

Cependant, lorsqu'il fut chargé de rédiger le très long article consacré à James dans l'*Encyclopédie britannique*, il se rallia définitivement au second parti, et déclara que James fut le roi des escrocs, que son imposture est évidente, et que toute la comédie qu'il joua au Père Oliva n'a jamais eu d'autre but que de soutirer des millions au trop crédule jésuite.

À la fin de l'article, il dit :

« Qui fut de la Cloche, il n'est pas possible de le découvrir. De toute façon, ce fut un audacieux escroc, qui a roulé non seulement le général des Jésuites, mais aussi Lord Acton, et toute une génération de naïfs historiens. »

Lang n'a pas pensé que lorsque plusieurs mystères sont concomitants, ils s'expliquent souvent les uns par les autres, il a bien vu que le valet Martin, c'était Eustache Dauger ; mais il n'a pas vu que Dauger c'était James, et que James, c'était le frère jumeau du roi de France.

Un policier m'a dit un jour :

« *Quand on prend un lascar qui a une fausse carte d'identité, il faut le fouiller soigneusement, parce qu'il en a toujours au moins trois.* »

*

BARNES (1908)

Dans son livre, *The man behind the Mask*, Mgr Barnes affirme que James était vraiment le bâtard de Charles II. Il croit donc à l'authenticité des lettres, mais il est persuadé que ce n'est pas James qui est mort à Naples. Selon lui, James est bien revenu à Londres, sous le nom de l'abbé Pregnani, et il a catéchisé son père. Puis, en 1669, en juillet, il revient en France. (Il est exact que Pregnani est revenu de Londres à Paris au début de juillet.) Parce qu'il détient le secret du traité de Douvres, il est arrêté et conduit à Pignerol sous le nom d'Eustache Dauger.

Cette thèse fut reprise par un excellent historien français, M. Laloy, mais elle fut bientôt démentie par les Mémoires de Primi Visconti qui retrouva Pregnani à Rome, où il mourut en 1679, « pourri de maladies honteuses » !

D'autre part, nous avons vu que Saint-Mars, pour transporter le Masque d'Exiles à Sainte-Marguerite, a fait venir de Turin huit porteurs italiens, ce qui prouve que le prisonnier ne parle ni ne comprend l'italien.

Cette preuve, qui annule la candidature de Matthioli, annule également celle de Pregnani.

Il y a cependant, dans l'ouvrage du savant évêque,

de très précieux documents, parmi lesquels il convient de signaler une courte lettre de Charles II à sa sœur Henriette, à propos d'une mystérieuse visite qu'il a reçue à Londres le 20 janvier 1669.

Nous en reparlerons plus loin.

Citons enfin le dictionnaire de Jersey. Il affirme que James n'était nullement un bâtard du roi, mais un habile escroc, et un mégalomane ; c'est bien lui qui est mort à Naples, le 10 septembre 1669.

*

Notre version

Notre version de cette affaire est plus complète que celle de nos prédécesseurs, grâce à l'obligeance du Père archiviste du Gesu de Rome ; en effet, ce savant a bien voulu nous envoyer des photostats de plusieurs lettres de Charles II qui n'avaient pas encore été publiées, et qui sont d'un grand intérêt. Nous les citerons plus loin.

Tout ce que nous savons de l'adolescence de James, c'est qu'il a été élevé à Jersey, dans la famille Carteret ; mais dans les archives de l'île on n'a pu trouver ni son acte de naissance, ni son certificat de baptême, ni son acte de décès. Il me semble pouvoir en conclure qu'il n'est pas né dans l'île ou tout au moins que rien ne prouve qu'il y soit né.

Ainsi James remplit déjà les conditions 1, 2, 3, 4 et 5 : élevé dans un pays étranger, de la langue française, et dans une famille qui n'était pas la sienne.

Si James est vraiment le jumeau du roi, par qui fut-il apporté dans l'île, et à quel âge ? Voici notre hypothèse, qui nous semble fondée sur des faits incontestables.

26

Nous avons laissé dame Perronette à la campagne où elle élève l'enfant de son mieux.

De temps à autre, elle va à Paris en donner des nouvelles au roi, et elle voit l'autre enfant, celui qui sera Louis XIV.

Richelieu meurt en 1642, et Louis XIII en 1643. Mazarin a remplacé Richelieu, et Louis XIV a six ans.

Il est certain que Mazarin connaît l'existence du jumeau, que dame Perronette élève à la campagne : il ressemble toujours à son frère ; Mazarin décide qu'il n'est plus possible de le garder en France.

En 1644, il envoie dame Perronette en Angleterre, pour diriger l'accouchement de la reine, Henriette de France, sœur de Louis XIII, et mère du futur Charles II. Elle va donner le jour à Henriette d'Angleterre qui sera Madame.

Je suis persuadé que la sage-femme emmène avec elle le petit garçon, car elle emporte vingt mille pistoles, qui valent deux cent mille livres tournois : c'est Mme de Motteville qui nous le dit dans ses Mémoires. Or, d'après les tables de d'Avenel, ces deux cent mille livres de cette époque valent au moins six cents millions de 1959. Je crois que cette somme énorme lui permettra d'abord de venir en aide à la reine, qui va bientôt quitter l'Angleterre, pour se retirer dans son couvent de Chaillot et, d'autre part, elle pourra verser une dot importante à la famille qui adoptera l'enfant, car je suis sûr que la vraie raison du voyage de la sage-femme, c'est qu'il faut désormais cacher le jumeau à l'étranger. Il a six ans.

La reine met au monde Henriette d'Angleterre, puis elle conseille à Perronette d'aller voir de sa part ses fidèles amis, les Carteret, qui ont gardé son fils pendant la guerre civile, et qui accepteront d'élever l'enfant.

Elle ne leur dira pas la vérité.

Elle dira que l'enfant est le fils naturel d'une jeune fille de la haute noblesse française, et elle leur donnera une partie des 20 000 pistoles pour son entretien et son éducation. De plus, l'enfant ne sera pas trop dépaysé, car à Jersey, on parle le français.

*

Nous ne savons rien de son éducation. Il est cependant probable que les nobles Carteret l'ont bien élevé, et qu'il a reçu une instruction assez complète, mais il ne semble pas qu'il ait eu une profession. Nous savons qu'en 1657, lorsque Jean de la Cloche, prédicant assez riche, épousa Marguerite de Carteret, ce généreux pasteur donna son nom au garçon, ce qui me paraît prouver qu'il n'en avait pas.

Que sait-il de sa naissance ? Les Carteret lui ont certainement dit ce qui est *leur* vérité. Il a été apporté de France par une dame française, qui leur a donné dix mille pistoles pour l'élever, et faire son éducation.

James a un vague souvenir de cette dame qui l'a gardé en France jusqu'à l'âge de cinq ou six ans.

Cependant, à l'école, ses petits camarades lui rapportent ce que disent leurs parents : il est probablement le fils de Marguerite, qui a eu une amourette avec le roi Charles II, quand il est venu à Jersey, dans sa prime jeunesse.

James en parle à Marguerite, qui lui dit la vérité : il est vrai que le roi lui a fait une cour pressante, et elle l'a aimé ; mais elle avait 20 ans, il n'avait pas 15 ans, et cet amour fut sans conséquence.

Le temps passe, James grandit. La reine d'Angleterre avait donné à Sir Carteret, fidèle sujet du roi, un très beau portrait de Charles II, peint par Lély.

James constate qu'en grandissant il ressemble de plus en plus à ce portrait. Il dit alors à Marguerite :

« Voyez vous-même. Je sais maintenant que vous n'êtes pas ma mère, mais je suis tout à fait sûr que mon père, c'est le roi. Il a vécu en France dans sa jeunesse, et c'est sans doute en France que je suis né, puisque c'est une dame française qui m'a conduit ici. Il est possible que le roi ignore mon existence ; c'est pourquoi je veux lui apprendre que je suis toujours en vie. Vous savez qu'il a reconnu le bâtard qu'il avait eu de Lucy Walter, et qu'il y a cinq ans il l'a fait duc de Monmouth. Il lui a conféré l'Ordre de la Jarretière, et on le traite à la Cour comme un prince du sang ; il a aussi reconnu le fils de Nell Gwynnes, qu'il a fait duc de Saint-Albans. Je ne vois pas pourquoi il refuserait de reconnaître son fils aîné qui porte sur son visage la preuve indiscutable de son origine. »

À notre avis, il est parfaitement exact que James ressemble à Charles II, parce que le roi ressemble à Louis XIV, son cousin germain ; sur les portraits que nous avons de ces deux souverains, on peut constater qu'ils ont le même nez puissant, le même menton, marqué en son milieu d'une fossette assez profonde, la même bouche, le même regard.

Nous n'avons malheureusement aucun portrait de James, mais je suis persuadé que c'est à cause de cette ressemblance qu'il a décidé de se faire reconnaître par le roi, et je crois qu'il était, jusque-là, d'une entière bonne foi.

Marguerite elle-même est troublée. Elle écrit peut-être à Charles, ou elle fait faire une démarche par son père, Sir Carteret. Charles répond qu'il n'a jamais eu d'enfant en France ni à Jersey, et refuse catégoriquement de le reconnaître.

James est indigné. Désavoué par son père, il conçoit un plan d'une audace surprenante.

Il sait par les Carteret, pour qui Charles n'a jamais eu de secret, que le roi veut se convertir au catholicisme, et mettre l'Église anglaise sous l'autorité du pape.

Il ne peut le faire ouvertement, car il craint une guerre civile.

Sa femme et sa mère sont catholiques et célèbrent discrètement les cérémonies de l'Église romaine dans la chapelle du Palais cependant qu'en *« grandissime secret »* le roi, instruit par un prêtre, prépare sa conversion.

James, qui est protestant, décide de se convertir lui-même et d'entrer dans l'Église. Quand il sera ordonné prêtre, il obtiendra certainement l'appui de son père, et fera une belle carrière de prélat.

Il part pour Hambourg, où il se convertit au catholicisme, puis il va à Rome, et le 11 avril 1668, il se présente à la Maison des novices des jésuites, que dirige l'abbé général, le Père Oliva, et il demande à y faire son noviciat.

Il se déclare Prince Suart, bâtard de Charles II, et remet à l'abbé général une lettre du roi, qui le reconnaît pour son fils.

Premier Certificat du roi (1665)

« Charles, par la grâce de Dieu, roy d'Angleterre, de France, d'Écosse et d'Hibernie, tenons pour notre fils naturel Jacques Stuart qui par notre ordre et commandement a vécu en France et autres pays sous un nom emprunté jusqu'à mil six cent soixante-cinq où nous avons daigné avoir soin de lui depuis la même année, s'étant trouvé à Londres de notre volonté expresse, et pour raison, lui avons commandé de vivre sous autre nom, savoir : DE LA CLOCHE DU BOURG DE JERSEY, et pour raisons importantes qui regardent la paix du royaume lui deffendons d'en parler qu'après notre mort. En ce temps lui soit alors

permis de présenter au Parlement notre Déclaration, que de plein gré et avec équité nous lui avons donnée à sa requête, en sa langue, pour lui ôter occasion de la montrer à qui que ce soit pour en avoir l'interprétation. Le 27 de septembre 1665. Écrit et signé de notre main, cacheté du cachet ordinaire de nos lettres sans autre façon.

« *Charles.* »

D'autre part, James remet à l'abbé un certificat de la reine Christine de Suède, qui est rédigé en latin. La reine affirme que James est le bâtard du roi, et que Charles II lui-même l'en a informée. En outre, elle déclare qu'elle a assisté à la cérémonie au cours de laquelle James a été reçu dans l'Église catholique, à Hambourg.

Enfin, quelques jours plus tard, le novice remet au Père Oliva une longue lettre de la main du roi, dont voici un extrait :

« *Nous écrivons à Votre Révérendissime Paternité, comme à une personne que nous croyons être grandement prudente et judicieuse, puisque la première charge qu'elle a d'un institut si fameux ne nous le peut autrement persuader. Nous lui parlons français, commun à toutes les personnes de qualité, et nous croyons que Votre Révérendissime Paternité ne l'ignore pas, plutôt qu'un pauvre latin, dont nous ne pourrions que malaisément nous servir pour être entendu. Notre but principal de ceci étant qu'aucun Anglais n'y puisse mettre le nez pour lui servir d'interprète, ce qui autrement pourrait nous être très préjudiciable, pour la raison que nous voulons qu'elle soit secrète entre nous.*

« *Votre Révérendissime Paternité saura qu'il y a longtemps que parmi les embarras de la couronne nous prions Dieu de nous faire naître l'occasion de pouvoir trouver une seule personne dans le royaume à qui nous puissions nous fier touchant l'affaire de notre salut sans donner ombrage à notre Cour que nous fussions catholique, et quoiqu'il y ait ici une multitude de prêtres, tant au service des reines, dont une partie dans nos palais de Saint-James et de Somerset, que dispersés dans toute notre ville de Londres, toutefois nous ne pouvons pas nous servir d'aucun, pour l'ombrage que nous pourrions donner à notre Cour par la conversation de telles gens, qui quelque déguisement d'habit qu'ils prennent, sont aussitôt connus pour ce qu'ils sont. Toutefois, entre tant de difficultés, il semble que la Providence de Dieu a secondé nos désirs en faisant naître à la religion catholique un fils, auquel seul nous pouvons nous fier dans une affaire si délicate, et bien que plusieurs personnes, peut-être plus versées dans les mystères de la religion catholique – qu'il n'est pas encore –, se pourraient trouver pour notre service en ce rencontre, nous ne pouvons toutefois nous servir d'autre que de lui, qui sera toujours assez capable pour nous administrer en secret les sacrements de la confession et de la communion que nous désirons recevoir au plus tôt. Ce notre fils est un jeune cavalier que nous savons que vous avez reçu à Rome parmi vous sous le nom du sieur de La Cloche de Jersey, pour qui nous avons toujours eu une tendresse particulière, tant à cause qu'il nous est né quand nous n'avions guère plus de seize ou dix-sept ans d'une jeune dame des plus qualifiées de mon royaume, plutôt par fragilité de notre première jeunesse que par malice, que à cause aussi du naturel excellent que nous avons toujours remarqué en lui et de l'éminente doctrine où il s'est avancé par notre moyen, ce qui nous fait d'autant plus estimer son rangement à la religion catholique que nous savons qu'il l'a fait par jugement, raison, et science, et plusieurs raisons considérables concernant la paix de nos royaumes. »*

On sait que les jésuites se sont toujours intéressés à la politique, ce qui leur a valu, au cours des siècles, d'être expulsés de presque tous les pays d'Europe. Grâce à leur intelligence, à leur souplesse, à leur patience, ils ont toujours réussi à reprendre leur place partout.

Le Père Oliva est donc immédiatement séduit par ce fils de roi qui pourra grandement servir la Compagnie, et il l'accueille à bras ouverts.

James commence donc ses études religieuses. De temps à autre il reçoit par des voies mystérieuses des lettres de Charles II, adressées au Père Oliva, ou à « *notre fils bien aimé le Prince Stuart* ».

Voici quelques extraits :

Lettre à James du 1er août 1668 :

« *Les reynes nous ont conseillé de vous mander que nous ne vous empêcherons pas de vivre dans l'institut que avez embrassé, et nous sommes ravis que vous en soyez toute votre vie, mais que vous considériez bien vos forces et votre complexion qui nous a paru assez faible et délicate : on peut être bon catholique sans être religieux, et vous devez considérer que nous avions dessein de vous reconnaître publiquement avant peu d'années pour notre fils ; mais le Parlement ni les affaires ne s'étant pas trouvés assez disposés jusqu'à présent pour le faire, nous avons toujours été contraint de différer.*

« *Vous devez en outre considérer que vous pourriez prétendre semblables titres de notre part que le duc de Monmouth, et peut-être plus amples, en outre que nous sommes sans enfant de la reine, que ceux du duc d'York sont fort faibles, que par toute raison et par la qualité de votre mère vous pourriez prétendre de nous et du Parlement d'être préféré au duc de Monmouth, en ce cas étant jeune comme vous êtes, si la liberté de conscience et si la religion catholique rentrent en ce royaume, vous pourriez avoir quelque espérance pour la couronne, car nous pouvons vous assurer que si Dieu permet que nous et notre très honoré frère le duc d'York mourrons sans enfant, le royaume vous appartient.* »

Le Père Oliva, à qui James montrait ces lettres, est définitivement conquis : l'idée que son novice, qui sera bientôt un père jésuite, a de grandes chances de monter un jour sur le trône d'Angleterre, le comble de joie et d'orgueil... Il voit déjà cette grande nation reconquise par la Compagnie, *ad majorem Dei Gloriam*.

Dans d'autres lettres le roi proclamait sa tendresse paternelle pour son « *très cher et bien aimé fils* » :

« *Ce nous est une douleur non petite de vous voir contraint de vivre toujours à l'inconnu ; mais ayez patience encore un peu, car avant peu d'années, nous tâcherons tellement d'accommoder les affaires et le Parlement que tout le monde saura qui vous êtes, et ne vivrez plus dans ces gênes et contraintes, et ne tiendra qu'à vous de vivre dans la liberté et les délices d'une personne de votre naissance. Si ce n'est que Dieu vous inspire fortement et que vous veuilliez absolument continuer la vie religieuse que vous avez commencée. Bien que nous ne puissions et ne devions pas apertement montrer la bonne volonté que nous avons pour Messieurs les Jésuites qui vous ont reçu, toutefois, en attendant que nous puissions plus ouvertement les favoriser de notre royale magnificence s'il y a quelque lieu, ou place ou autre occasion où ils aient besoin de notre aide et où nous puissions contribuer, nous le ferons d'autant plus que nous savons que le tout sera employé au service de Dieu, et à la rémission de nos offenses : qu'aussi nous ne voulons pas qu'une personne de votre naissance reste parmi eux sans quelque chose fonder en mémoire d'une personne de votre extraction ; nous parlerons à Londres de cette matière, si vous persistez dans votre dessein.* »

Ainsi donc, tout va bien. James poursuit son noviciat, et le Père Oliva prend grand soin de son élève. Les lettres du roi arrivent assez régulièrement ;

Charles promet d'aider les jésuites, il veut leur donner de l'argent, avec « *une royale magnificence...* »

Il veut « *fonder quelque chose d'important (sans doute une abbaye) en souvenir du passage de son très cher et honoré fils dans l'institut des novices...* »

C'est alors que la reine Christine de Suède annonce au Père Oliva qu'elle va venir à Rome, et qu'elle ira le voir.
Charles II, par une voie aussi rapide que mystérieuse, en est immédiatement informé ; il écrit au Père Abbé :

« *Nous dirons donc à Votre Révérendissime Paternité que depuis la première que nous lui avons écrite nous avons reçu nouvelles certaines que la reine de Suède retourne à Rome, contre la croyance que nous en avions, ce qui ne nous a pas peu embarrassé à raison de l'affaire de notre salut.*

« *Quoique la reine de Suède soit très prudente et sage, toutefois c'est assez que ce soit une femme pour mettre en crainte qu'elle ne puisse garder un secret ; et comme elle croit savoir seule la naissance de notre fils aimé, nous lui avons écrit derechef et l'avons confirmée dans son opinion, ce qui fait que Votre Révérendissime Paternité lui témoignera à l'occasion n'avoir aucune connaissance de la naissance en cas qu'elle lui demande, comme aussi nous prions Votre Révérendissime Paternité de ne lui témoigner – ni à quelque autre personne que ce soit – le dessein que nous avons d'être catholique, ni que nous fassions venir notre fils pour ce faire ; si la reine de Suède s'interroge où il est allé, Votre Révérendissime Paternité saura trouver quelque prétexte, ou qu'il est allé en mission en notre île de Jersey ou en quelque autre partie de nos royaumes, ou quelque autre prétexte, jusqu'à ce que nous fassions derechef savoir nos désirs et volontés sur ces matières à Votre Révérendissime Paternité. Nous la prions donc de nous envoyer au plus tôt notre très cher et bien aymé fils, c'est-à-dire au premier beau temps que cette saison ou l'autre le permettront. Nous croyons que Votre Révérendissime Paternité est trop de respect zélée pour le salut des âmes, et qu'elle a trop de respect pour les têtes couronnées pour ne pas nous accorder une demande si juste. Nous avions eu quelque pensée d'écrire à Sa Sainteté, et lui découvrir ce que nous avons dans l'âme, et par même moyen la prier de nous l'envoyer ; mais nous avons cru qu'il suffisait pour cette fois de nous déclarer à Votre Révérendissime Paternité, réservant à une autre occasion que nous ferons naître le plus tôt que nous pourrons, d'écrire et de nous déclarer au pape. »*

Ainsi, Charles II réclame son fils de toute urgence, parce que si la reine de Suède le voyait, elle devinerait le grand secret, et le révélerait par ses bavardages, et le roi serait en grand danger de monter à l'échafaud, comme son père. Donc, James doit rentrer à Londres immédiatement.

Pour remercier les jésuites de ce qu'ils ont fait pour son fils, et pour tenir sa promesse de les aider avec une « royale magnificence », Charles envoie au Père Oliva une reconnaissance de dettes dont voici le texte :

18 novembre 1668.

« Nous, Charles, par la grâce de Dieu, roi d'Angleterre, de France, d'Écosse et d'Hybernie, confessons devoir à Monsieur le Révérendissime Père Général de Messieurs Pères Jésuites la somme de vingt mille livres sterling, jacobus ou pistoles que nous lui promettons payer à sa volonté et quand il lui plaira après six mois comptés à partir du jour de la date de ladite obligation que nous lui faisons en témoignage, de quoi nous avons apposé notre seing avec notre main avec notre cachet ordinaire ce 18 novembre 1668.

« Charles, Roi d'Angleterre. »

Il y a un post-scriptum extrêmement intéressant :

« *Nous, Charles Roi d'Angleterre, de France, d'Écosse et d'Hibernie, confessons devoir en outre ladite somme ci-dessus, à Mr le Révérendissime Père Général de Messieurs les Révérends Pères Jésuites, la somme de huit cents livres sterling, savoir de huit cents jacobus ou pistoles pour l'entretien et voyages de notre très cher et honoré fils le Prince Jacques Stuart, Jésuite vivant sous le nom de La Cloche, lesquelles huit cents pistoles ledit Révérendissime Père Général Monsieur Jean Paul Oliva lui a fournies et que nous confessons devoir, et payer à sa volonté, lui promettant, après six mois passés à compter du jour de la date de cette obligation avec la somme susdite de vingt mille jacobus, le tout montant à vingt-huit mille livres sterling, ou vingt-huit mille jacobus ou pistoles, en témoignage de quoi nous avons apposé et notre seing et notre sceau ordinaire, ce 18 novembre à Whitehall.*

« *Charles, Roi d'Angleterre, de France, d'Écosse et d'Hybernie.* »

Il y a une grande différence entre ces deux opérations financières.

La première promet vingt mille livres sterling (qui valent 200 000 livres tournois), payables dans six mois (soit 600 millions).

La seconde demande au Père Oliva de verser *immédiatement* à James huit cents pistoles, c'est-à-dire 800 x 20 = 16 000 livres tournois, soit environ 48 millions d'anciens francs 1960, que le roi s'engage à rembourser également dans six mois.

Il est bien étrange que le Père Oliva n'ait pas compris instantanément qu'il s'agissait, très évidemment, d'une escroquerie.

Disons, à sa décharge, qu'il a cru absolument à la paternité de Charles II, et que les signatures du roi, sur tant de lettres qui lui étaient adressées, étaient pour lui une indiscutable garantie.

Ce qui est assez bizarre, c'est que dans sa reconnaissance de dette, le roi écrit que 20 000 jacobus, ajoutés à 800 jacobus, font un total de 28 000 jacobus, alors que le vrai total est de 20 800 jacobus.

Nous ne pouvons proposer aucune explication de cette erreur.

Oliva a certainement avancé les 800 jacobus, soit 48 millions, puisque deux signatures royales lui garantissent un remboursement de 208 000 livres, soit 624 millions, et James part pour Londres bien muni d'argent. Mais il ne part pas seul.

Selon la règle de la Compagnie de Jésus, un jésuite doit toujours avoir pour compagnon de voyage un « socius », c'est-à-dire un autre jésuite. Charles avait pourtant, dans une autre lettre, demandé instamment que James soit dispensé de cette obligation ; il faut que son fils voyage seul, car la présence de son compagnon ferait naître des soupçons, surtout en Angleterre, à son arrivée ; mais le Père Oliva ne peut pas accorder une pareille dérogation à la règle. Il accepte cependant un arrangement ; le *socius* conduira James jusqu'en France, où il attendra son retour de Londres, et les deux jésuites quittent Rome vers le début de décembre 1668. Ils arrivent en France quinze ou vingt jours plus tard. Peu après la frontière, James quitte le *socius* et part pour Londres. Y est-il arrivé ?

Pour le moment, nous n'en savons rien.

*

Il est grand temps de dire ce que le lecteur a déjà deviné : toutes les lettres du roi sont des faux.

Lingard, en 1842, l'a déjà affirmé : nous pouvons aujourd'hui en apporter la preuve.

Grâce au père jésuite qui conserve les archives de la Compagnie à Rome, nous avons pu obtenir des photocopies de plusieurs des lettres de Charles II au Père Oliva.

D'autre part, les archives de nos Affaires étrangères ont bien voulu nous confier un petit registre élégamment relié de maroquin bleu, qui contient des lettres autographes de Charles II à sa sœur. Nous avons montré ces précieux documents à un expert graphologue. Il nous a affirmé que l'écriture des lettres à Oliva était « boueuse », tandis que les lettres à Henriette étaient d'une clarté et d'une élégance parfaites : les premières sont, sans l'ombre d'un doute, des faux.

Pour confirmation, nous avons soumis les documents à un second expert, qui nous a affirmé, à première vue, qu'il était absolument inutile d'en faire une étude détaillée : le faux est indiscutable, et le faussaire ne s'est même pas donné la peine d'imiter tant soit peu l'écriture du roi, qu'il n'a peut-être jamais vue.

On pourrait dire que Charles a dicté ces lettres à un secrétaire. Ce n'est pas possible, car lorsqu'il s'agit de la conversion du roi, toutes les lettres sont de sa main.

James est donc un imposteur, mais il est de bonne foi, car il se croit un bâtard cruellement renié, qui ne fait que réclamer à sa façon ce qui lui est dû. Mais sa façon est celle d'un faussaire, d'un audacieux revendicateur, et d'un escroc. Son excuse c'est qu'il croyait sincèrement être le bâtard de Charles II.

*

Nous avons laissé James en France, où il a quitté le *socius* et il ne sera jamais plus parlé de lui dans les documents que nous possédons, car le Prince Stuart de Naples n'est qu'un imposteur ; mais nous allons retrouver James, sous le masque d'un mystérieux personnage.

Voici maintenant du nouveau, grâce à deux lettres : l'une découverte récemment au Gesu, l'autre publiée par Mgr Barnes ; leur rapprochement nous apporte tout à coup une fort brillante certitude.

Dans la dernière fausse lettre de Charles, inventée par James, le roi conseille à son bien-aimé fils de passer par Paris, et de rendre visite à sa sœur, Henriette d'Angleterre. Voici ce texte :

« Si notre bien aimé fils ne peut pas être fait prêtre à Rome sans faire savoir publiquement son véritable nom et sa naissance, qu'il ne se fasse plutôt point prêtre à Rome, mais qu'il passe par Paris, et se présente à notre très cher cousin le Roi de France, ou, s'il aime mieux, à notre très honorée sœur, la Duchesse d'Orléans, à qui il témoignera de notre part notre bon désir en toute sûreté, savant assez ce que nous avons dans l'âme et connaissant assez notre cher et bien aimé fils aux marques que nous lui en avons données à Londres en 1665, et, le voyant catholique, ils trouveront et auront aussitôt le pouvoir de le faire faire prêtre sans que l'on sache qui il est et avec tout le secret possible. »

Cette lettre, à notre connaissance, n'a jamais été publiée, nous en devons la photocopie au Père archiviste du Gesu.

Elle est d'une importance capitale, car elle prouve qu'en quittant Rome et les jésuites, James a l'intention de s'arrêter à Paris et de demander une audience, en décembre 1688 ou en janvier 1669, à Henriette d'Angleterre, sœur de Charles.

Or, le 20 janvier 1669, Charles II lui-même écrit à sa sœur, une lettre qui dit ceci :

« Je vous écrivais cette lettre lorsque j'ai reçu la vôtre par l'Italien dont vous ne savez ni le nom ni la qualité, et il me donna votre lettre dans un couloir, où il faisait si noir que je ne reconnaîtrai pas son visage,

si je le revois. "So as the man is likely to succeed, when his recommendation and reception are so suitable to one another." [...]

« *Ainsi cet homme réussira parce que sa recommandation et sa réception conviennent si bien à tous les deux.* »

Cette dernière phrase, volontairement obscure, signifie sans doute : « *L'homme va réussir probablement, puisque sa recommandation et sa réception conviennent si bien à l'un et à l'autre.* »

Que signifie « recommandation », et de quelle « réception » s'agit-il ? Et qui est cet homme ?

« *En réalité*, dit Mgr Barnes, *ce n'est pas un Italien, mais un homme qui vient d'Italie, et cet homme c'est James de la Cloche.* »

Nous sommes tout à fait de cet avis, car la recommandation, c'est une lettre du Père Oliva ; sa réception, c'est l'ordination de James que Charles va organiser.

Pourquoi la princesse l'a-t-elle reçu ? Pourquoi lui a-t-elle confié une lettre pour son frère ? Parce que c'est un jésuite qui vient de la part du Père Oliva ; il est au courant du grand secret : la conversion du roi, et il veut être ordonné prêtre à Paris, afin de célébrer cette conversion à Londres.

Henriette est une femme d'une intelligence très remarquable. Elle a, comme sa mère, le sens de la politique. C'est elle qui ira négocier, avec un plein succès, le traité de Douvres.

Elle a donc reçu James. Il lui montre la lettre du Père Oliva à Charles II, qui dit simplement que « *les ordres du roi ont été exécutés* » et James lui demande d'organiser son ordination.

Or, Henriette connaît très bien Louis XIV, qu'elle voit tous les jours : on nous dit même qu'elle ne lui a pas refusé ses faveurs, ce qui est probablement vrai, étant donné le tempérament du roi, et les mœurs du mari de la malheureuse princesse. Elle a donc été surprise en voyant la tête de son royal amant sur les épaules de James ; cette ressemblance la trouble et l'inquiète ; c'est pourquoi elle lui répond que son ordination sera faite plus aisément en Angleterre, et elle lui donne une lettre pour Charles II.

Cette lettre, nous ne saurons jamais ce qu'elle disait, car elle a certainement été détruite. Cependant, la réponse du roi à sa sœur mérite d'être examinée de près, et interprétée.

Selon Charles, Henriette lui a dit dans sa lettre qu'elle avait reçu la visite d'un Italien dont elle ne savait « ni le nom ni la qualité », et qu'elle lui a confié une lettre pour son frère. Ceci est évidemment faux. Puisque la princesse a reçu cet homme, et qu'elle lui a parlé, elle sait très bien de qui il s'agit. En réalité, la petite phrase de Charles signifie :

« *Si l'on vous en parle, dites que vous ne savez ni son nom ni sa qualité.* »

Notre opinion est confirmée par le récit de la visite de James au roi. Ce récit est ridicule.

Selon Charles, un inconnu venu d'Italie se présente aux gardes du Palais-Royal, et on le laisse entrer, sans l'accompagner. Il erre dans les couloirs, et rencontre par hasard le roi, qui se promène dans le couloir le plus sombre du palais. Charles l'a si mal vu, que, s'il le revoyait, il ne le reconnaîtrait pas.

C'est vraiment donner beaucoup d'importance à James de la Cloche, s'il n'est que le prétendu bâtard de Charles II.

Notre hypothèse, c'est que, dans sa lettre, Henriette demandait à son frère : « *Que pensez-vous du visage de cet homme ?* », et Charles invente cette histoire du couloir si sombre que, s'il revoyait cet Italien, il ne le reconnaîtrait pas. Pourquoi ? Parce qu'il l'a reconnu !

Je crois en effet, que, lors du couronnement de

Charles, la vieille reine, qui savait le secret du jumeau, l'a confié à son fils, car c'est un secret d'une grande importance politique.

Le roi ne doit pas ignorer qu'il y a quelque part dans le monde un frère jumeau de Louis XIV. On le cache depuis sa naissance, mais il pourrait reparaître un jour.

Or Charles connaît fort bien Louis XIV. Pendant ses séjours en France, il a été son compagnon de jeux... Dès qu'il a vu James, il a identifié le jumeau disparu.

Ce ne sont pas des secrets à écrire dans une lettre qui peut se perdre, par trahison, ou par accident. C'est pourquoi il invente cette histoire de *« couloir si sombre »*, mais en réalité il a reçu James en secret, James qui se croit toujours le bâtard de Charles, il l'a revu plusieurs fois, sous le prétexte de sa conversion.

Au cours de ces rencontres, James, dont nous connaissons l'audace, lui a demandé :

« Pourquoi refusez-vous de me reconnaître pour le premier de vos bâtards ? » Et Charles a fini par lui dire : *« Non, vous n'êtes pas mon bâtard. Vous êtes mon cousin germain, parce que vous êtes le frère jumeau de Louis XIV. Né une heure après lui, vous étiez l'aîné, et vous auriez dû régner à sa place. »*

Pour James, ce mégalomane intrigant, c'est une miraculeuse révélation. Le roi lui recommande instamment de garder le secret, car si la chose venait à se savoir, il serait forcé de le livrer à Louis XIV. Puis il l'envoie à Marcilly, qui devra également garder le secret jusqu'au dernier moment, pour la même raison ; et c'est ainsi que James entre dans la conspiration, et prend le nom du valet Martin, qui vient de quitter Roux, dont il était *« fort mal content »* (Lettre de Lionne).

En effet, c'est à ce moment que Roux de Marcilly organise sa conspiration, au su et au vu de tous les ministres, et Charles II lui a accordé – selon

Marcilly – deux audiences. Charles n'en dit rien à Louis XIV. En effet, son ministre Arlington a dit fort clairement :

« *Quand les gens veulent voler trop haut, il faut leur couper les ailes.* »

L'Angleterre, comme toujours, craignait une hégémonie française sur l'Europe.

Roux lui promettait la Guyenne, la Provence, le Dauphiné, le Languedoc, la Bretagne et la Normandie.

C'était vraiment aller bien loin, mais les ambitions des rois sont presque toujours démesurées ; d'ailleurs, un succès, même partiel, de la conspiration eût ruiné le prestige du Roi-Soleil, et valorisé la puissance de l'Angleterre. Je suis donc persuadé que c'est le roi d'Angleterre qui a révélé à James le secret de sa naissance.

On dira que c'est prêter de bien vilains sentiments à Charles II. En était-il capable ?

J'ai donc lu très attentivement les historiens qui ont parlé de lui, et voici les mots qui reviennent le plus souvent dans leurs ouvrages : « *fourbe, fourberie, menteur, perfide, égoïste, cruel, déshonoré, traître, parjure, mauvaise foi, ruse, ingratitude, fausseté, duplicité, hypocrisie, dissimulation.* »

Même le sincère Barnes, qui fut un évêque, n'hésite pas à écrire que le roi était « *le plus grand fourbe de tout son royaume* » et la bienveillante Miss Carey le dit capable des « *pires trahisons* ».

Enfin, il convient de citer ici une partie de l'article qui résume son règne dans la sage et prudente *Encyclopédie britannique* :

« *Dans la guerre civile qui suivit son accession au trône, il employa les mêmes traîtrises qui avaient conduit son père à l'échafaud. Il finançait et encourageait l'expédition de Montrose et des royalistes en même temps qu'il négociait un traité avec les*

"Covenanters". Il signa aussi une déclaration qui désavouait Ormonde et les Irlandais qui lui restaient fidèles ; il les déclara déchus des grades qu'il leur avait donnés.

« Sans le moindre scrupule, il abandonna ses partisans royalistes, et il abandonna le noble Montrose, dont l'héroïsme lui avait permis d'obtenir de meilleures conditions de paix...

« Parjure et déshonoré, le jeune roi s'embarqua pour l'Écosse, et signa les deux traités. Il accepta de renvoyer tous ceux qui l'avaient suivi, sauf Buckingham. On lui fit en outre signer une déclaration par laquelle il reconnaissait qu'il avait trahi les Irlandais, la cruauté de son père, l'idolâtrie de sa mère catholique, et son horreur du clergé catholique.

« Indolent, sensuel, ses vices avaient fait de grands progrès pendant sa vie à l'étranger.

« L'égoïsme le plus pur fut le fond de son caractère. Nos intérêts à l'étranger furent toujours sacrifiés à l'obtention d'une pension pour lui, et dans le royaume, son règne fut celui du bon plaisir.

« Il refusa d'indemniser un grand nombre de ses partisans qui s'étaient ruinés pour le triomphe de sa cause. L'honneur du roi était pourtant en jeu, et fut grandement terni par son refus de leur venir en aide. »

On nous dit aussi à sa décharge, qu'il eut pourtant un très joli sentiment : son amour pour sa sœur Henriette. Il lui écrivait chaque semaine et Madame lui répondait par le courrier suivant. Cependant le personnage est si inquiétant que je me demande si ce sentiment était aussi joli qu'on le croit, et si cet obsédé sexuel n'avait pas eu avec sa chère Henriette d'autres rapports que ceux d'un frère et d'une sœur.

Or, ce roi du mensonge, de la ruse, et de la mauvaise foi, a joué un rôle dans le complot de Roux de Marcilly, dont le siège était à Londres ; non pas un rôle passif, mais un rôle actif. Je veux dire que, connaissant l'existence du complot, ce rôle ne s'est pas borné à n'en rien dire à Louis XIV (ce qui est un fait historique) mais que c'est lui qui envoya à Marcilly le personnage essentiel qui manquait à sa conjuration.

L'entreprise de Roux comportait tout ce qui pouvait séduire Charles. D'abord, c'était une trahison ; de plus, si elle réussissait, l'hégémonie française en Europe s'effondrait, tandis que l'Angleterre s'annexait nos plus belles provinces : la Bretagne, la Normandie, le Poitou, la Guyenne, la Provence ; Charles II eût régné sur le plus puissant empire du monde, et le reste de la France devait être partagé en plusieurs républiques. C'était du moins l'intention de Roux.

Naturellement, celui-là fait grand accueil au nouveau conjuré, mais, sur l'ordre de Charles II, il faut garder son identité absolument secrète jusqu'au dernier moment, car les plans de l'invasion de la France ne sont pas encore prêts, et Louis XIV aurait le temps de préparer sa défense ; tandis que la révélation imprévue d'un frère aîné du roi éclaterait comme un coup de foudre, et l'entreprise de Roux, qui avait déjà pour but la délivrance des malheureux protestants, deviendrait en même temps une croisade pour rendre au véritable roi de France le trône qu'on lui avait volé.

Plusieurs provinces étaient prêtes à la révolte : la Bretagne, la Normandie, le Poitou, la Guyenne, le Languedoc, le Dauphiné, la Provence haïssaient la tyrannie de Louis XIV. Les Hollandais devaient débarquer en Normandie pendant que les Suisses attaqueraient Lyon, et les Espagnols franchiraient les Pyrénées.

Enfin, si une petite armée, commandée par le vrai roi, avait débarqué en Provence, elle eût été reçue triomphalement par la population unanime, et les troupes de Louis auraient marché avec elle sur Paris ; le peuple de Paris se fût joint aux révoltés pour attaquer le Louvre ; on sait par quelles huées et quelles bacchanales furent accompagnées plus tard les obsèques de Louis XIV.

Il me semble certain que le rapport de Ruvigny a changé le cours de l'histoire de France.

*

Voilà donc James installé dans le complot de Roux. Où habitait-il ? Nous n'en savons rien, mais comme il avait beaucoup d'argent, il a sans doute loué un appartement, et engagé un valet. Parce que James ne parlait que le français, je pense qu'il l'a fait venir de Jersey, où cet homme avait peut-être déjà été à son service. Ce valet connaissait bien son maître. Il avait souvent entendu James, esprit chimérique et grand affabulateur, affirmer sa bâtardise, proclamer son titre de Prince Stuart, héritier de la couronne d'Angleterre, et disposant de plusieurs millions. Il savait aussi que James faisait partie d'un mystérieux complot, et qu'il voyait très souvent les ministres et le roi lui-même.

Un soir de mai 1669 les conjurés apprennent une terrible nouvelle : Roux a été enlevé en Suisse par Turenne, et il est à la Bastille ; sous la torture, il a tout avoué et, le 2 juin, M. de Lionne réclame le valet Martin.

On sait que son arrestation fut retardée à cause de l'existence du premier valet Martin. Ce n'est qu'au début de juillet – entre le 7 et le 12 – que James fut arrêté discrètement. Cependant, son valet, que sa disparition subite inquiétait, alla se renseigner chez l'un des conjurés qui lui dit :

« Ton maître a été arrêté par la police et expédié en France. Je pense qu'il ne reviendra jamais, et toi, tu ferais bien de ne pas rester à Londres ! »

Le valet prend l'argent, les papiers et les costumes de James, et réussit à gagner Naples, où sa conduite est fort clairement celle d'un valet brusquement enrichi.

Jamais le véritable James, ambitieux et revendicateur, n'eût épousé la fille d'un petit cabaretier ; jamais le vrai James ne serait revenu en Italie, dépenser sans compter, très ouvertement et sous le même nom, la fortune qu'il avait volée aux jésuites de Rome.

*

Il convient maintenant de prouver que James répond aux treize conditions dont nous avons dressé la liste.

Première condition. – Quel âge a-t-il ? Il a dit au Père Oliva, en avril 1668, qu'il avait 24 ans. Il a certainement menti, et s'est rajeuni d'au moins six ans, car il ne pouvait pas avouer ses 30 ans, tout en se disant le fils naturel de Charles II. En effet, le roi était né en 1630. En 1668, il avait donc 38 ans, c'est-à-dire huit de plus que James, qu'il eût par conséquent engendré à l'âge de 7 ou 8 ans... James était donc forcé de mentir. Je suis persuadé qu'en 1668 il avait tout près de 30 ans, comme Louis XIV.

2e et 3e. – Son visage était reconnaissable en France, parce qu'il ressemblait de façon frappante à Louis XIV et c'est pourquoi Dauger fut masqué, mais ni James ni les gens de Jersey n'avaient vu Louis XIV, dont le visage ne figurait pas sur leurs pièces de monnaie ; elles portaient sans doute l'effigie de Charles II. Or, Charles ressemblait de façon étonnante à Louis XIV, son cousin germain.

Sur les portraits que nous avons de ces deux rois, on peut constater qu'ils ont le même nez puissant, le même menton marqué en son milieu d'une fossette assez profonde, la même bouche, le même regard.

C'est pourquoi les gens de Jersey, et James

lui-même ont cru qu'il était un bâtard de Charles II, qui en avait déjà engendré plusieurs.

4e. – James ne parlait que le français sans accent étranger comme tous les habitants de Jersey. Il a été élevé dans une famille dont il ne portait pas le nom.

5e. – James, comme Dauger, ne jouissait pas d'une robuste santé. Dans les fausses lettres de Charles II, le roi dit deux fois à son fils qu'il est d'une « complexion faible et délicate », et qu'il ne pourra peut-être pas supporter le régime des jésuites.

6e. – (Très instruit.) S'applique parfaitement à James, car il a fait son noviciat, à une époque où bien des gens de qualité savaient à peine lire.

7e. – Très pieux, et probablement un ecclésiastique. James était un jésuite, et dès le premier jour de son incarcération à Pignerol, Dauger a demandé un livre de prières.

8e. – (Voyageur). À cette époque, un homme qui était allé à Jersey, à Hambourg, puis à Rome en traversant toute la France était un grand voyageur.

9e. – Ambitieux et conspirateur. C'est évidemment le cas de James.

10e. – Fin janvier 1669, James était à Londres, et il a vu au moins une fois Charles II (lettre de Charles à sa sœur). Nous pensons qu'il y est resté jusqu'en juillet 1669.

11e et 12e. – Dauger, le valet Martin, a été livré à Calais au début de juillet 1669. James et Dauger ont disparu pour toujours à cette date.

13ᵉ. – Huit jours après l'incarcération de Dauger à Pignerol, on a annoncé la mort de James à Naples afin de justifier sa disparition.

Il me semble que ces treize coïncidences valent une preuve formelle. Dauger, c'était James, et James était le jumeau du roi.

27

LA SÉPULTURE

À propos de la sépulture du prisonnier, des bruits ont couru. La rumeur a dit qu'on avait mis dans le cercueil des drogues pour « consumer » son visage. Je ne le crois pas.

Le roi était pieux à sa façon : Saint-Simon nous a dit que *« sa religion était la peur du diable »*.

On peut répondre que « qui croit au diable croit à Dieu ». D'autre part, il croyait au « sang bleu », il respectait les princes, même les bâtards.

C'est pourquoi je suis tenté de croire aux rumeurs rapportées par Lenôtre, par Laloy, et d'autres chroniqueurs.

Elles disent que lorsque la tombe du Masque de Fer fut ouverte, on n'y trouva point de cercueil, d'autres disent qu'on trouva dans le cercueil une grosse pierre.

Réflexion faite, c'est peut-être vrai. Louis XIV, qui a respecté la vie de son frère, a sans doute respecté sa mort. Puisqu'il ne lui a pas imposé le régime ordinaire des prisons, il n'a certainement pas voulu qu'il fût enterré dans un cimetière de prisonniers et de gens du commun.

On avait construit pour lui quatre chambres fortes. Il serait normal qu'on lui eût donné un tombeau dans un couvent, ou dans la chapelle d'un château du roi, sous un faux nom. Voilà peut-être le sujet d'une nouvelle enquête.

LA première édition de ce livre, en 1965, se terminait ainsi :

« Si les archivistes anglais nous signalaient la disparition, en 1669, d'un jeune aristocrate d'une trentaine d'années, je crois que le problème serait enfin résolu, et je leur propose d'étudier de plus près le cas de James de la Cloche. »

Le conseil resta sans écho ; je décidai alors de le suivre moi-même, et j'offre au lecteur le résultat de ce travail.

Ainsi se termine cet ouvrage, qui n'est pas d'un historien, mais d'un enquêteur.

Il n'apporte pas une certitude absolue, et définitive, mais quatre ou cinq documents nouveaux, le *Te Deum* urgent de la naissance, le baptême du fils de Lamotte-Guérin, lieutenant de roi aux Îles, et les fausses lettres de Charles II au Père Oliva. Ce ne sont pas de grandes découvertes ; mais si l'on ne retrouvait qu'un bras de la Vénus de Milo, on pourrait peut-être compléter toute la statue.

TABLE DES MATIÈRES

Avertissement au lecteur 5
Préface 7
  1. La naissance du Masque de Fer 13
  2. Bref historique......................... 17
  3. Saint-Mars............................ 20
  4. La question d'argent 24
  5. Matthioli 28
  6. Les témoins........................... 30
  7. La correspondance 66
  8. Louis XIV 71
  9. Histoire du procès Fouquet.............. 98
10. Eustache Dauger 104
11. Conspiration Roux de Marcilly........... 122
12. Martin 151
13. Voyage de Louvois 159
14. Captivité de Dauger 174
15. Le poison............................ 187
16. Exiles et Sainte-Marguerite.............. 206
17. Craintes d'une attaque.................. 226
18. La Bastille........................... 234
19. Topin-Matthioli....................... 239
20. Le Masque........................... 247
21. Les égards 252
22. Les rois 262
23. Les mensonges 271
24. Ceux qui savaient 275
25. James de la Cloche 281
26. 294
27. La sépulture......................... 318
Note 319

VIE DE MARCEL PAGNOL

Marcel Pagnol est né le 28 février 1895 à Aubagne.
Son père, Joseph, né en 1869, était instituteur, et sa mère, Augustine Lansot, née en 1873, couturière.
Ils se marièrent en 1889.
1898 : naissance du Petit Paul, son frère.
1902 : naissance de Germaine, sa sœur.
C'est en 1903 que Marcel passe ses premières vacances à La Treille, non loin d'Aubagne.
1904 : son père est nommé à Marseille, où la famille s'installe.
1909 : naissance de René, le « petit frère ».
1910 : décès d'Augustine.
Marcel fera toutes ses études secondaires à Marseille, au lycée Thiers. Il les terminera par une licence ès lettres (anglais) à l'Université d'Aix-en-Provence.
Avec quelques condisciples il a fondé *Fortunio*, revue littéraire qui deviendra *Les Cahiers du Sud*.
En 1915 il est nommé professeur adjoint à Tarascon.
Après avoir enseigné dans divers établissements scolaires à Pamiers puis Aix, il sera professeur adjoint et répétiteur d'externat à Marseille, de 1920 à 1922.
En 1923 il est nommé à Paris au lycée Condorcet.
Il écrit des pièces de théâtre: *Les Marchands de gloire* (avec Paul Nivoix), puis *Jazz* qui sera son premier succès (Monte-Carlo, puis Théâtre des Arts, Paris, 1926).
Mais c'est en 1928 avec la création de *Topaze* (Variétés) qu'il devient célèbre en quelques semaines et commence véritablement sa carrière d'auteur dramatique.
Presque aussitôt ce sera *Marius* (Théâtre de Paris, 1929), autre gros succès pour lequel il a fait, pour la

première fois, appel à Raimu qui sera l'inoubliable César de la Trilogie.

Raimu restera jusqu'à sa mort (1946) son ami et comédien préféré.

1931 : Sir Alexander Korda tourne *Marius* en collaboration avec Marcel Pagnol. Pour Marcel Pagnol, ce premier film coïncide avec le début du cinéma parlant et celui de sa longue carrière cinématographique, qui se terminera en 1954 avec *Les Lettres de mon moulin*.

Il aura signé 21 films entre 1931 et 1954.

En 1945 il épouse Jacqueline Bouvier à qui il confiera plusieurs rôles et notamment celui de Manon dans *Manon des Sources* (1952).

En 1946 il est élu à l'Académie française. La même année naissance de son fils Frédéric.

En 1955 *Judas* est créé au Théâtre de Paris.

En 1956, *Fabien* aux Bouffes-Parisiens.

En 1957, publication des deux premiers tomes des *Souvenirs d'enfance*: *La Gloire de mon père* et *Le Château de ma mère*.

En 1960 : troisième volume des *Souvenirs*: *Le Temps des secrets*.

En 1963 : *L'Eau des collines* composé de *Jean de Florette* et *Manon des Sources*.

Enfin en 1964 *Le Masque de fer*.

Le 18 avril 1974 Marcel Pagnol meurt à Paris.

En 1977, publication posthume du quatrième tome des *Souvenirs d'enfance*: *Le Temps des amours*.

BIBLIOGRAPHIE

1926. *Les Marchands de gloire*. En collaboration avec Paul Nivoix, Paris, L'Illustration.
1927. *Jazz*. Pièce en 4 actes, Paris, L'Illustration. Fasquelle, 1954.
1931. *Topaze*. Pièce en 4 actes, Paris, Fasquelle.
Marius. Pièce en 4 actes et 6 tableaux, Paris, Fasquelle.
1932. *Fanny*. Pièce en 3 actes et 4 tableaux, Paris, Fasquelle.
Pirouettes. Paris, Fasquelle (Bibliothèque Charpentier).
1933. *Jofroi*. Film de Marcel Pagnol d'après *Jofroi de la Maussan* de Jean Giono.
1935. *Merlusse*. Texte original préparé pour l'écran, Petite Illustration, Paris, Fasquelle, 1936.
1936. *Cigalon*. Paris, Fasquelle (précédé de *Merlusse*).
1937. *César*. Comédie en deux parties et dix tableaux, Paris, Fasquelle.
Regain. Film de Marcel Pagnol d'après le roman de Jean Giono (Collection «Les films qu'on peut lire»). Paris-Marseille, Marcel Pagnol.
1938. *La Femme du boulanger*. Film de Marcel Pagnol d'après un conte de Jean Giono, «Jean le bleu». Paris-Marseille, Marcel Pagnol. Fasquelle, 1959.
Le Schpountz. Collection «Les films qu'on peut lire», Paris-Marseille, Marcel Pagnol. Fasquelle, 1959.
1941. *La Fille du puisatier*. Film, Paris, Fasquelle.
1946. *Le Premier Amour*. Paris, Éditions de la Renaissance. Illustrations de Pierre Lafaux.

1947. *Notes sur le rire*. Paris, Nagel.
Discours de réception à l'Académie française, le 27 mars 1947. Paris, Fasquelle.
1948. *La Belle Meunière*. Scénario et dialogues sur des mélodies de Franz Schubert (Collection «Les maîtres du cinéma»), Paris, Éditions Self.
1949. *Critique des critiques*. Paris, Nagel.
1953. *Angèle*. Paris, Fasquelle.
Manon des Sources. Production de Monte-Carlo.
1954. *Trois lettres de mon moulin*. Adaptation et dialogues du film d'après l'œuvre d'Alphonse Daudet, Paris, Flammarion.
1955. *Judas*. Pièce en 5 actes, Monte-Carlo, Pastorelly.
1956. *Fabien*. Comédie en 4 actes, Paris, Théâtre 2, avenue Matignon.
1957. *Souvenirs d'enfance*. Tome I: *La Gloire de mon père*. Tome II: *Le Château de ma mère*. Monte-Carlo, Pastorelly.
1959. *Discours de réception de Marcel Achard à l'Académie française et réponse de Marcel Pagnol*, 3 décembre 1959, Paris, Firmin Didot.
1960. *Souvenirs d'enfance*. Tome III: *Le Temps des secrets*, Monte-Carlo, Pastorelly.
1962. *L'Eau des collines*. Tome I: *Jean de Florette*.
1963. *L'Eau des collines*. Tome II: *Manon des Sources*, Paris, Éditions de Provence.
1964. *Le Masque de fer*. Paris, Éditions de Provence.
1970. *La Prière aux étoiles, Catulle, Cinématurgie de Paris, Jofroi, Naïs*. Paris, Œuvres complètes, Club de l'Honnête Homme.
1973. *Le Secret du Masque de fer*. Paris, Éditions de Provence.
1977. *Le Rosier de Madame Husson, Les Secrets de Dieu*. Paris, Œuvres complètes, Club de l'Honnête Homme.
Souvenirs d'enfance. Tome IV: *Le Temps des amours*, Paris, Julliard.
1981. *Confidences*. Paris, Julliard.
1984. *La Petite Fille aux yeux sombres*. Paris, Julliard.

FILMOGRAPHIE

1931 – MARIUS (réalisation A. Korda-Pagnol).
1932 – TOPAZE (réalisation Louis Gasnier).
 – FANNY (réalisation Marc Allégret, supervisé par Marcel Pagnol).
1933 – JOFROI (d'après *Jofroi de la Maussan* : J. Giono).
1934 – ANGÈLE (d'après *Un de Baumugnes* : J. Giono).
 – L'ARTICLE 330 (d'après Courteline).
1935 – MERLUSSE.
 – CIGALON.
1936 – TOPAZE (deuxième version).
 – CÉSAR.
1937 – REGAIN (d'après J. Giono).
1938 – LE SCHPOUNTZ.
 – LA FEMME DU BOULANGER (d'après J. Giono).
1940 – LA FILLE DU PUISATIER.
1941 – LA PRIÈRE AUX ÉTOILES (inachevé).
1945 – NAÏS (adaptation et dialogues d'après É. Zola, réalisation de Raymond Leboursier, supervisé par Marcel Pagnol).
1948 – LA BELLE MEUNIÈRE (couleur Roux Color).
1950 – LE ROSIER DE MADAME HUSSON (adaptation et dialogues d'après Guy de Maupassant, réalisation Jean Boyer).
 – TOPAZE (troisième version).
1952 – MANON DES SOURCES.

1953 – CARNAVAL (adaptation et dialogues d'après É. Mazaud, réalisation Henri Verneuil).
 – LES LETTRES DE MON MOULIN (d'après A. Daudet).
1967 – LE CURÉ DE CUCUGNAN (moyen métrage d'après A. Daudet).

Réalisés par d'autres auteurs

1986 – JEAN DE FLORETTE (Claude Berri).
 – MANON DES SOURCES (Claude Berri).
1990 – LA GLOIRE DE MON PÈRE (Yves Robert).
 – LE CHÂTEAU DE MA MÈRE (Yves Robert).
1999 – LE SCHPOUNTZ (Gérard Oury).
2007 – LE TEMPS DES SECRETS (Thierry Chabert).
 – LE TEMPS DES AMOURS (Thierry Chabert).
2011 – LA FILLE DU PUISATIER (Daniel Auteuil).

Imprimé en France par CPI
en août 2016

Dépôt légal : août 2016
N° d'édition : 817
N° d'impression : 2024787